グイードの従者
ヨナス
スカルファロット伯爵家 長男
グイード
「私はロセッティ殿に
こう尋ねたのだよ。
『もし、ヴォルフと別れてくれと
願うならば、
いくら必要だね？』」
「兄上！」
瞬間、ぶわりと冷たいものが、
真横から刺さる勢いで
広がった。

魔物討伐部隊の美形騎士
ヴォルフレード
転生者の女性魔導具師
ダリヤ

「……そのサルビア、少し分けて頂けませんか？」
「ど、どうぞ」
オズヴァルドの長男
ラウルエーレ

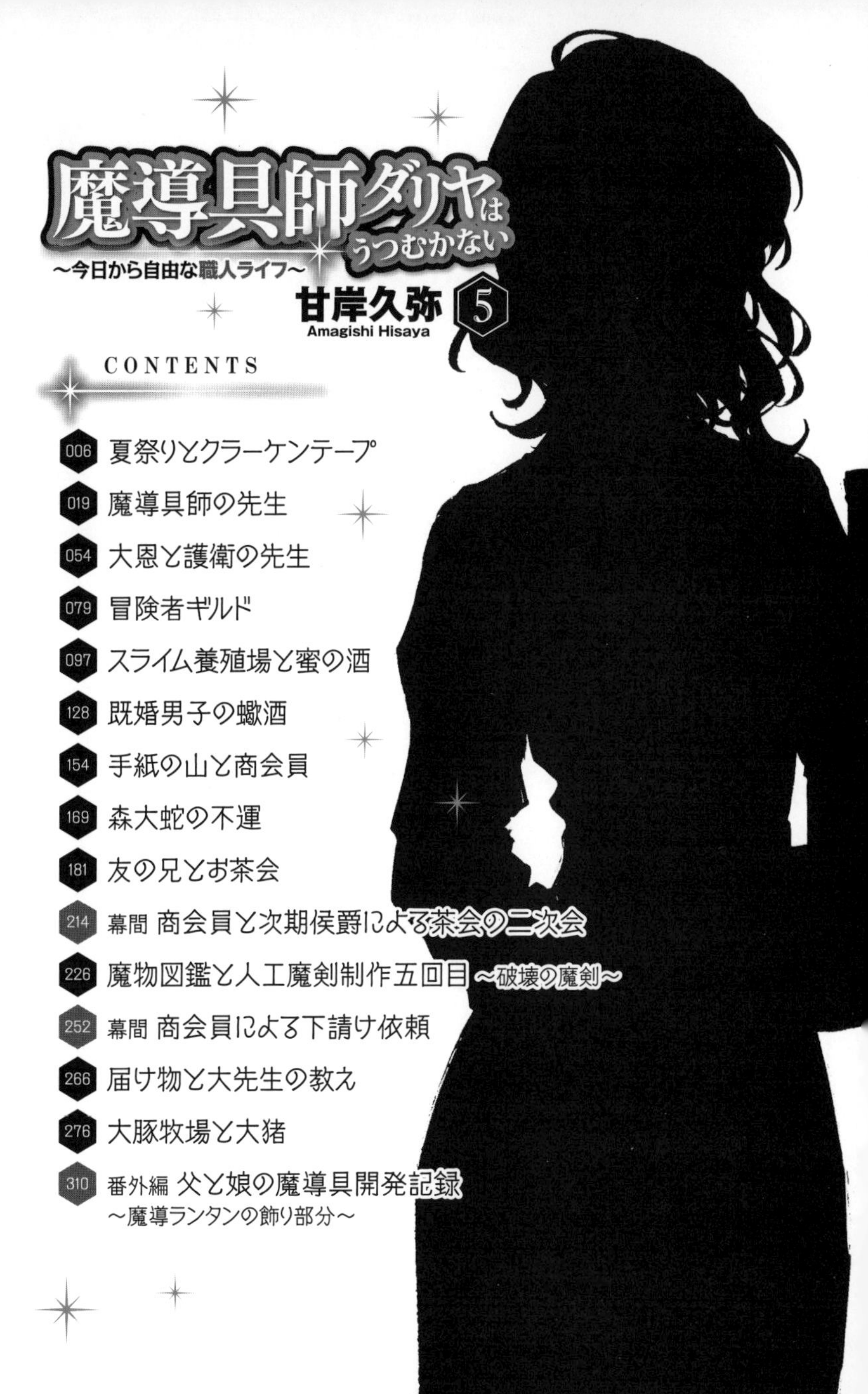

魔導具師ダリヤはうつむかない
~今日から自由な職人ライフ~

甘岸久弥 5
Amagishi Hisaya

CONTENTS

夏祭りとクラーケンテープ

夏の夜空に月はなく、星々が埋め尽くしている。

夕暮れからゆるく風が吹き、昼の暑さを流してくれたおかげで、蒸し暑さはない。

蔦に絡まれた『緑の塔』の屋上で、ダリヤは友人達と王城方向の空を眺めていた。

前世より夜は暗く、空は澄みきっている。空に見える星の数は、今世の方がはるかに多い。

前世、今世と夜空を比べられる自分は転生者である。

ダリヤ・ロセッティ——職業は魔導具師。生活系の魔導具を中心に作る職人である。

右隣には無言で空を見上げる美青年——ヴォルフレード・スカルファロットがいる。

自分がヴォルフと呼ぶようになった彼は、この国の騎士団、魔物討伐部隊の隊員だ。

伯爵家の四男であり、本来ならば話すこともない間柄のはずが、偶然が重なり合って友人となった。黒髪金目で大変に目を引く美貌の持ち主だが、本人にとっては自慢どころか、不自由の種でしかないらしい。

「まだかしら……？」

待ち遠しそうに左で身を揺らすのは、紅茶色の髪を持つ友人、イルマ・ヌヴォラーリである。

暗くて見えないが、きっとわくわくと夜空を眺めているのだろう。

「イルマ、それ三回目。もうちょっとのんびり待とうぜ」

鳶色の目を細め、少し低い声で笑ったのは、イルマの夫であるマルチェラだ。

夜空に少しだけ近い塔の屋上、そこに防水布を敷き、四人そろって座っている。

目の前のローテーブルには、エールと料理が多数並んでいるのだが、今は夜空を見上げるのに忙しく、手はつけられていない。


今日は、オルディネ王国の夏祭りだ。

こちらの暦は十二ヶ月で各月三十日ずつ。そして、暦から外された、夏祭りと冬祭りの二つが一日ずつある。ただ、夏祭りといっても、神輿（みこし）をかついだり、皆で踊ったりということはない。

王都にある神殿では、秋の豊穣（ほうじょう）を願う祈祷（きとう）があるそうだが、それに参加するのは貴族の一部のみ。

庶民は休みをとってのんびりしたり、王都外に故郷のある者は里帰りをしたりする。

王都にいる者達は、いつもよりちょっといい料理を食べたり、買い物をしたり、屋台を回るといった気軽なものだ。

逆に飲食店や屋台、販売店にとってはかき入れ時である。

本日、ダリヤもイルマと共に商店街へ出かけ、秋に備え、長袖のシャツを二枚ほど買ってきた。

店以外では、夏祭り・冬祭りの前後二、三日は交代で仕事を休むところが多い。

ダリヤが商会長を務めるロセッティ商会も、イルマの営んでいる美容室も、夏祭り前後二日は休みとした。

衛兵や騎士団、各種ギルドなどは交代での休みである。このため、騎士団のヴォルフと運送ギルドに勤めるマルチェラは夕方まで仕事をし、先ほど塔に来たばかりだ。

夏祭り当日のこの時間、多くの者が王城方向の夜空を落ち着かない様子で眺めている。

店から見る者、路上に椅子や敷物を敷いて座る者、屋根に上がる者、様々だ。

皆のお目当ては、王城主催の花火である。

前世でも花火はあったが、今世、こちらの世界で花火と呼ばれるものは、種類が違う。

打ち上げるのは火薬ではなく、魔導師達による火魔法だ。

魔法のない前世であれば、ファンタジー世界だと言っていたかもしれない。

だが、今世、魔法はごく当たり前のものだ。人間は、強弱があるが魔力を持つことが多い。魔法を使う魔導師もいれば、ダリヤのように魔力を利用し、生活に役立つものを作る魔導具師もいる。

そして、今世には魔力を持つ生き物——魔物がいる。

その種類は多く、スライムに角兎（ホーンラビット）、小鬼（ゴブリン）、大海蛇（シーサーペント）、牛頭鬼（ミノタウロス）、龍などと多岐にわたる。しかも、魔物達はそれぞれ、地域や状況で個別の進化も遂げる。

前世であればファンタジーだが、今世の魔物は現実であり、脅威だ。

人と生存域が重なれば、魔物が畑や果樹を荒らしたり、人や家畜を襲ったりすることもある。

大型の魔物や大量発生する魔物に至っては、もはや災害のようなものだ。

そういった危険から人々を守り、魔物を駆除するのが、この国の魔物討伐部隊である。

その隊の一員であるヴォルフが、じっと耳をそばだてている。

「そろそろだね……」

言葉通り、王城方面の空に小さな赤い光が上がった。

この塔から王城までは距離があるので、花火はそれほど大きくはない。

それでも、赤い光が星よりも明るく光って夜空を彩る。

あれが魔導師の火魔法だというのだから、上げている者はかなりの魔力持ちだろう。

深い紅（くれない）、明るい赤、朱色、橙色（だいだい）、煉瓦色（れんが）――様々な赤い光がしばらく続くと、今度は青と緑の光が混じった。

空色、青藤色、露草色（つゆくさ）、新緑の緑に深緑――魔導師がこの様々な炎を魔法で放っているのか、何か色を付ける仕掛けがあるのか、なんとも気になるところだ。

やがて、一段大きく上がったのは赤・青・緑の三つの光。

それぞれが天空で六つに分かれ、そこからさらに二つに枝分かれして長く軌跡を残す。

菊の花を思わせる美しさに目は釘付け（くぎづ）になる。音はないのだが、つい、前世の花火の音を重ねて思い出してしまった。

その後、少し間があり、夜空に何度か赤い光が走ると、赤い龍の線画が浮かび上がる。おそらくは炎龍（ファイヤードラゴン）を模しているのだろう。

「あれは魔導部隊の上級魔導師達だね。この前、王城で練習してた」

ヴォルフがささやいて教えてくれた。

あの巨大な龍が、火魔法で描かれているというのが驚きだ。

王城や中央区では、きっと美しく巨大な龍が見えるだろう。西区の塔から見ると少々いびつだ。

だが、夜空に舞う龍の大きさは凄（すさ）まじい。近所のあちこちから歓声があがっていた。

赤い龍の線画がゆっくりと消えた後、あたりは急に静かになる。

誰もが口を閉じ、空を見上げて待つ。塔の屋上にいる四人も、無言で背筋を正した。

少し長めの間（ま）の後、ゆっくりと空へ上がっていく、白い光の球（たま）。

高く、高く、どこまでも上がるかと思えたそれは、夜空の真ん中で流星のようにきらりと光り、

大空を純白の光で染め上げる。

真昼のような明るさに思わず目を閉じれば、あちこちから大歓声があがった。

まるで小さな太陽を放ったかのようなまぶしい光は、国王の魔法だ。

現オルディネ国王は、ここ数代の王の中で最大の魔力量を誇り、『太陽を放てる者』とも呼ばれている。

おそらく火魔法だろうが、あの真っ白な炎はどれだけの高温で、どれだけの火力なのか。

おとぎ話の大魔導師を思わせる王に、国民は敬意と憧れを抱いているが、他国からは畏怖(いふ)されているそうだ。また、オルディネ王国自体、高い魔力を持つ者が他国より多いという。

一度も他国に攻め入った歴史のない国だが、警戒されるのも仕方がないことだろう。

ちなみに、オルディネ王国では、初代の王が一人であたりの魔物を一掃し、この王都の土地を平らにならしたという逸話がある。夢物語か伝説の類(たぐ)いだとも言われるが、先ほどの小さな太陽を見れば、もしや、と思えてくる。

もしかしたら、現王は初代の王と似ているのかもしれない。

「毎年思うけど、やっぱり太陽みたいだよな。まだ白さが目にしみる」

「王様って、ホントにすごいわよね！」

マルチェラとイルマの会話に、魔導ランタンをつけながらうなずく。

あの白い光の球は、本当に目に痛いほどの光の強さ、まぶしさだった。

ダリヤは実際の王を見たことはないが、太陽のごとく輝く金髪に、夜闇のような目を持つという。

ただ、それ以外はどういった見た目なのかはよく知らない。

治世にも優れていると評される王は、国内で大変人気がある。

どこの家にも、王の肖像画は必ずあると言われるほどだ。髪や目の色彩だけはそのままに、多種多様ないい男として描かれた肖像画が流通しているのは、商人達のたくましさだろう。


「じゃ、乾杯しましょう。オルディネ王国に乾杯！」

「オルディネ王に乾杯！」

ダリヤ達の夏祭りはここからが本番である。ひたすらに食べ、ひたすらに飲むだけだ。

黒エールと白エールをそれぞれに飲みながら、屋台で買ってきたクレスペッレを手にする。

クレスペッレとは、少し厚めのクレープで、中にいろいろな食材とソースを入れ、四角く包んだものだ。以前、ヴォルフとも食べたが、屋台でお手軽に買えるメニューのひとつである。

買ってきたのは、豚ひき肉と野菜、チーズとハム、海鮮系の三種類。

今年のクレスペッレはどれも具がたっぷりで、食べごたえがある。当たりの屋台だったようだ。

「こっちも焼くわね」

小型魔導コンロの網の上で焼くのは、ダリヤの仕込んだ焼き鳥である。

モモと胸肉だけではなく、マルチェラの好物でもある皮と軟骨、ハツ、砂肝も準備した。

すでにタレはたっぷりつけてある。塩とニンニクとネギ油で作った塩ダレと、魚醤（ぎょしょう）と酒、蜂蜜を煮詰めて作った甘ダレだ。

脂とタレの焼け焦げる暴力的な匂いの焼き鳥は、さすがに室内で作る気になれない。

小型魔導コンロであれば、屋上でも庭でも持ち出して料理ができるので、匂いを気にする必要はない。ダリヤが小型化したものだが、自分で使ってみても、なかなか便利だと思う。

焼けたものから順にひっくり返していると隣の三人がそわそわとしはじめた。

「ダリヤちゃん、そろそろ焼けるか？　手伝うことはないか？」

「マルチェラ、もうちょっとのんびり待ちましょ。でもダリヤ、何か手伝うことはない？」

言動と表情のそろった友人夫婦に、ダリヤは笑いを堪（こら）えて答える。

「もう少しだから、話して待ちましょう」

「ダリヤ、それって、軟骨だよね？」

「ええ。ヴォルフは軟骨が好きなんですか？」

ちょっと意外だった。貴族はあまり内臓系の料理は食べないと思っていた。

ヴォルフの行きつけの店では、こういったものは出しているのだろうか。

「俺はモモが一番かな。でも、軟骨は食感が楽しい。この前、マルチェラと行って食べたんだ」

「下町の屋台をえんえんと回ってから、立ち飲み屋に行ってきた」

「飲んだことのない名前の酒を、片っ端から試してきたよ」

「おいしかったです？」

「ああ。ただ一部、名状しがたい味というか、形容しがたい味というか……」

ヴォルフが眉を寄せ、遠い目をした。

一体どんな味だろう？　貴族である彼の口に合わなかったのか、それとも、そんなに変わったお酒だったのか——そう考えていると、マルチェラがこちらを向いた。

「あれ、たぶん余った酒を混ぜてるヤツだな。同じ味と色が出たことはないから」

それは確かに一期一会の味だろう。あまり飲みたいとは思えないが。

「でも、蓋(ふた)付きの瓶に入っていたのもあったよ。一番すごかったのは濃い灰色の……何ていう酒だっけ？」

「『酔いどれの後悔』。あれはひどい。飲むためじゃなく、絶対に悪酔いさせるための酒だ」

「二日酔いになんてめったにならないマルチェラが、帰ってくるなり『薬をくれ』って言うんだもの、驚いたわ」

なかなか個性的な酒だったようだ。こちらも飲みたいとは思えないが。

それでも、男性二人は下町の飲み会を満喫してきたらしい。

自分が男だったら、そういった飲み方も一緒にできたかもしれない。

屈託のない二人の笑顔に、少しばかりうらやましくなった。

白エールを飲みつつ、焼き鳥をひっくり返していると、話は先ほどの花火のことに戻る。

「ヴォルフ、あれ、全部魔導師が上げてるんだろ？　火魔法持ちの魔導師って王城に多いのか？」

「それなりにいるよ。複合魔法を持っている上級魔導師も多いし、騎士でも魔法が使える人は多いから」

「でも、やっぱり一番すごいのは王様ね。魔力、いくつぐらいあるのかしら？」

「学院の同級生で最大が十七だったから、二十以上は軽くあると思うけど。王の魔力を数値で聞いたことはないいな」

高等学院では、九を超えたら魔導師を、十三を超えたら上級魔導師を目指せる——そんなふうに言われていた。

ちなみに魔導具師が入学試験を受けるのに必要なのは四以上である。

魔導師になれない者が仕方なく魔導具師になるなどと言われるのはそのためだ。

だが、魔力はあればあるほどいいというものでもない気がする。

最近魔力が一つ上がったダリヤだが、魔力制御が難しく、クラーケンテープが貼りづらくなった。

クラーケンテープは、弱い魔力を通すことで、パッキングや包装材になる素材だ。魔力が強すぎると、持っただけでぐにゃぐにゃになり、指や手にくっついてしまう。

「王様って、絶対クラーケンテープを貼れないわよね……」

ふと想像して口にすると、イルマが思いきりむせた。ヴォルフとマルチェラは苦笑している。

「王にクラーケンテープは、いろいろ無理じゃないかな……」

「どうしていきなりクラーケンテープなのよ？　また塔に生きたスライムはいないでしょうね？」

「今は、いないわよ」

ダリヤは素直に答えたが、見返してくるイルマは、じと目だった。

彼女はスライムが大の苦手である。

昔、庭と室内に目一杯干していたときは、見事に悲鳴をあげられた。

スライムはめったに人を襲ったりはしないし、動きもそう速くない。半透明の色合いはゼリーのようでなかなかきれいだと思うのだが、イルマは見るだけでもだめらしい。

「魔力はあればある、ないならないで、どっちでもなんとかなりそうだけどな。あっても使わないこともあるし」

「大体、あんなに魔力が多くても、何に使えばいいのか迷いそうよね」

「……災害時の照明とか、魔石作り？」

「ダリヤ、それはちょっと不敬にあたるかもしれない……」

雑談をしている間に、焼き鳥にいい具合に火が通った。

各自、好きな焼き鳥を取り皿に取り、街並みと夜空を眺めつつ食べはじめる。

ダリヤが最初に取ったのは、甘ダレのモモだ。ちょっと焦げが多めだが、いい香りがしている。

少々行儀はよくないが、串の先端の大きめの一個を一口でいった。

じゅわりと出てくる肉汁に、甘ダレがてろりと絡む。噛（か）んでいると、焦げの香ばしさも加わってなかなかおいしい。

うまくできたと内心で自画自賛していると、目をつむってひたすらに咀嚼（そしゃく）しているヴォルフが視界に入った。どうやら塩ダレから味わっているらしい。

軟骨と砂肝も焼けたので、そっと目の前の皿に載せておく。

「やっぱ、ダリヤちゃんの焼き鳥は塩ダレに黒エールだよな、ああ、最高だ！」

マルチェラが皮串と黒エールを手に感嘆の声をあげる。かなり気に入ってもらえたようだ。

「マルチェラ、ダリヤの焼き鳥で一番おいしいのは甘ダレよ！　そこに白エールで夏のさわやかさを味わうのよ」

「いや、それもありだろうけど、俺はやっぱり塩ダレに黒エールを一番に推す！」

その後、どちらがおいしいか、合う組み合わせかについて、真面目に議論が始まった。

優劣をつけずに両方味わえばいいと思うが、夫婦の楽しいコミュニケーションかもしれないので、そっとしておく。

追加の白と黒のエールの瓶だけは、黙ってテーブルに足しておいた。

「ダリヤもゆっくり食べないと。今度は俺が焼くよ」

ヴォルフがそう言って小型魔導コンロの上に串を並べはじめる。それを隣で眺めつつ、ありがたく任せることにした。

「ヴォルフはどの組み合わせが一番好みでした？」

次に焼き鳥をするときは、それを少し多めにしようと思いながら尋ねてみた。

彼はとても真剣な表情で考えた後、にこりと笑う。

「焼き鳥とエール」

範囲が広すぎる気もするが、間違ってはいない。ダリヤもつられて笑ってしまった。

次回の焼き鳥も、種類をそろえて焼くことに決めた。

「あ、焦げてる！」

火力を上げすぎたか、タレを多めにしたのが原因か、話しつつ見ていたのだが、焼き鳥が少々焦げてしまった。

「大丈夫ですよ。これぐらいの焦げはおいしさのうちです」

残念そうに言うヴォルフに笑みを返し、皿に二串載せてもらう。

白エールと共に味わう焼き鳥は、自分で焼いたものより、ヴォルフが焼いてくれたものの方がおいしかった。

もっともそう言っても、彼には『気を使わせてすまない』と謝られてしまったが。

その後、なかなかの量のエールと焼き鳥を含む料理が、すべて四人の胃に収まった。

「マルチェラー、ごめん、無理ー！」

「まったく、お前は……」

帰り際、飲みすぎたのか食べすぎたのか、イルマが塔の階段を下りられなくなった。

仕方がないと言いつつ笑顔のマルチェラが、彼女を軽々と抱き上げて運んでいく。

塔まで馬車を呼ぶことを提案してみたが、『軽い荷物なので馬場まで持っていく』と言って、そのまま帰っていった。

二人を見送ると、ダリヤとヴォルフはもう一度屋上に戻る。

ヴォルフは手慣れた動作で、床に敷いていた防水布を巻いてくれた。

今日はそれほど片付けるものはないので、あとはテーブルを運んでもらうだけで終わるだろう。

ダリヤはクレスペッレの包み紙をひとまとめにしながら、ふと、昨年の夏祭りの日は何をしていただろうかと思い返す。

父が亡くなってからそう時間はたっていなかったので、墓参りには行ったはずだ。買った花束の色合いだけは覚えている。

だが、夏祭りに花火を見た記憶も、何を食べ、何を飲んだかも、まるで思い出せなかった。

「来年もこうして、飲めたらいいね」

不意のヴォルフの言葉に、どきりとした。それでもちょっと考えて、ダリヤは彼に尋ねてみる。

「塔に来年の予約、入れておきます？」

「ぜひよろしくお願い致します」

いきなり敬語になったヴォルフが深く一礼したので、ダリヤも真面目に礼を返した。

互いに姿勢を戻すと、顔を見合わせ、耐えきれずに笑いだす。

「もう少しだけ、飲みます？　せっかくの夏祭りなので」

「ありがとう」

星空の下、優しい笑顔を浮かべる彼にダリヤは思う。

来年の予約が守られるかどうかは、残念ながらわからない。

ヴォルフに急な遠征が入るかもしれないし、他の用事ができるかもしれない。

彼の家が侯爵となることで、ここに来ることもなかなか難しくなっているかもしれない。

それでも、ダリヤにはひとつだけ、わかることがある。

今年の夏祭りを、来年の自分はきっと覚えている。

去年の夏祭りのように、忘れたりしない。

魔導具師の先生

日差しまぶしい午後、ダリヤは男爵で商会長であり、魔導具師としての先輩、そして今は先生でもある、オズヴァルド・ゾーラの屋敷を訪れていた。商会員のイヴァーノも一緒である。

貴族街でも中央区に近い場所にある屋敷は、かなり大きい。

灰色の塀で囲まれた区画の中、美しい緑の芝生の庭と、白を基調とした建物。派手ではないが、ただただ貴族らしいとしか言いようがなかった。

案内を受けて中に入ると、内装も調度も、一目で高級品だとわかるものばかりだった。

本当に土足で歩いていいのか尋ねたくなる廊下を歩きつつ、毎回落ち着かない気持ちになる。

敷地内にあるオズヴァルドの作業場は、部屋というより一つの工房だ。渡り廊下で屋敷につながってはいるが、それ自体が庭側に突き出ており、独立した建物になっている。

そこに入ってすぐの大きな部屋が休憩の場だ。

こちらも凝った作りの大きなテーブルに椅子、仮眠もできそうな大きさのソファーがある。

「オズヴァルド先生、本日はどうぞよろしくお願いします」

ダリヤとイヴァーノの挨拶に、壮年の銀髪の男と若い黒髪の女が笑み、型通りの挨拶を返してきた。本日の先生役であるオズヴァルドと、その第三夫人であるエルメリンダだ。

ダリヤが独身女性のため、オズヴァルドと二人での授業の際は、隣室に付き添いを置いてもらうことになっている。

今日はイヴァーノと共に、エルメリンダがこちらで待機してくれるそうだ。

イヴァーノは書類を持ってきたから商会業務に支障はないと言うが、どうにも申し訳ない。

できるだけ早く商会員を増やし、その者についてきてもらった方がいいだろう。

「時間も限られていますので、早速授業に入りましょうか。今日は大海蛇(シーサーペント)の肺を使った実技です」

「大海蛇(シーサーペント)の肺ですか」

オズヴァルドの言葉に、ダリヤは思わず顔を上げた。

大海蛇（シーサーペント）の肺といえば、なかなかの希少素材だ。いまだ扱ったことはない。なんとも楽しみだ。

「メルカダンテさん、盗聴防止はかけさせて頂きますが、不測の事態と思われた場合は、いつでもドアを開けて頂いて結構ですので」

「わかりました。会長、どうぞ安全にお気をつけください」

はい、と今度はダリヤがイヴァーノに返した。

少し前、天狼（スコル）の腕輪制作に挑戦したとき、自分は少々怪我（けが）をした。

しかもその後、『天狼（スコル）の魔法付与で死ぬ可能性もあった』とオズヴァルドに指摘された。

その場に同席していたのがヴォルフとイヴァーノである。大変驚かれ、心配された。

今後は十分気をつけるつもりだし、そう言ってはいるのだが、やはりまだ心配されているのだろう。重ねて申し訳ない。

安全な作業を内に誓いつつ、ダリヤは席を立つ。

そして、オズヴァルドと二人、隣室へ足を進めた。

奥の作業部屋も広く、床面積だけで塔の仕事場の十倍は軽くある。

濃い灰色の大理石の床、シミひとつない白く艶（つや）やかな壁。

家具と調度は黒と銀で統一され、とても洗練された雰囲気だ。

壁の二面には、床から天井まである黒い棚に、本と魔封箱、そして、ガラスや金属のケースが並んでいた。

ケースの中身はおそらく魔導具か素材なのだろう。ゆるゆると流れてくる魔力はとても濃厚だ。

大きな窓からは緑の芝生と、花壇に赤と白のサルビアが咲き誇っているのが見える。色のはっきりした小さな花がかわいらしい。

その花が風に揺れるのを目に、ダリヤは最初にここへ来た日を思い出した。

◆◆◆◆◆◆

初めてオズヴァルドの作業場に足を踏み入れたのは、王城で遠征用コンロのプレゼンをする、少し前のことだ。あの日、ダリヤはとても緊張しつつ、豪華な作業部屋へ入った。

自分は魔導具師である父、カルロに師事していたが、希少素材の扱いや危険性について教えられていないことが多くあった。それを心配したオズヴァルドが、教師役を引き受けてくれたのだ。

通常、魔導具師は高度な技術や知識を、弟子や家族以外に教えることはない。

ダリヤがオズヴァルドに教えてもらえるのは、かなり異例のことといえた。

椅子に座っても落ち着かずにいると、窓から咲きはじめの赤と白のサルビアが目に入った。

緊張しているダリヤに気を使ったのか、オズヴァルドは優しく微笑(ほほえ)んで、自分も庭を見た。

「あれは息子のために植えたのですが、もう、むしられなくなってしまいました」

「もしかして、サルビアの蜜を吸うためですか？」

「ええ、上の息子が蜜を吸うのが好きだったので、つい増やしてしまいまして。あとで知られて、私がカテリーナに怒られましたが」

子供の頃、塔の庭にも咲いていたサルビア、その蜜の味を思い出す。

幼い息子と共に蜜を吸うオズヴァルドを想像し、ダリヤはちょっとなごんだ。

「オズヴァルドさんも子供のときに、サルビアを？」

「いえ。学生時代、素材採取に行った先で、カルロさんに蜜の吸い方を教わりました。お勧めは、サルビアとスイカズラ、レンゲソウでしたね」

「父が……」

原因は自分の父、カルロだった。

貴族であるオズヴァルドに、一体なぜ、蜜の吸い方を教えたのか。

そして、オズヴァルドもなぜ、息子に教えているのか。

窓の外、長い列で咲き誇るサルビアに、つい遠い目になってしまった。

「ダリヤ嬢は教わりませんでしたか？」

「……教わりました」

「私はレンゲソウが一番好みでした。今は瓶入りの蜂蜜にしていますが、正直、あの頃の味わいはないですね。やはり、新鮮さが違うせいでしょうか」

しれっと言うオズヴァルドに、笑いを堪えるのが辛くなってきた。

いつの間にか、緊張感は消えていた。

「では、授業を始めますか」

オズヴァルドはテーブルをはさみ、正面の席に着いた。

「カルロさんのことは、作業場で何と呼んでいましたか？」

「私は『父さん』のままでした。兄弟子は、いつも『師匠』と呼んでいましたが」

兄弟子、と口にした瞬間、ちくり、指に刺さった棘(とげ)のように、思い出が浮き上がる。ダリヤは思い出を振り捨てて尋ねた。

「あの、オズヴァルドさんのことは、ここでは『先生』でもよろしいでしょうか？」

自分を『弟子』とは呼ばないと言われているが、教わる立場で名前呼びもおかしい気がする。思いついたのが『先生』だった。

「『先生』……なんとも新鮮な響きですね」

男は銀の目を細め、きれいに口元をつり上げる。

「私のことは出来の悪い生徒と思って、名前でお呼び頂ければ」

「では、ダリヤ、『模範生』と思ってお教えすることに致しましょう。ただ、私は教え方にちょっと問題があるようで――見習いの者も数人やめましたから、お気に障ることがあれば、遠慮なくおっしゃってください」

以前受け取った王城礼儀用の暗記カードの厚さを思い出し、妙に納得する。あれは夢に出るほど大変だった。おそらく、オズヴァルドは弟子に求めるレベルがとても高いのだろう。

「まず、こちらをお渡しします」

「ありがとうございます――魔導書ですね！」

渡された銀の魔封箱に入っていたのは、濃い赤革の分厚い本だ。

表紙には、赤く美しい魔石がはめこまれ、その周囲に繊細な魔法陣が描かれている。

「まだ真っ白なノートのようなものです。あなたしか開けられないよう、そちらの魔石部分に紅血(こうけつ)設定をなさい。火魔法を仕込んでいますので、他人が無理に開こうとすると一気に燃えます」

「一気に燃えるのですか……」

なんとも秘密めいた外装と仕組みに、心が躍る。

火魔法を付与した本の話は聞いていたが、実際に目にするのは初めてだ。

受け取った瞬間から、目が離せなくなった。つい、裏や背表紙も確認してしまう。

「めずらしそうにされていますが、今はお持ちではないのですか？」

「はい、初めて実物を見ました」

銀の針を借りると、左手の小指にぷつりと刺す。少々の傷みはあるが、まったく気にならない。

小さな血の滴(しずく)を赤い魔石に落とし、自分の魔力で広げ、浸透していくのを待つ。

描かれた魔法陣が一度だけ赤く光り、ゆっくりと消えた。

「紅血(こうけつ)設定は終わりましたね。では、そちらに覚えたいことを書いていってください。ところで、今は魔導具の構想を練る際や設計の下書きなどは、どのように保管していますか？」

「ノートに書くか紙にメモをして、革のケースに入れています」

「そのケースは魔導具ですか？　その後にどこに保管を？」

「いえ、普通の書類ケースで、仕事場の書棚に保管しています」

オズヴァルドが銀の目を細め、妙にしぶい表情(かお)になった。

何かまずいことを言ってしまったかと振り返るが、思い当たることがない。

「少し不用心ではないかと。専用の金庫に入れることをお勧めします。ところで、カルロさんはどうなさっていました？」

「その……メモを束にして、机の上に置いていました。ある程度の量になると、足元の箱の中に入れていました」

メモの束の上、そのへんの素材を重石代わりに置いていた。量が多くなっても片付けないので、たまるとダリヤが蓋もない木箱に投げ込んでいた——そうは説明しづらい雰囲気だ。

「カルロさんとあなたの周りは本当に信頼できる方だけだったのが、よくわかりました……」

驚きよりも呆れをにじませたオズヴァルドの声に、いろいろと理解する。

考えてみれば、前世であれほど気をつけていた秘密保持、その意識がなかった。

父と自分とトビアス、それ以外はほとんど出入りのない仕事場だ。

たまに塔に来る業者も子供の頃から顔見知りで、付き合いの長い者ばかり。

今まで危険性を感じたこともなければ、安全対策をしたこともない。

「商会が大きくなるほど、侵入者や来訪者の行動に気を配らなければいけません。住まいの安全と製品情報の管理は徹底することをおすすめします」

「ありがとうございます、十分気をつけます」

最初の授業が、魔導具の知識ではなく、安全管理になってしまった——そう考えていると、銀の視線が自分の左手に向いた。

「その指輪は、魔導具ですね？」

「はい、毒消しの指輪です」

左手の金の指輪は、ヴォルフにもらった毒消しの指輪だ。

外食も増えたので、最近はつけっぱなしにしていることが多くなった。

「少々追加がいりますね」

壁の棚に歩いていったオズヴァルドが、小さな銀の魔封箱を持ってきた。

中にあったのは、やや細身の金の腕輪だ。上品な輝きで、丁寧な細工物だと一目でわかる。

「護身用にこちらを。中古ですが、それなりの効果です。完全防毒と混乱防止、石化防止、眠り薬やしびれ薬、媚薬（びやく）なども効かなくなります。商会長ならこの程度のものは身につけておく方がいいでしょう」

「あの、そこまで必要なんでしょうか？」

「貴族はお酒や食事に多少危険なものが入っていても大丈夫なよう、体を慣らしているか、対策をしています。家の利益のためなら少々過激なことをする方もおりますし、罠（わな）にかけることを趣味にするような方もたまにいます。そんな輪の中に子羊が入ったら、おいしく調理されかねません」

「子羊……」

十六歳が成人の今世、すでに大人になって数年がたっている。それでも、今のダリヤでは『子羊』と呼ばれてしまうらしい。あと、貴族の内情が怖い。

一応前世での経験もあるのだが、危機管理の件といい、自分の甘さを反省する。

「すべてに対応できるわけではありませんが、貴族対応のときは安全のためにしておきなさい」

「はい。ありがたくお借りします……」

腕輪を受け取ると、強い魔力のゆらぎを感じたので、じっと観察する。

外から見ればシンプルな金の腕輪だが、内側に、白、黒、赤、緑の小さな石らしいものがはめこまれている。それぞれから違う魔力を感じた。

「こちらの素材は何でしょうか？」

「土台は金で、強度を上げています。内側の素材は、白が一角獣（ユニコーン）の角、黒が二角獣（バイコーン）の角、赤は炎龍（ファイヤードラゴン）の鱗（うろこ）、緑は森大蛇（フォレストラスネイク）の心臓です」

「すごいです……！」

希少素材満載の腕輪だった。内側の素材部分を確認し、その周囲の魔法回路に見入ってしまう。

ここまで細かい回路組みを見ることはなかなかない。

しかし、見れば見るほど気になることがあった。

「あの、失礼ですが、こちらは、おいくらぐらいでしょうか？」

「当時の材料費が金貨十五枚でしたか。腕輪はお貸ししますので、同じものを作れるようになったらお返しください」

貸すと言われても、あっさり言われた材料費が怖い。技術料も考えると、売値は三倍以上になるのではないだろうか。もし、傷をつけたりしたらと思うと、不安しかない。

「そんな高価な腕輪をお借りするわけには――」

「新しいものではありませんから扱いはお気になさらず。それと説明が遅れましたが、希少素材を扱うようになれば、魔導具師でも必要になりますよ。ここで素材を扱う際に、あなたが混乱しても眠って倒れても、困るのは私ですので」

言われてみれば確かにそうだ。ここで自分が状態異常を起こしたら、迷惑この上ない。

「この腕輪を自分で作れるようになるには、どのぐらいかかりますか？」

「今のあなたで、一年から数年でしょうか。努力を期待するとしましょう」

「がんばって、早くお返しできるようにします……」

にこやかに言われるが、重いプレッシャーを感じる。

見習いの者達がやめたのは、オズヴァルドのこのプレッシャーの重さも原因ではないだろうか。

そして、気になることがもう一つ。

「あの……この腕輪をつけていた方は、これがなくてよろしいのですか？」

「不要になったようです。ああ、中古という点が気になるようでしたら、新しくお作りしますが」

「いえ、そうではなく――」

今までの経験をふまえ、これ以上は聞かない方がいい気がする。

ひょっとすると、やめていった弟子のものかもしれない。

無言でそっと視線を伏せると、目の前の男は悟ったような笑みを浮かべた。

「気を使って頂くほどのことではありませんよ。昔、お付き合いのあった女性に贈って、別れるときに返されただけです」

完全に地雷ではないか。なぜそこまで丁寧に説明してくれるのだ。たいへん表情に困る。

しかし、オズヴァルドの恋多き噂(うわさ)は本当だったらしい。

結果として妻を三人も得ているのだから、恋はともかく、愛は成就したと言っていいのだろうが。

どう言葉を返すかを必死に考えていると、彼はあっさり続けた。

「未練がなければ、ただの道具です。さて――希少素材に関する説明をしたいと思いますが、知りたい素材はありませんか？」

「天狼(スコル)について教えて頂きたいです」

オズヴァルドの問いかけに対し、ダリヤは最も気になっていた素材をあげた。

ヴォルフの腕輪に使用した魔物である。

天狼（スコル）――漆黒の体躯（たいく）で、金や銀の目を持つという狼（おおかみ）のごとき魔物。

空を駆け、鳥や獣はもちろん、コカトリスや一角獣（ユニコーン）、天馬（ペガサス）など、他の飛行系の魔物すら食べるという。実物はもちろん、牙以外の部分も一度も見たことがない。

「天狼（スコル）は、見た感じは狼のようですが、飛行系ですね。強い風魔法と音攻撃を持っていて、討伐はなかなかたいへんな魔物です」

「音攻撃、ですか？」

「ええ。魔物図鑑にはありませんが、咆吼（ほうこう）に威圧や混乱の効果があるそうですよ。戦ったことがある冒険者が言っていました」

天狼（スコル）と戦ったのが騎士団ではなく、冒険者というのに驚いた。

竜騎士のように何かに騎乗して戦うのだろうか、それとも風魔法などで空が飛べるのか、あるいは魔法で撃ち落とすのか、気になるところだ。

「天狼（スコル）は、牙が風魔法と音攻撃防止、毛皮は物理防御、心臓の魔石は魔法防御の素材になります。爪は武器に強度上げとして入れられることがあります。入手しづらい素材ですし、高価です」

オズヴァルドが魔封箱を出し、中から天狼（スコル）の牙を取り出した。

白銀に輝くそれは、牙というより、宝飾品の材料のようにも見える。

「私も牙しかストックしておりませんが……この大きさの欠片（かけら）で、魔力が九あれば魔法付与が可能です。できれば十ある方がいいでしょうね」

その牙は、ダリヤが腕輪を作るときに使ったものより、少しばかり小さい。

自分が勢いで行った付与の危うさを痛感し、こめかみにたらりと汗をかく。

無事生きていて、本当によかった。

「天狼(スコル)の魔法付与は途中でやめることができないので、具合を悪くすることもあります。魔導具に加工する場合は、必ず同室に人を置くように。雌よりも雄の方が魔力を必要とします。性別と、特殊個体や変異種ではないかの確認は必ずしておきなさい。特殊個体や変異種は数倍の魔力を必要とすることがあります。確認ができなければ、金銭的には負担がかかりますが、力のある上級魔導師に鑑定・分割してもらってから、使う方がいいでしょう」

「力のある上級魔導師というと、どのぐらいでしょうか？」

「魔力測定で、できれば十五、もしくは測定不能ぐらいあれば安心ですね。侯爵家か公爵家に関連する方々、あとは王族ですね」

魔導書に綴(つづ)っていたペン先が止まった。

お願いするべき相手が、雲の上の人である。完全に無理な話だ。

「鑑定や分割が必要であれば、私か、商業ギルド長であるジェッダ子爵へご相談ください。紹介状をお書きしましょう。ああ、それよりも早い方法がありますね。ヴォルフレード様に、お兄様へのご紹介をお願いするといいでしょう」

「ヴォルフ様の、お兄様ですか？」

「ええ。グイード・スカルファロット様です。王城で魔導部隊の中隊長をなさっています。魔導部隊は力のある上級魔導師が多いですから、相談にのって頂けると思いますよ」

「……覚えておきます」

オズヴァルドにそう返事はしたが、頼ることはまずなさそうだ。

弟の友人、しかも庶民からのお願いなど、正直、迷惑に違いない。

「ヴォルフレード様がお使いになっているのでわかると思いますが、天狼（スコル）は、強い風魔法の付与になります。ただ、少ない魔力でも効果が大きい、制御がたいへん難しい『暴れ馬』です」

「『暴れ馬』ですか……」

狼なのに馬なのかと、つい笑ってしまいそうになる。

だが、天狼（スコル）の腕輪を制御できず怪我をした自分としては、納得せざるを得ない。

「完全に魔力制御ができる方か、最大魔力がわずかな騎士、体外魔力がない人が紅血（こうけつ）設定で使うのがいいでしょう。ただ、誰に制作するか、販売するかはよくお考えなさい」

「はい。販売は考えておりません」

「その方がいいですね。ああいった魔導具は何に使われるか難しいところがあります。騎士の動きをサポートし、魔物から国を守れることもあれば、暗殺者が悪用し、国を傾けることもできますから」

静かな言葉に、背中が冷えた。それを見越したように、銀の目が自分をじっと見る。

「その手で作る魔導具が、誰にどう利用されてほしいか、ほしくないかを、よくお考えなさい」

「はい、十分気をつけます……」

オズヴァルドの言葉が耳に痛い。振り返れば、反省点があまりに多すぎる。

「さて、ダリヤの初期魔力と、現在の魔力はいくつですか？」

「元々が八で、今はもう少し上がっているかと思います」

ダリヤの初期魔力は八。そこから魔導具師として付与魔法を学んでいるうちに魔力は増えた。

「では、とりあえず魔力を十ぐらいに上げましょうか。実技の際はそれぐらいあった方がいいですから」

「あの、そんなに簡単に魔力を上げられるのですか？」

魔力はひたすらの魔法付与で、自然に上がるものだと思っていた。

人工的な上げ方など、学院で習った覚えもなければ、父から聞いたこともない。

「人為的に魔力量を増やす方法は、別に非公開の技術ではありませんよ。未成年や学生に魔力量を増やす方法を教えないのは、器ができないうちに魔力を上げ、体を壊すことを避けるためです。それに、自分で扱えないほどの魔力は『魔力過多症』となってしまいますので」

『魔力過多症』は、自分の魔力に体が耐えきれなくなる症状だ。

人によっては、心臓が止まったり、呼吸ができなくなったりすると聞いている。

貴族の幼子に稀にあると聞くが、人為的に魔力を上げても起こるとは知らなかった。

「増強する方法は簡単です。身長の伸びが完全に止まってから、魔力を使いきって、そのときに魔力ポーションを飲んで、再度魔法を使えばいい。体はまだ余裕があると勘違いし、器を少し引き上げます。それを十回から十五回も繰り返せば、一は上がります」

「魔力ポーション、ですか？」

簡単だと言うが、魔力ポーションは一本金貨二枚ほどだ。十回から十五回といえば、ダリヤの感覚では二百万円から三百万円ほどになる。そうそう簡単に実行できるものではない。

「ある程度の貴族やそれなりの商家でゆとりがある場合、子供の身長が止まり次第、魔力ポーションで一つか二つ、上げておくものですよ」

「知りませんでした……」

「普通、魔力量を増やせるのは、自分の初期魔力から三つまでです。毎日魔法を使い、自然と増やせるのもこの範囲です。魔力の扱いに慣れた者が上げるとして、ぎりぎりで四つ。ですから、ダリヤは最初の八から三つですから十一までが安全、この先ぎりぎりで十二ですね」

「十一まで……では、少し無理をしないと、父には追いつきませんね」

「は？　失礼ですが、カルロさんは亡くなる前にいくつだったのですか？」

オズヴァルドが怪訝な顔をする。聞き返された声には、珍しく動揺がこもっていた。

「十二でした」

「私の記憶では……カルロさんは学院の頃、七でした」

「え？」

「人の体は魔力の器でもあります。許容以上の魔力を流し続けると体を壊すことが多くなります。魔導具を使っても同じです。人為的に魔力量を増やすのにも限界があり、五以上の増強は危険になります。カルロさんの十二は、普通に考えれば、無謀だとしか思えません」

何も聞かされていなかった。父はいつの間にそんな無茶をしていたのだろう？

塔にいるとき、ダリヤは魔力ポーションを飲んでいる父を見たことはない。

無謀にも若いうちに上げ、それで平気だったのだろうか。それとも、自分が学院に通っている間や、いないうちにこっそり魔力量を上げていたのだろうか。

記憶をたぐれば、天狼（スコル）の牙を渡されたとき、父は大型給湯器に『風魔法効果の熱暴走防止』を付与したと言っていた。そこで『魔力が十二いる』と聞いた覚えがある。

珍しい素材、大型の魔導具――そのために、少しの無理をしたつもりの、魔導具師としての挑戦だったのか。それほど無理をしてまでやってみたい仕事だったのか。

父を問いただしたくても、もう二度と声は聞けない。

「父は……天狼（スコル）を使って、大きな魔導具を作ってみたかったのかもしれません」

「ただ作ってみたかったということですか。ある意味、カルロさんらしいです。でも、もしそうなら、あなたを一人残してまで挑戦することではなかったでしょうに……」

「……ホントです」

残念さを隠さぬ男の声に、ついうなずいてしまった。

魔導書の文字が、少しだけにじんで見える。だが、ダリヤは一度だけ瞬（まばた）きをし、話を続けた。

「私が一人で魔力枯渇をさせ、魔力ポーションを飲むのは、十一まででしたら可能ですか？」

魔力が上がれば作れる魔導具、付与できる効果は増えるのだ。できれば欲しいところだ。

「魔力枯渇は気絶することもあります。一人きりで、『もしや』のあることはおやめなさい。教えた私を後悔させたいですか？」

「すみません……」

思いがけぬほど厳しい声に、すぐ謝る。

だが、オズヴァルドは首を横に振り、浅く息をついた。

「こちらこそ申し訳ありません。つい、カルロさんのことを重ねてしまいました。あなたの方がショックだったでしょうに……」

「いえ、父はその……マイペースというか、自分のしたいことをする人でしたので」

思い返せば、日々、マイペースな父だった。

魔導具師としても父としても尊敬していたが、生活面では手がかかることも時々あった。

ふらりと出かけて深酒をして帰ってくる度、父に文句を言っていた記憶がある。もっとも、それでもほとんど直らなかったが。

「魔力が十一までだと、先生のように魔導具を作るのは無理でしょうか？」

自分の魔力を考え、ダリヤは尋ねる。

希少素材を使って魔導具を作るのは、魔力がいることも多い。

父が十二に上げていたのだ。貴族であるオズヴァルドは、おそらくそれ以上にあるだろう。

「私の魔力値は十と少し、十一には届きません。それでも、店のほとんどの魔導具は作れますよ」

「そうなのですか？」

意外すぎる言葉に、他に何と返していいのかわからない。

「私は子爵家の生まれですが、一族で魔力が一番少なかったのです。元から四上げても、この数値です。魔力も体力も足りず、魔導師にも騎士にもなれませんでしたので、魔導具師の道を選びました。この魔力値でも、案外なんとかなるものですよ」

「でも……オズヴァルド先生は魔導具師でよかったのではないでしょうか？　今、とてもすごい魔導具師になっているわけですから！」

オズヴァルドの抑揚のない説明に、思わず声を大きくしてしまった。

「とてもすごい魔導具師……」

自分が言った単語をオウム返しに、彼が固まっている。完全に呆れられたらしい。

「す、すみません！　子供みたいな言い方で、表現がおかしくなってしまって……」

「……いえ、私が『とてもすごい魔導具師』という言葉で思い出すのが、カルロさんでしたので、少々驚いただけです」

オズヴァルドはいつものように微笑むと、棚から違う魔封箱を持ってきた。

「さて、ヴォルフレード様の眼鏡に使っていた『妖精結晶』のお話も必要でしょう？」

「はい、お願いします」

「妖精結晶は、妖精が隠れるための魔力が固まったものと言われています。幻影入りのランプなどにも使われますが、最も多いのはカモフラージュと攪乱(かくらん)用です」

ヴォルフに妖精結晶の使い方などを話したとき、諜報(ちょうほう)部とのつながりを尋ねられたことがあった。

それは当然の心配だったのかもしれない。

「最近は王城や、他国の軍などでも需要が出てきましたし、注目されはじめている素材です。妖精結晶を複数発注する場合は、王城や高位貴族との取引を目指していると思われるか、軍備関連に進むかと思われやすいです。目立ちたくないのであれば入手方法に気をつける方がいいですね」

「あ……」

すでに遅い。オルランド商会に複数、発注してしまった。

そして思い出す。妖精結晶を頼んだとき、オルランド商会長であるイレネオは言った。『そうか。君はそちらへ進むのか』と。

おそらく、ダリヤが王城か軍備関連を目指していると思ったのだろう。

実際、今は王城に出入りしているわけで、誤解されているかもしれない。

「すみません、ご相談させてください。ヴォルフ様の眼鏡を作るのに、妖精結晶を四つ、オルランド商会に発注してしまいました……」

「四つですか。研究用とはちょっと言いがたい数ですね……」

オズヴァルドは一度銀の目を閉じ、顎に指をあてた。

「ゾーラ商会に納める、妖精結晶のランプを作ると言っておきなさい。こちらも話を合わせます。オルランド商会は今後、メルカダンテさんに対応してもらう方がいいでしょう」

「ありがとうございます。本当にお手数をおかけして申し訳ありません」

「いえ、たいしたことではありませんよ。妖精結晶などの希少素材で何かがあれば、天狼と同じように、私かジェッダ子爵、ヴォルフレード様にご相談を。下手に他の商会に聞くのは危ないように思いますので」

「はい、そうさせて頂きます……」

結局、オズヴァルドにまとめて頼る形になってしまった。

初回授業から、迷惑この上ない生徒である。授業料を上乗せするべきではないだろうか。

「話を戻しましょうか。妖精結晶の付与は七から可能、できれば八です。少しクセがありまして、一回で付与者の魔力が大体半分もっていかれます。気絶する可能性が高いので、魔力ポーションなしで二度続けての付与はしないことです」

その教えを魔導書に書き込みつつ、またも冷や汗をかく。

『ヴォルフの妖精結晶の眼鏡を作る際、二枚のレンズを連続で付与しました、魔力ポーションは飲んでいません』とは、絶対に言えない。

「妖精結晶は、付与時に幻覚を見せることが多いのです。結晶の付与で幻覚に負けて集中力を切らすと、四散して粉になります。粉でもそれなりに使えますが、結晶体の方が効果は上です。結晶体と粉の付与の違いに関しては、いずれ自分で試してみなさい。感覚でわかるはずです」

「わかりました」

ペンを走らせながら、父を思い出す。

ダリヤの部屋の窓に付与しようとして失敗した父は、どんな幻覚を見たのだろうか。

「ダリヤが眼鏡を作ったとき、何を見たか、伺ってもかまいませんか？」

「その、妖精が出てきて、亡くなるところを……会話もした覚えがあります」

「妖精、ですか？」

「はい。あと、付与中に父が隣にいるような感じがしました。幻覚だったなら、もう一度、しっかり顔を見ればよかったです……」

つい言ってしまい、慌てて首を横に振る。このままだと、また涙腺がゆるみそうで危ない。

「さて、ここまででわからないことや、お気に障ることはありませんでしたか？」

「いえ、たいへんわかりやすく、楽しかったです」

「それはよかったです。『自分でお考えなさい』というのは、どうも嫌がる方が多いようで。私がカルロさんのように、人当たりがよければ違ったでしょうが……」

ここまで親切丁寧な指導をしてくれるオズヴァルドである。人当たりが悪いわけがない。

『自分でお考えなさい』は、当たり前のことだと思います。父は庶民の話し方でしたが、よく『どう思う？』『どちらだと思う？』と私に聞いていましたし」

「……ありがとうございます。こちらが勉強になりました」

「はい？」

「自分が教わったように教えておりましたが、言い方が相手に合わなかったのでしょう。この年まで それすら気がつけないとは、いやはや情けない……」

オズヴァルドが何かを自己完結している。会話を思い返してみても、ダリヤにはぴんとこない。狐につままれたような思いでいると、オズヴァルドが銀のまなざしを向けてきた。

「失礼ながら、ダリヤ嬢の婚約破棄は正解だったようですね」

「あの、どうしてでしょうか？」

「先ほどは濁させて頂きましたが、妖精結晶で多い幻覚は、大切な人の死や、いなくなるところを見るものです。多いのは、夫や妻、婚約者、恋人、その後に家族、親友ですね」

「私が見えたのは、妖精でしたが？」

ダリヤが見たのは半透明の妖精である。前世の記憶がある自分だが、妖精に知り合いはいない。

「それは妖精結晶を残した、妖精自体の記憶でしょう。同調するほど集中すると見えるらしいです。残念ながら、私は見たことがありませんが。私の師匠が若いときに何度か見たと言っていました」

妖精の記憶と言われ、ようやくわかった。

眼鏡に付与をしているとき、妖精の死が見えた。あれは幻覚ではなく、妖精の最期の記憶だ。

魔物に追われ、恐怖し、絶望し、隠れる魔法を使ったままで、死を迎えた。

だから、その記憶がほどけず、自分に『虹の向こう側』へ送るよう頼んできたのだ。

あの妖精はあの世へ、もしくは自分と同じように、別の世界へ旅立てたのだろうか？

確かめるすべはないが、そうであることを祈りたい。

「あの、先生も妖精結晶で幻覚をご覧になったことが？」

「ええ、見ますよ。毎回、去っていく妻達の後ろ姿です」

「それは……辛そうです」

「ええ、わかっていてもなかなか慣れられませんね。悪夢も見やすくなりますから、妖精結晶の付与をした夜だけは、誰かと一緒の方がいい」

「一人暮らしの私には、ちょっと難しいお話です……」

イルマやルチアに頼む方法もある。二人とも、泊まりに来てと頼めば来てくれるだろう。

だが、イルマをそんな用で呼びつけ、マルチェラを一人にするのはちょっと申し訳ない。

ルチアについては、山のように服を持ってきて、悪夢防止などの理由をつけ、絶対に徹夜で着せ替え大会になる。却下だ。

「ダリヤ、いっそ塔に『番犬』を置いてはいかがです？　その夜だけ借りてくるのも方法かと。黒毛の大型犬などはどうでしょう？」

「黒毛の大型犬……それだと夜犬（ナイトドッグ）とかでしょうか？　散歩がちょっと大変そうですね」

夜犬（ナイトドッグ）は、前世のジャーマンシェパードに似たフォルムの、黒一色の大型犬だ。

護衛犬として有名で、動きが速く、夜目がきき、泥棒よけにも重宝されていると聞く。

ただ、大型犬となると散歩の距離が必要だろう。飼うのはなかなか難しそうだ。

「王城には『護衛犬』もいますから、ヴォルフレード様に伺ってみては？」

「はい、そうしてみます」

あの日、オズヴァルドはひどく楽しげにうなずいていた。


「やっぱり魔力が上がったばかりだから、難しいわ……」

ダリヤは大海蛇（シーサーペント）の肺の付与を終え、できあがった銀の手鏡を、そっとテーブルに置いた。

先ほどまで大海蛇（シーサーペント）の肺に関する講義をしてくれていたオズヴァルドは、急ぎの手紙が届いたとのことで、本館へ出向いている。

テーブルの上の手鏡は、陽光にきらりと光った。だが、いくつかの気泡がどうにも目立つ。

鏡の土台は、薄く切って磨いた水晶だ。その上に、大海蛇（シーサーペント）の肺を粉にしたものを置き、魔力を付与して溶かし、均一にする。

うまくいけば鏡のように均一になり、目の前のものを映す。

そうしてできあがるのは、小さいのにそれなりに浮力がある、大海蛇（シーサーペント）の手鏡だ。

今世のこの世界、海は危険の多い場所だ。

大海蛇（シーサーペント）の手鏡は、溺れたときに浮く、漂流中に鏡の光で位置を知らせるなどの利点や用途がある。

残念ながら、大海蛇（シーサーペント）の肺という希少素材を使う魔導具のため、お手頃な値段ではない。

貴族や裕福な商人が航海中にお守りのように持つことが多いと教えられた。庶民には、クラーケンの革で作った浮き袋の方が売れているそうだ。


ずっと同じ姿勢で魔力を流し続けていたので、少々肩が凝った。

ダリヤは立ち上がって伸びをしつつ、なんとはなしに庭を見る。

先日の赤と白のサルビアは、今が盛りだ。

そのあざやかな花々が揺れる真ん中に、一人の少年が立っていた。

銀髪に銀の目、あどけなさを残しつつも整った顔立ち——一目でオズヴァルドの息子だとわかった。高等学院に入ったばかりと聞いていたが、十三、四歳ぐらいだろうか。

少年は無邪気な笑顔を浮かべ、赤いサルビアをむしり、その蜜を吸う。

それを二度繰り返し、不意にこちらを見た。

「あ……」

互いに数秒固まった後、少年は泣きそうな、困った顔になった。

ダリヤは急いで立ち上がって窓を開け、声をかける。

「あの！　ちょっと、いいでしょうか？」

「……な、なんでしょう？」

そして、声をかけてから気がつく。

声をかけたところで、少年へのフォローにはまったくならないではないか。

慌てつつも考え、彼の足元を見た。

「……そのサルビア、少し分けて頂けませんか？」

少年は素直に足元の一本を手折り、窓辺に歩み寄ってきた。

顔を真っ赤にしつつ、腕を懸命に伸ばし、赤いサルビアをダリヤに渡してくれる。

「ど、どうぞ」

「ありがとうございます」

ダリヤは受け取ったサルビアの花をむしると、少年と同じように蜜を吸う。

なつかしい甘さについ、口元がゆるんだ。

「甘いですね、このサルビア。私の家にあった花より、蜜が多いです」

「その……父が、そういう種類を探したらしいです」

少年はそこで緊張感が切れたらしい。バツが悪そうに笑んだ。

「気を使って頂いてありがとうございます。お客様に醜態をさらしてしまい、申し訳ありません。その……できれば秘密にして頂きたいのですが」

「わかりました。私の方も秘密でお願いします」

共犯となったことを確認し、二人は子供のように笑い合った。

ダリヤは受け取ったサルビアをちょっとだけ持ち上げる。

少年はこちらに来ると言い、庭から建物の入り口へと走っていく。そしてすぐ、作業場のドアを開けたまま入ってきた。

ドアの向こうでは、イヴァーノとエルメリンダが不思議そうにこちらを見ていた。

「自己紹介が遅れました。オズヴァルド・ゾーラの長男、ラウルエーレと申します。どうぞ、『ラウル』とお呼びください」

「ロセッティ商会のダリヤ・ロセッティと申します。私の方も『ダリヤ』とお呼びください」

表情を改め、お互いに自己紹介を交わす。が、ラウルの方は途中で銀の目を見開いた。

「失礼ですが、ダリヤさんのご実家は、魔導ランタンのロセッティ様でしょうか？」

「はい。魔導ランタンは祖父の制作です」

「ドライヤーと防水布もロセッティ家ですよね？」

「はい」

「お目にかかれて光栄です！　どれも大変にすごいと思います！」

勢い込み、うれしげに言われるのが少しくすぐったい。礼を述べ、互いに斜め向かいの席に着く。

ラウルは、テーブルに二つ並んだ手鏡をじっと見つめた。

「こちらは、なんの魔導具ですか？」

「大海蛇(シーサーペント)の手鏡です。こちらがオズヴァルド先生による見本、こちらが私の作です。全然違いますけれども」

艶やかな鏡面を見つつ、ダリヤはため息をつく。

自分が作ったものは、小さな気泡が四つほど入ってしまった。

それに対し、オズヴァルドの方は一つの気泡も曇りもない。表面の艶やかさも段違いだ。

「あの……父は、ダリヤさんから見て、どんな魔導具師なのでしょうか？」

「私が知る限り、一番か二番にすごい魔導具師だと思います」

「お世辞でもありがたく思います。でも、父は魔力がそんなに高い方ではないですし、その……母の家が子爵なので」

「それは関係ないと思います。オズヴァルドさんは知識も実技もすばらしいですし、冷風扇に氷風扇を開発して、王城にも納品してらっしゃいます。本当に実力のある魔導具師です」

尊敬する先生を誤解されたような気がして、つい言ってしまった。

が、目の前の少年こそが、その先生の息子である。

しまったと思って視線を上げれば、少年は目を丸くして自分を見ていた。目の銀色が、本当にオズヴァルドにそっくりだ。

「お客様におかしなことを伺ってすみませんでした。ダリヤさんは、父と一緒にお仕事をなさっているのですか？」

「いえ、魔導具師としての教えを受けているところです」

「魔導具師としての教え……では、いずれ父と婚姻なさるのでしょうか？」

「しませんっ！」

思わず声を大きくした自分に、少年は頭を下げた。

「すみません！　つい、勘違いを……」

「いえ、こちらこそすみません。魔導具師としての教えと言えば、そういった勘違いもありえますよね……」

魔導具師としての教えとは、弟子か家族に教えることがほとんどだ。

商売敵（がたき）ともいえる他家の魔導具師に教えるのは、ひどく稀だろう。

「うちは父が急死したので、私に魔導具師としての知識や実技が不足しているんです。それで、オズヴァルド先生に助けて頂き、生徒として教えて頂くことになりました」

「そうだったんですか。大変失礼しました」

「いえ、こちらこそ先に説明するべきでした、すみません」


謝罪合戦がようやく済んだところに、話の主であるオズヴァルドが戻ってきた。

息子が作業場にいることに驚いたのか、机の横に顔を向け、少し疑わしげに目を細める。

「ラウルエーレ、私に急ぎの用ですか？　今は来客中ですが」

「いえ、失礼しました。すぐ退出致します」

「あの、私が声をおかけしたので！」

冷たい声を出し合う父子を、ダリヤは慌てて止める。

「ダリヤ嬢が？　何かありましたか？」

「あの、サルビアを頂いておりました」

「ラウルエーレ、赤い花を女性に渡すのは、少しばかり早いのではないですか？」

「それは――」

「いえ！　私がお願いしたので！」

困り顔の少年をかばい、ダリヤは代わって答える。

反抗している父親に、サルビアの蜜を吸っていた話を聞かれたくはないだろう。

ただ自分がラウルに頼んで、きれいなサルビアをもらった、そういうことにしたいところだ。

オズヴァルドは息子に向けていた銀のまなざしを、自分の方へ切り替えた。

「ダリヤ嬢、うちのラウルエーレと親密になるのをご希望ですか？」

「ええと、おっしゃる意味が――」

「貴族の未婚女性に貴族男性が赤い花を渡すのは、『親密になりたい』という意味もあります。まあ、サルビアは『尊敬』なので、恋の花ではありませんが」

「すみません、以後、気をつけます！」

ダリヤは思いきり赤面する。危うく年若き少年に誘いをかけた女になるところだった。

「では、授業を再開したいと思いますが、よろしいですか？」

「はい。あの、ラウルさんもご一緒にご覧になってみませんか？　大海蛇（シーサーペント）の肺は希少で、学院の魔導具科では一度も見られなかったので」

立ち上がりかけた少年に声をかけると、そのまま動きが止まった。

ラウルは一度落とした視線をようやく上げ、オズヴァルドをじっと見る。

「父上、ご迷惑でなければ、ご一緒させて頂いてもよろしいですか？」

「ええ、かまいません。ダリヤ嬢の隣に座りなさい」

「失礼します」

ラウルはダリヤの隣の椅子に移動した。

その目の前には、オズヴァルドの作った大海蛇（シーサーペント）の手鏡が、きらりと光る。

「大海蛇（シーサーペント）の肺を粉末にしたものに魔力を通すと、浮力効果が生まれます。ただし、魔力が足りないと粉のまま、多すぎると飛び散ります。常に一定の魔力を付与し、平らにならしていくことが必要です」

ラウルが途中から入る形になったため、オズヴァルドはすでにダリヤにした説明を繰り返す。

ダリヤは自分の魔導書のメモを確認しようとし、隣からのきらきらした視線に気がついた。

自分の魔導書を見る少年の目は、魔導具師としての深い憧れに光っている。

思わずオズヴァルドに視線を向けると、口角をゆっくりと上げているところだった。

「ラウルエーレも、メモを取った方がいいですね」

オズヴァルドが書斎机の一番下から、黒い箱を出してきた。

「あなた専用の魔導書です。魔石に紅血設定をしなさい。他人が開こうとすると一気に燃えるので気をつけて。この作業場に置いておきなさい」

黒い箱から出されたのは、黒革の厚い本だ。

表紙の中央には、ダリヤのものと同じく、美しい赤の魔石がはめこまれ、その周囲に繊細な魔法陣が銀のインクで描かれている。

表紙の下部分には、銀の流麗な文字がすでに刻まれていた。

『ラウルエーレ・ゾーラ』。その文字に、少年の目が釘付けになる。

オズヴァルドは、とうに息子の魔導書を準備していたらしい。

「父上、これが私の——いいのですか!?」

「いいも何も、魔導具師には必要なものです」

素直ではない言い方だが、ラウルにはしっかり通じたようだ。

紅血設定のため、満面の笑みで小指に針を刺す。思いきりがよすぎて、見ていてちょっと痛い。

その後、三人での授業がしばらく続いた。

作業机の端に置かれたサルビアは、匂いもしないのに甘そうだった。


授業を終えたダリヤが帰ると、オズヴァルドは居間で妻達と紅茶を飲みはじめる。

本日の授業は少しばかり長引いた。

ラウルが追加で参加することになり、大海蛇(シーサーペント)の説明を再度、少し難易度を下げて詳しく行い、その後に二人の実技を見ることになったためである。

大海蛇(シーサーペント)の付与を試させたところ、初日にしては二人とも驚くほどうまかった。

ダリヤは気泡が数個入ったのを気にしていたが、鏡面そのものは見事に平らだった。それだけでも繊細な魔力制御ができている証拠である。

二枚目の実技で見た魔力の流れは、若い時分のカルロとよく似ていた。やはりダリヤの魔導具師の師匠は父であるカルロなのだと納得した。

一方、息子のラウルはまだ学院生、魔導具師としては学びはじめたばかりだ。実技経験も少ないので、今回の付与はかなり難しいだろうと思っていた。

だが、艶はないが鏡面になった上、入った皺(しわ)はたった一本、気泡は十個だけだった。

魔力のゆらぎはあるが、量も安定性もすばらしい。この先の成長が大変楽しみである。

そして思い返す。

自分も初めて大海蛇（シーサーペント）の付与を行ったのは、高等学院のときだった。

気合いを入れてはじめたものの、鏡面は強い風に揺れる海面、気泡は多数で、白い波のような仕上がり。銀どころか、紺と青のまだらになった色合いには、魔導具師として絶望を感じたほどだ。鏡の意味をなさないそれを思い出すと、二人の有能さに感心するばかりである。

もっとも、この話を生徒と弟子にする気は絶対にないが。

ちなみにその手鏡を見て、『悪くないぞ！　荒れる海という題名をつけたいような、きれいな細工じゃないか！』と言ってくれたのは、魔導具研究会の先輩だったカルロだ。

慰めの気持ちはありがたかったが、ただ虚（うつ）ろに笑うしかなかった。

その後、ひどい失敗が恥ずかしくて処分しようとしたところ、同じく先輩のレオーネに『俺に預けろ』と手のひらを出された。

守銭奴で物をなかなか捨てないレオーネだ。ペーパーウェイトにでもするのだろうと渡したら、翌々日、『売上は半分けだ』と、銀貨七枚を渡された。

ぼこぼこで使い物にならぬ手鏡を、『有望な新人職人のガラス細工』として貴族に売りつけてきたレオーネは、現在、商業ギルド長である。きっと天職だろう。


「入りなさい」

不意のノックの音に気づき、了承を告げる。

部屋に入ってきたのはラウルだ。高等学院に入ってから、この場に自分から来るのは珍しい。

息子はつかつかと自分の隣に歩み寄ると、静かに一礼する。

「父上、今日は申し訳ありませんでした」

「謝られることは何もありませんよ。励みなさい」

「はい、がんばります！」

どうにもいい言葉が出なかったが、息子の方が笑顔でうなずいてくれた。

少しばかり拍子抜けしていると、ラウルは自分と似た銀の目をまっすぐ向けてきた。

「父上、第四夫人を娶るつもりはおありですか？」

「いえ、そのつもりはありません」

「わかりました。では、学寮の方に戻ります。あの――ダリヤさんの次からの授業は、できるなら私もご一緒したいです」

「いいでしょう。日程が決まったら使いを出します。予定が合えば二人一緒に教えましょう。学寮では体に気をつけなさい。あと、休みはできるだけ家に帰ってきなさい」

「はい、今後はそうします。あの……魔導書と授業をありがとうございました、父上」

再び一礼して部屋を出る少年を、オズヴァルドは微笑んで見送る。

背筋を正し、歩き去っていく息子の背が、いきなり高くなった気がした。

いつの間にそんなに伸びていたのか、なんとも不思議だ。

サルビアの蜜を吸って笑顔になっていた幼子には、おそらくもう会えないのだろう。それが少しばかりさみしい。

だが、急いで大人になりたいと思いはじめているであろう息子を、祝福したいとも思える。

もっとも、素直にその道を応援していいのかどうかは難しい。

わかっているのは、憧れる赤い花は険しい高山に咲き、隣に黒毛の番犬がいることだけだ。

「さて——ラウルエーレは、『麻疹』でしょうか？」

自分の言葉に、妻達は何も答えない。ひどく似た表情で笑うばかりだ。

『初恋は麻疹のようなもの。年を経るほど重くなり、後をひく』

それは歌劇で有名な一節だが、年齢に関係なく、恋の熱は心を焦がすものだ。

うまくいきそうならばともかく、残念ながらそうでない場合、できれば傷は少なく浅く——そう願ってしまうのは、親として当然ではないだろうか。

「ラウルエーレには、ダリヤ嬢は少し年上すぎるかと思うのですが」

「年上好みは、お若い頃のあなたにそっくりですわね」

第一夫人であるカテリーナは、深い緑の目を細め、楽しげに笑んだ。

「高等学院の世代であの年齢差は、少しばかり大きいですし」

「旦那様のおっしゃる年齢差ではないかと……」

第二夫人のフィオレは、薄緑の目を伏せ、少し困った顔で自分に答える。

「このままいくと、王国随一の美青年と競わねばならぬ可能性がありますが……」

勝ち目のない戦いに息子を送り出しそうな妻達に、オズヴァルドは少し声を落とす。

第三夫人のエルメリンダは、萌葱の目をこちらに向け、すまし顔で言った。

「私達の息子ですから、せめてそれぐらいでないと」

大恩と護衛の先生

「やはり兄上に願うか……」

ヴォルフは少し前から、剣の対人戦と護衛について教えてくれる者を探していた。

護衛の方法については友人のランドルフから聞けたが、彼も基礎だけだという。

魔物討伐部隊員は、魔物と戦うのが優先で、対人、特に護衛の方法をきちんと学ぶ機会は少ない。

希望すれば隊で付き合ってくれる同僚や先輩はいるだろうが、やはり本来の護衛任務を行っている者の方がいいのではないかという結論に至った。

だが、そういった者を探すのはなかなか難しいらしい。

最初に魔物討伐部隊の先輩方に聞いたが、適任者が見つからなかった。

隊長・副隊長に紹介してもらえそうな近衛騎士や、第一騎士団の猛者はいる。だが、魔物討伐部隊員という立場を考えると、正直、やりとりがしづらそうだ。

先輩方にも、そのあたりはトラブルになる可能性もあると、話を持っていく前に止められた。

隊の同期に聞いたところ、黒の死神、兼、魔王の相手など、特別手当をもらってもしたくないだろうと笑われた。冗談にしてもひどい。

考えた末、兄に相談しようと使いを出したところ、すぐ返事が来た。

今日なら時間がとれると呼ばれたのが当日の夕方である。忙しいところを無理に空けてくれたのだろうと思え、なんとも申し訳ない。

夕食はスカルファロット家の別邸、ヴォルフの使っている屋敷でと決まった。

仕事を終えて屋敷に行けば、いつもより多い使用人達が、笑顔で動き回っていた。

次期当主がこちらに来るのだから、ここまで盛り上がるのだろう——半ば自虐的になりながら、自室で着替え、晩餐の部屋へと移動する。

高めの襟と久しぶりのタイが、少しばかりきつい。

「お忙しいところ申し訳ありません、兄上」

「いや、それほどの予定はなかった。連絡をもらってうれしく思うよ」

青みを帯びた銀の髪に、濃い青の目。

そっくりの色合いで父を思い出させる兄は、すでに席に着いていた。

ヴォルフが対面の席に座ると、グイードが乾杯の音頭をとり、そのまま食事を始める。

晩餐のテーブルは二人だけでは大きすぎ、艶やかなリネンは白すぎる。

横で給仕がつきっきりの食事は、正直落ち着かない。

ここ数年で、兵舎の食堂に慣れたからだろう。貴族らしい晩餐はどうしても窮屈に感じられる。

訓練後の喉の渇きのせいもあり、つい速いペースでワインが空いた。

「ヴォルフ、こちらの屋敷で食事をするのは、久しぶりだろう？」

「はい。兄上がいらっしゃったので、皆が張り切っていますね」

「そうではないよ、ヴォルフ。お前がここで、夕食を誰かと食べたのはいつだね？」

ほどよくローストされた鴨を切る手を止め、記憶をたぐる。

「ここしばらくは、ないです」

本当はしばらくどころの話ではない。

十歳でこちらに来てから、家族はおろか、友人を呼んでの晩餐もほぼない。

呼ばれれば、本邸へ行くことはあったが、こちらに呼ぶことは一切なかった。

最初の頃は、さびしさからメイドをそばに置いて食事もしたが、高等学院生となった頃からはそれも面倒になり——気がつけば、食堂で一人、最低限の皿で済ませるようになっていた。

王城で兵舎住みとなってからは、長い休みでもなければこの屋敷に戻ることすらない。

「私も時折しか来なかったから、ここで働く者達は張り合いがなかったろう。せっかくだ、これからはもう少し活用しておくれ。友人や魔物討伐部隊の仲間と食事でもすれば、料理人達も張り切るだろう」

「ありがとうございます。そうさせて頂きます」

ヴォルフは素直に礼を述べる。

ロセッティ商会としても住所を置いている屋敷だ。

商会の集まりや来客の際、屋敷の者に願うことが出てくるかもしれない。

ローストの鴨、カニのスフレ、色鮮やかなサラダ、香りのいいスープ、子供の頃に好きだったミルクシャーベット——他にもいろいろと出された料理は、素直においしかった。

だが、ミルクシャーベットの最後の一さじを口にした瞬間、ふと、緑の塔、ダリヤの作ってくれる料理を思い出す。

けして、特別な材料や、高価な食材を使っているわけではない。

それでいてあそこでの食事は、ひどくおいしく、いつまでも記憶に残る。

食べたことのない料理、食べているはずなのにちょっとだけ違う味。それはとても楽しくて。

ダリヤと食べ、飲みながら話していると、いつもいつも時間が足りない。

そして今、満腹になるほどに食べたはずなのに、なぜかもの足りなさを感じている。

自分はいつの間にか、緑の塔の魔女に『餌付け』されていたらしい。

満足げに食事を終える兄を視界の隅に、ヴォルフは気づかれぬよう、そっと息を吐いた。


少し速いペースで夕食を終えると、グイードと共に歓談室へと移った。

グイードは従者一人を残し、使用人達をすべて下がらせる。

斜めに向かい合って座ったテーブルには、コーヒーが湯気を立てていた。

「ヴォルフ、それで相談とはなんだね？　ああ、楽に話してくれ。ここは身内だけだ」

「ありがとうございます。じつは、対人戦と護衛を教えてくださる方を探しておりまして」

「理由を聞いても？　もしや、前に私が余計なことを言ったからかな？」

以前、自分とダリヤが共に出かけたとき、グイードが内緒で護衛をつけていた。

その後に謝られ、護衛の理由を説明された。

『人を守りながら戦うというのは、難しいこともあるから』と。

おそらくグイードの中で、昔の馬車の襲撃の件が尾を引いているのだろう。確かにその意味合いもあるのだが、兄には気にしてほしくない。

「いえ、母が対人戦や護衛を主としておりましたので、その系統も学びたいと思いまして。俺は魔法が使えませんので、身体強化だけですし」

「魔物討伐部隊をやめる用意かい？」

「申し訳ありません、兄上。それは考えておりません」

「謝ることはない。できれば安全にとは願うが、お前の意志を曲げろとは言わないよ」

グイードはゆっくりと首を横に振る。その後に、指で自分の顎を押さえた。

「ただ、ワイバーンに連れていかれるのは勘弁してほしいものだね。あれはさすがに肝が冷えた」

「それについては、すみませんとしか……その、家から捜索の方を出して頂いたと知ったのが最近で、わざわざありがとうございました」

スカルファロット家で自分の捜索に多くの者を出していた――そう知ったのはついこの前だ。

それまでは、スカルファロット家が自分を捜す可能性すら頭になかった。自分は完全に放置されているものとばかり思っていたからだ。

「父に伝えよう。だが、家として当たり前のことをしたまでだ。ヴォルフは自力で帰ってこられたのだし、気にすることはないよ」

「いいえ、自力ではありません。あのとき、西の森でダリヤに助けられたので」

「ああ、そういうことだったのか――馬車に乗せてくれた商人がいたとは聞いていたが、それがロセッティ商会長なんだね」

グイードは大きくうなずくと、コーヒーにミルクをたふりと注ぐ。

ヴォルフは少しだけ迷ったが、説明を続けることにした。

己の『もしも』を考えれば、グイードに願っておきたいことがある。

「あのとき、ワイバーンを落としてから、二日ほど森を走りまして、道で倒れたその場で、ダリヤにポーションをもらいました。全身血だらけだったので、川まで連れていってもらって体を洗い、その後に食事をもらい、馬車で王都の門まで送られました。魔物の血で視界が危うかったので、助けてもらわなかったら、正直戻れなかったと思います」

「そうか。『スカルファロット』の名前も、少しは役に立ったようだね」

「いえ……俺は、家名を名乗りませんでした。下位貴族の末っ子としか」

「では、魔物討伐部隊と説明したのかい？」

グイードが真顔で聞き返す。

コーヒーに入れかけていた飾り砂糖が、とぽんと勢いよく落ちた。

「はい。でも、あのときの俺は顔も体も血だらけで、判別がつかないほどひどいものでした。鎧（よろい）も原形をとどめていないほどで……よく魔物討伐部隊と名乗って、ダリヤに信じてもらえたと思います。盗賊崩れと思われても、おかしくはなかったかと」

「ロセッティ商会長の馬車には、護衛は何人いたんだね？」

「いえ、彼女一人きりでした。女性一人では危ないからと、男の格好はしていましたが」

「一人？　庶民の『普通』がわからないのだが。女性一人で街道を馬車で移動するとして、何者かもわからない血だらけの男に、そこまでするものかい？」

グイードはわずかに視線を下げた。尋ねた先はヴォルフではないらしい。

「まずないです。本人が貴族や騎士団を名乗っても、証明できなければ無意味です。水や食料はその場に置くとしても、あとは王都の衛兵に知らせるぐらいでしょう。少なくとも同じ馬車に乗せることはないかと……」

斜め後ろの従者が、兄にささやくように答えている。

あのときは、血だらけで視界も不自由、空腹と渇きにいつ倒れてもおかしくない状態だった。

あのまま道に放置されたら、迎えが来る前に魔物か獣の餌になっていたかもしれない。

「まあ、それはヴォルフの運が良かったとして――それで、ロセッティ殿の住所を聞いてお礼に行ったのだね？」

「いえ、教えてもらえませんでした。魔物討伐部隊としてお世話になっているからいい、と。風邪をひくと悪いからと、俺にワイバーンのコートを着せて、ダリヤはそのまま帰りました」

「……お前が彼女を信頼する理由は、そういうことか」

「まだ、あります」

ヴォルフはその場で妖精結晶の眼鏡をかける。

黄金の目を緑に変えるだけではない。顔立ちの印象までも変える眼鏡に、兄と後ろの従者が息を呑んだ。

「これはダリヤに作ってもらった、妖精結晶を使った眼鏡です。俺はこの眼鏡のおかげで、王都を自由に歩けるようになりました。これだけではありません。他にもいろいろな魔導具を作ってもらっています。魔物討伐部隊としても、防水布や小型魔導コンロなどで助けてもらっています」

眼鏡を外すと、そっとケースにしまう。その動作を、兄が無言のまま見つめていた。

「俺は、彼女に大恩があります」

グイードにはそうとしか言えぬが、自分には、ダリヤからの恩が降り積もるばかりだ。

森で助けてもらったこと、過去を隠さず話せたこと、妖精結晶の眼鏡、天狼の腕輪、自分の魔剣作り、魔物討伐部隊の遠征環境の改善。何より、この自分の友となってもらえていること――

これまでのことを大恩と呼ばなければ、なんと言っていいのかがわからない。

「……ダリヤ・ロセッティ殿が、ヴォルフの恩人であるなら、我が一族の恩人でもあるね」

一段低い声になった兄に、ヴォルフは思わず眉をひそめた。

いきなりロセッティ商会に金銭援助などを申し出はしないかと、声を速める。

「兄上、お気持ちは大変うれしいですが、見守って頂くだけで十分です。ロセッティ商会は今、それなりにうまく進んでおりますので。何かあればご相談しますので」

「わかった。何かないかぎり、手出しはしないよ。ただ、ロセッティ商会やお前が困ったときは、必ず言いなさい」

「ありがとうございます」

グイードと再び親しく話せるようになってまだ短いが、少しわかったことがある。

兄は自分に対して、とても過保護だ。その上、思いがけぬほどに行動が早いことが多い。

ありがたいと思うが、少々気恥ずかしかったり、あせったりすることもある。

「ところで、連絡先を聞かなかったのに、どうやってロセッティ殿を見つけたんだい？」

「……偶然、街で再会しました」

「そうか、まるで歌劇のように素敵な話だね」

「そうでもないのですが……」

グイードの興味深そうな顔に、ヴォルフはつい視線をずらしてしまう。

あの日、身体強化をかけて歩きつつ、ただダリヤを捜していた。

魔物の血でよく見えなかった顔、わずかな面影をたよりに、無理を承知で捜した。

たまたま店先にいた彼女に声をかけ、匂いで判別したとは言いづらい。一歩間違うと情けないを通り越し、完全に危ない人になってしまう。

ヴォルフは話題を変えようとコーヒーを口にし、兄に願いたかったことを思い返す。

グイードにダリヤとの出会いを伝えたのも、この理由からである。

自分が魔物討伐部隊の一員であるかぎり、ありえることだ。

「兄上に、ロセッティ商会のことで、ひとつお願いがあります」

「なんだね？」

「もしも、俺がまたワイバーンに持ち帰られるようなことがあれば、兄上がロセッティ商会の保証人になってください。俺が帰ってくるまでの間でかまいませんので」

「ああ、任せなさい。ただ、なるべく短期間で帰ってきてくれ。私もそれなりに忙しいんだ」

「わかりました」

兄弟二人、少年じみた表情で笑い合う。

グイードの従者が、後ろでひどくしぶい顔をしていた。

「さて、正統派の護衛なら、近衛で腕の立つ者を紹介するのが一番だが。ヴォルフは、それは避けたいのだろう？」

「はい。隊の先輩方からもあまりすすめないと……」

語尾をあいまいにした自分に、グイードはうなずく。

「だろうね。近衛と関われば、無理に引き抜かれることもある。王宮に出仕したばかりに、外交のためなどという理由をつけられて、お前を他国に婿に出されるのは避けたい」

「さすがにそれはないかと思いますが……」

「他国の高位の来賓に『所望』されても面倒だ」

「あの、そんなことが実際にあるのですか？」

「多少はね。王が知れば止めてくださるかもしれないが、高位貴族ほど国や家の利を考えて行動する者が多いからね」

あっさりと答える兄は、自分が理解できぬ貴族の顔をしていた。それに距離を感じ、つい尋ねてしまう。

「その――本来であれば、俺もスカルファロット家のためにそうあるべきなのでしょうか？」

「何を言っているのだね、ヴォルフ？」

心底不可解だというように、兄に聞き返される。

「お前は魔物討伐部隊で、我が家の名誉をずっと背負ってきたじゃないか。赤鎧（スカーレットアーマー）を長くやり、一つ目巨人（サイクロプス）を倒し、ワイバーンを落とした。いつ引退しても、あとは家で好きなことをすればいい。お前に『スカルファロット』の名がある限り、口出しも不自由もさせないよ」

「……ありがとうございます」

素直に礼を述べたが、少しだけひっかかる。

『スカルファロット』の名、それは貴族としてのものだ。

家を離れて一庶民となれば、兄とてかばい続けるのは難しいのだろう。

「そうだな……剣で対人なら、防御重視か、攻撃重視かによって異なるし、護衛なら、正統か、とにかく守りたいかにもよるが」

「そのあたりは突き詰めて考えておりませんでした。今の一番は……とにかく強く、守れるようになりたいということです」

グイードは、コーヒーを口にしつつ、しばし考えていた。

ヴォルフもようやくコーヒーに手をつける。

香りはとてもいいが、少しばかり苦みが強い。今ひとつ慣れない味だ。

「守る面での強さなら推したい者がいるのだが、少々難ありでね」

「兄上の頼みづらい方でしたら、他をあたりますので」

「いや、そうではない。忙しそうだが、頼めないことはない相手だ。正当な剣はそれなりで、護衛と対人にかけては超一流だ。守る者と自分が生き残るということを最優先している。今までにただの一度も失敗はない」

「その方がどんな戦い方をするか、お伺いしても？」

「襲ってきた者は、剣をからめ、利き腕を落とす、その後に足を斬るのが多いかな。ああ、仕留めないのは依頼主を聞くためだ。そうでないときはたいてい首を一閃かな」

グイードは首の横で指を軽く動かし、見てきたように語る。

少しばかり物騒な話になってきたからか、斜め後ろに控えていた従者が、軽く咳をした。

「よく言えば『臨機応変』、悪く言えば『えげつない』ね。魔導師は速攻で喉か目をつぶす。詠唱させないか、目を見えなくして攻撃方向をずらすためだね。たいていの刃物は投げるし、備品も投げるし、石も砂も投げる。そのあたりにある物が全部、凶器になると言っていい」

「なるほど」

とことん対象者の守護を優先した、自由な戦い方らしい。

主に魔物と、隊員同士の訓練がほとんどの自分には、考えつかないやり方だ。

「護衛の中の護衛だし、気遣いも細かい。ただ、戦闘中は加減のないことがあるね。あと、ちょっと心配がすぎるのと、口うるさいのと……」

「グイード様」

「このように、弟との会話を止められるのが難点かな」

グイードはにっこりと笑うと、己の従者に視線を切り替えた。

「私の親友のヨナスだ。私の従者で護衛でもある」

それまで視線をほとんど合わせなかった男が、錆色の目を向けてきた。冷えもぬくもりもない、どこか無機質な色だ。目より一段薄い錆色の髪を束ね、黒の従者服を身につけている。

今まで意識しなかったが、騎士と言われても遜色ない体躯だ。

少し褐色を帯びた肌は、どこか異国めいてもいた。

「ヨナス・グッドウィンと申します。グッドウィン子爵家の次男です」

兄の後ろでよく見かけていたが、声をはっきり聞いたのは初めてだった。

そして、その名に重なるのは、己の友の名だ。

「名乗りをありがとうございます。失礼ですが、ヨナス殿は、魔物討伐部隊のランドルフ・グッドウィン殿をご存じですか？」

「遠戚となります。ただ、グッドウィンの家名は貴族に十一家ありますので、国境伯にお生まれのランドルフ様は、私をご存じないかと思いますが」

「そうですか」

抑揚の少ない声に、少しばかり悪いことを聞いてしまったかと反省する。

だが、ヨナスは何の表情も浮かべてはいなかった。

「ヨナス、まずは一通りでかまわない、ヴォルフに戦い方を教えてもらえないかい？」

「グイード様、私の戦い方は騎士のものではありません。むしろ騎士道からは外れています。そのようなものをヴォルフレード様にお教えして、本当によろしいのですか？」

ヨナスは確認するように問いかける。だが、兄はそれには答えなかった。

「ヴォルフ、私が死んだらお前に仕えさせる男だ。覚えておきなさい」

「兄上！」

「グイード！」

同時にあげた声がきれいに重なった。

ヨナスはやはり兄の友だ。咄嗟のときは呼び捨てになるらしい。ひどく険しい顔となった。

「エルードは国境にいるが、家に戻るつもりはないらしい。私に何かあったら、ヴォルフが継ぐしかないじゃないか」

「ありえません！　グイード兄様に何かあるとは思いたくありませんし、その後に続くならエルード兄様です。私は貴族としてふさわしくありませんし、家を継ぐ能力もなければ、五要素魔力もありません。家の今後を考えれば、親戚筋から養子をとる方がましです」

一息に言い切った自分を、ヨナスがじっと見つめる。

グイードは何も言わぬままコーヒーを飲みきると、従者に振り返った。

「ヨナス、安心したかい？」

「……ヴォルフレード様、私は『魔付き』ですが、よろしいですか？」

「かまいませんが、どのような魔物ですか？」

「少々大きなトカゲを仕留めたところ、魔核を砕いたようで。『魔付き』が便利なので解呪をしておりません」

あっさりと言った男は、右腕の袖をまくりはじめる。

袖先からは見えなかった位置に、ウロコ模様の彫られた赤銅の腕輪があった。

「グイード様、腕輪を一度外してもよろしいですか？」

「ああ、かまわないよ。ヴォルフは魔物討伐部隊だ。別に取り乱したりしないさ」

「では、失礼します」

ヨナスが腕輪の留め具を外すと同時、ヴォルフの背をぞわりと冷やすものがあった。

認識阻害の腕輪だったのだろう。その右腕に真っ赤なウロコが見えた。

手の甲から上、見える範囲にびっしりと生えたそれは、おそらくは上腕に続いている。

首や顔に鱗はないが、目はわずかに赤みを増した気がした。

「ヴォルフレード様、『魔付き』を見るのは初めてですか？」

ちろり、ヨナスの歯の間から赤い舌がのぞく。

少し困ったような声の響きに、ヴォルフは膝にためを作り、帯びていないはずの剣に手をやろうとしていた自分に気がついた。

「動揺してしまい、申し訳ありません。隊の方でも何度か見ています。ただ、すぐ解呪することがほとんどなので、慣れてはおりませんでした」

「いえ、魔力の揺れは魔物と一緒なので当然だと思います。魔物との相性さえ合えば、それなりに魔力が使えて便利なのですがね」

赤銅の腕輪を再度留めると、その腕の鱗は見えなくなる。

今見たことが幻に思えるほど、まったくわからない。彼は何事もなかったかのように袖を戻した。

魔付きに相性があるのか、あるとすればどんな組み合わせなのか。

外部魔力のない自分でも、もしや魔付きとなれば魔力が使えるのか――気がかりではあるのだが、それを尋ねるのは失礼な気もして、ヴォルフは口をつぐむ。

狐(きつね)につままれたような思いでいると、グイードがわずかに姿勢を変えた。

ヨナスによって椅子が引かれると、そのまま立ち上がる。

二人を見ながら、背中を汗が流れているのに、ようやく気がついた。

「騎士というのは、口で言ってもわからない生き物らしいからね。屋敷の裏で手合わせしてみるといい」

兄は、とても涼やかな顔をしていた。

屋敷の裏手、広場のように開けた場所があった。芝はなく、地面はそれなりに固い。

特に用途が決まっているわけではなく、屋敷で多くの馬車を停(と)める必要があるときや、馬の練習、鍛錬などに使われる場である。

中央で対峙するのは、ヴォルフとヨナスだ。

グイードは少し離れた場所で簡易椅子に座って見学している。その後ろ、黒のローブを着た魔導師達が控えていた。

「では、はじめます」

一礼をし、模造剣を構えると、ヨナスが剣を上げて踏み込んできた。

緊張感のまるでない動きに、ヴォルフは様子見として、同じく剣を上げる。

が、剣を合わせた瞬間、彼の右手が滑るように斜め下に流れ、刃が蛇のごとく絡んできた。

はじき返そうと剣を切り上げかけるが、重く絡んだ刃は外れない。

這いよる鈍い銀に思わず手を引けば、剣はあっけなく取られて落ちた。

「模造剣なので、しなりは今ひとつですね。実剣でもう少し巻くと、手首の上あたりで斬れます」

淡々と言ったヨナスは、落ちた模造剣を拾い、ヴォルフに向けて柄を差し出す。

「どうぞ」

「ありがとうございます」

「ヴォルフレード様、あまり気乗りされておりませんか？」

「いえ、未熟なだけです」

本音で答えたが、ヨナスの方がひどくつまらなそうな目をしていた。

「ヴォルフ、手加減はいらないよ。ヨナスは丈夫だからね」

「グイード様、私へのご心配は頂けないのですか？」

「私は無駄というものが嫌いでね」

椅子に座って足を組んだ兄は、どちらの心配もまるでしていないようだ。

面白い催しを見るような顔でくつろいでいる。

「胸をお借り致します」

「どうぞ」

言葉を交わし、二人は再度打ち合いをはじめる。

ヨナスは今度、剣を奪おうとはせず、そのまま頭、肩、胸、腕、足と攻撃の先を変えていく。そのすべてを問題なくさばききり、同じように切り返した。

練習としての打ち合いなら互角、ただし、天狼（スコル）の腕輪を使わなければの話だ。

次第に重くなる模造剣の打ち込みを受け、天狼（スコル）の腕輪を起動させる。

実際の戦いでも使うのだ。できるものなら、これを使っても戦える相手に教えを乞いたい。

ヴォルフの動きが広がり、速さが増す。

ヨナスは淡々と応えて打ち返していたが、じりじりと立ち位置が下がりはじめた。

もしかしたら、天狼（スコル）の腕輪を使えば、自分の方が動けるのでは——一瞬、そんな思いを抱いたとき、兄の気配が揺れた。

「ヨナス、私に心配されたいかい？」

ささやきに似たグイードの声は、戦う二人の耳に、同時に届いた。

「申し訳ありません、グイード様」

表情を一切変えていない男が、全身で笑った気がした。

つまらなさげだったヨナスが、初めて、自分を視（み）た。

いきなり額がちりりと痛み、ヴォルフは思わず半歩身を引く。瞬間、目の前すれすれに、鈍い銀色の刃が真横に踊った。

「殺気を当てたら当て返すか、威圧で返してください。でなければ、引いたふりできっちり迎撃してください」

唐突に授業が始まった。

「わかりました！」

威圧はなんとか発動できるのだが、目の前の男に対して、うまく殺気が出せない。いいや、おそらくは、自分は人間相手に殺気が出せない。

人だからか、それとも兄の従者だからか——鈍る剣先を思わぬ力で叩（たた）き落とされると、ヨナスの左拳が目前に見えた。

一瞬で、己の左手から大きく魔力が流れる。

反射か、それとも恐怖か、天狼（スコル）の腕輪に助けられ、ぎりぎりで回避した。

鼻先をわずかにかすった拳から、強い血の匂いを感じた気がする。

「ああ、『やればできる子』なんですね」

ぺろり、ヨナスが赤い舌でその唇をなめる。

裂けたように大きく笑んだ唇は、確かに人のもの。

だが、ヴォルフには、目の前で巨大なトカゲが笑っているようにしか思えなかった。

一拍の後、男がゆらりと姿勢を崩し、斬りかかってくる。

迎撃しようとして、いきなり宙へ飛ばれ、追いかけた先、強く腕を蹴られた。ヴォルフが持っていた模造剣を放さなかったのは、奇跡に近い。

握り直した剣でこちらから飛び込めば、蹴りを入れられた後、あっさりと回避された。こちらの手がまるで筒抜けのようだ。

その後は、何がなんだかよくわからない戦いになった。

ヨナスの剣と拳と蹴り、どれがくるのかわからない。予備動作がないか、フェイントを入れられ、動きの予測がまったくできないのだ。

自分も剣と蹴りで応戦してはいたが、やはり完全に動きを読まれている。

気がつけば、ただただ回避するばかりになっていった。

まるで読めぬ攻撃に一方的に翻弄され、宙を飛び、地面を駆け、転げ回り、体力が削られる。

どのぐらい戦っていたものか、時間の感覚はきれいに消えた。

「っ！」

不意に、男が爪先で地面を蹴る。

飛び散った砂に思わず目を伏せると、膝裏を剣の側面で叩かれた。

がくりと倒れ落ちる自分を、ヨナスが当たり前のように抱き止めてくれる。

「お怪我はありませんか、ヴォルフレード様？」

「参りました……ご教授ありがとうございました、『ヨナス先生』。どうぞ、私のことはヴォルフとお呼びください」

ヴォルフは息の乱れを整えつつ、左膝をつき、頭を下げる。

騎士が正式に願う姿勢——教えを乞う自分に、彼はひどく困った顔をした。

「グイード様……」

「そういうわけだ、『ヨナス先生』。ヴォルフのことは頼んだよ」

「……わかりました」

その表情筋はほとんど動いていないのに、絶対に面倒くさいと思っていることだけは、はっきりわかる。なんとも申し訳ないお願いになってしまった。

だが、ヨナスほど強く、自由な戦い方をする者を、ヴォルフは他に知らない。

教えてもらえるならば、彼にこそ、ぜひお願いしたい。

「ヨナス先生は、お強いですね」

ヴォルフの心からの賛辞に、錆色の髪の男は目だけで笑った。

「私が？　もっと強い人が、すぐそこにいるではないですか」

「え？」

「そこに」

ヨナスが視線で指した先、己の兄が両腕を組んで座っている。

「私に振られても困るな。剣は苦手だ」

「グイード様は剣などいらないでしょう。弟君の経験のため、魔導師として、手合わせをしてさしあげてはいかがですか？」

「あまり気が進まないのだが……」

「兄上、できましたらお願いします」

グイードは仕方なさそうに立ち上がると、ヨナスのいる場所に歩いていく。

彼は逆に、兄のいた椅子の近くへと離れていった。

「ヴォルフ、かかってきなさい」

「兄上は無手でよろしいのですか？」

「防御の腕輪があるからかまわないよ。多少ぶつかったところで怪我はしない。ただ、そうだな……最初は素振りの強さぐらいでやってもらえると安心かな」

「では、失礼します」

半信半疑で、ややゆっくりめに兄に向かって走る。

グイードは、上級魔導師であり、王城の魔導部隊、その中隊長だ。

自分が幼い頃、まだ子供だというのに、庭の池を超える水量をフィールドに出していた。

おそらく、近づいたら大量の水にはじき飛ばされるだろう。それを覚悟しつつ、模造剣をふりかぶる。

「氷盾（アイスシールド）」

低く響いた詠唱は一言だけ——瞬間、視界が真っ白になった。

「っ！」

がつんという衝撃、剣と腕をそれなりの勢いでぶつけ、その場で止まる。

その後、己の目の前に純白の壁があることに、ようやく気がついた。

「平気かい、ヴォルフ？」

巨大な氷を迂回（うかい）し、兄が心配そうに歩み寄ってくる。

「はい、平気です」

「ヴァネッサ様が得意だった、氷盾（アイスシールド）だ。ああ、ここまではいらなかったな。片付けが面倒だ」

ごろんと転がった氷は、高さ四メートルほど、横幅も同じで、厚みもかなりある。

氷の盾というより、これでは壁だ。どれだけの魔力がいるのかわからない。

だが、それを出した兄は、汗一つかいてはいなかった。

「兄上、すごいです！」

「ありがとう、ヴォルフ」

つい、幼い子供のように感嘆の声をあげてしまう。

声を受けた兄は、子供時代、自分の剣の相手をしてくれたときと同じように笑っていた。

「グイード様、放っておけば溶けます。残って邪魔になったなら、火魔法の使える者に溶かさせますので。ああ、ヴォルフ様、グイード様が本気で戦うとしたら、この程度では済みません。氷槍（アイスランス）がこの三倍の面積で来ますので、身体強化のある騎士でもまず逃げることができませんから」

この三倍の面積で氷槍（アイスランス）が来たなら、逃げ場などどこにもないだろう。迎撃するにも質量で完全に負ける。詠唱が終わった時点で勝敗が決まるが、兄の詠唱時間はあまりに短かった。

「それはまた……さすが兄上です」

ヴォルフは氷の表面に手のひらを重ね、冷たさが痛みになっていくのを味わっていた。

少しは強くなれたのではないか——このところ、そんなふうにうぬぼれていた。

先日は、マルチェラ。そして、今日はヨナス。続いて、兄、グイード。

庶民のマルチェラに素手で互角。

天狼(スコル)の腕輪をつけても、兄の護衛のヨナスにはまるでかなわず、兄とは勝負にすらならない。

悔しさも多少あるが、ここまでくるときれいにふっきれた。単純に自分が弱いだけだ。

鍛錬も積もう、ヨナスにも教わろう、隊の方でもできるかぎりすべて学ぼう。

せめて、自分の隣にいる、守りたい者を守れるぐらいには、強くなりたい。

ヴォルフは、いつの間にか笑っていた。

◆ ◆ ◆

別邸から、スカルファロット家本邸へ帰る馬車の中、グイードは背を座席に深くあずけた。閉めた窓の外は、もう星空だろう。

向かいのヨナスが眉間にくっきり皺(しわ)をよせ、自分を凝視している。

「グイード、魔力ポーションを飲むか？」

「平気だよ。まだ余裕はある」

帰り際、ヴォルフがそのまま屋敷に泊まると言うので、従者とメイドが喜んで駆け回っていた。

泥だらけの上、あそこまで疲れきっていれば、久々の屋敷で入浴して寝るのも、そう気負いはないだろう。

自分は残っている執務のため、今日中に本邸へ戻らなければいけない。

明日の朝食メニューのリクエストとして、ヴォルフが子供の頃に好きだった料理を、メイドにメモ書きで渡して別邸を出た。

カリカリの焼きベーコンやクリーム入りのスクランブルエッグ、メープルシロップのかかったパンケーキ——好みは変わっているかもしれないが、懐かしの朝食を食べる弟を見られないのは、少々残念である。

「昼の演習でも魔力をかなり使っていただろう。本当に、無理はしていないか？」

「ああ。魔力を四単位上げておいた甲斐があったよ。兄としての薄い矜持が保てた」

「それ以上の魔力上げはやめろ、絶対にだ」

「わかっている。さすがに五まではやらないよ」

心配性の親友にあくびを混ぜて答えつつ、大きく伸びをする。

昼の演習もあるが、昨日は執務で徹夜だったのでかなりだるい。今日は残りの書類をさっさと片付けてベッドに入るべきだろう。

「ヨナスから見て、ヴォルフはどうだね？」

「筋力と身体強化に頼りすぎだな。魔物としか戦っていないせいか、動きに工夫がない。フェイントにも弱いし、人間同士の汚い戦い方には慣れていない」

「報酬は別途出す。真面目に教えてやってくれ。魔物からも人からも生き残らせたい」

「お前はいきなり過保護になったな……」

「私に何かあったとき、スカルファロット家のためにというのも本当だよ。うちの娘はまだ小さい。エルードは家に戻る気はないようだし、親戚筋も完全には信用できない。ヴォルフに継ぐ気がなくても、そうならないとは言い切れない」

「お前はさっさと跡取りをつくるか、第二夫人を娶るべきだと思うが」

「私は、父のようになりたくはない」

意図せず、冷えた声が出た。

ヨナスはそれ以上言わず、座席に背中をあずける。

二人そろって、馬車の車輪の規則的な音だけをしばらく聞き続けた。


「……ヴォルフ様に戦いを教えてもいいが、二つ条件がある」

ようやく口を開いた彼に、グイードは中身を聞かぬうちから返事をする。

「私にできることなら、なんでも」

「今日と同じだ。治癒魔法の使える魔導師を待機させてくれ。模造剣でも大怪我はする。あとはお前が同席しろ。俺がもし暴走したら、氷漬けにして止めてくれ」

「その心配があるということは、ヴォルフはかなり強くなるのだね？」

勢い込んで確認した自分に、ヨナスは呆れた顔をする。

「わからない。ただ、さっきは本気ではなかったようだ」

「ヴォルフは戦いで手を抜いてはいなかったと思うが？」

二人のめまぐるしい戦いを見ながら、内心はらはらしていた。どちらにも怪我をしてほしくはないからだ。

あきらかにヨナスの方が強く、手加減のできる余裕が弟にあるようには見えなかった。

「もう少し、『先』がある気がする。ヴォルフ様は俺と戦っている間、一度も目の色が変わっていなかった」

「騎士というのは、戦いで目の色が変わるものなのかい？」

「魔導師も一緒だろう？　戦う者が本気になればそういうものだと思うが。そういえば、お前の目の色が変わったのを、この目で見たことはないな……」

ヨナスは記憶をたぐるように、視線を斜めに下げて黙り込む。

だが、探しているものは拾えなかったらしい。

「護衛の腕がいいからね。まあ、機会があれば変えてみるさ」

「俺としては、お前には一生、その目の色を変えないでいてほしいよ」

グイードは何も答えぬまま、ただ笑っていた。

冒険者ギルド

夏らしく晴れてはいるが少し風の強い日、ダリヤはイヴァーノと共に冒険者ギルドを訪れていた。

冒険者ギルドへの挨拶と、二角獣（バイコーン）の素材受け取りのためだ。

魔物討伐部隊で狩った二角獣（バイコーン）だが、冒険者ギルドで希望されていた素材のため、王城ではなくこちらに解体が任せられたという。

見事な赤レンガで建てられた冒険者ギルドは五階建て、商業ギルドよりも新しい。

その建物は左右に分かれている。依頼を受けたり素材を売ったりする冒険者の出入り口は左、素材の受け取りや商売関係で来る来客は右の入り口だ。

冒険者の出入り口の方が人が多く、にぎやかそうだった。ダリヤはちょっとだけ冒険者達の姿を見たい思いにかられたが、大人しく来客用の出入り口を通った。

「おや、ダリヤ嬢。珍しいところでお会いしましたね」

入ってすぐ、聞き覚えのある声がした。

声の方向に目を向けると、銀髪に銀縁の眼鏡の男が立っていた。その後ろには、妻であるエルメリンダの姿もある。

お互いに挨拶を交わすと、オズヴァルドが素材受け取り用の赤い羊皮紙を見せてきた。

「私は二角獣（バイコーン）の素材受け取りですが、ダリヤ嬢もですか？」

「はい。加工が済んだとご連絡を頂きましたので」

どうやら二人とも同じだったらしい。

魔物討伐部隊では複数の変異種の二角獣（バイコーン）を仕留めたと聞く。

この素材を待っている魔導具師は、他にもここに来ているかもしれなかった。

「そのうちに、授業で二角獣（バイコーン）も使ってみましょうか？」

「ぜひお願いします！」

二角獣（バイコーン）の変異種――一度も使ったことがない希少素材だ。

どの部位でどのような効果があり、どんな魔導具ができるのか、考えると胸が躍る。

つい想像の海に浸っていると、オズヴァルドが右手を胸の前で横にし、優雅に会釈してきた。

「遅ればせながら――ロセッティ商会長、魔物討伐部隊御用達、ならびに相談役へのご就任、おめでとうございます。合わせて男爵昇進がお決まりになられたこと、心よりお祝い申し上げます」

「あの、オズヴァルドさん、私は相談役といっても、特に何も……それに爵位はまだ決まったわけではなく……」

いきなり商会長呼びになったことと、丁寧な祝いの言葉に、ダリヤは慌てふためく。

「ゾーラ商会長、お祝いの言葉を頂き、ありがとうございます。ご指導の賜物と深く感謝しております。まだ青葉のような商会でございますので、今後ともご教授いただければ幸いです」

後ろにいたイヴァーノが自分の隣に来て、流れるように挨拶を返した。

「イヴァーノは合格。ダリヤは補習ですね……」

オズヴァルドが眉を寄せる。その低いささやきに凍りついていると、エルメリンダが笑み、夫の上着の袖をそっと引いた。

「旦那様、お約束のお時間が」

「そうですね、参りましょうか。ダリヤ嬢、また次の授業でお会いしましょう」

オズヴァルドはいつもの静かな顔に戻り、妻と共に二階へと上がっていった。

その後ろ姿を見送り終え、ダリヤはようやく深い呼吸を取り戻す。

どうやら、オズヴァルド先生は、自分を魔導具師としてだけではなく、商会長としても鍛えてくれるつもりらしい。しかも、結構厳しそうだ。

次の授業がどうにも怖い。

「会長、たぶん、これからこういうことは増えると思いますので……がんばりましょう」

背後の部下の声に、つい遠い目になってしまったダリヤだった。

その後、気を取り直し、受付へ向かう。挨拶をすると、すぐ最上階に案内された。

今日の一番の目的は、冒険者ギルドの副ギルド長の、アウグストへの挨拶である。

王城で財務部へプレゼンをした日、アウグストからロセッティ商会を推薦する手紙が届いたという。ダリヤが魔物討伐部隊長のグラートからそれを聞いたのは、つい数日前だった。

急いでアウグストへお礼の手紙をしたため、今日の面会予約をとった。

スライム養殖の件もあるので、ギルド長にも挨拶をと考えたのだが、冒険者ギルド長は年に一、二度しか王都に戻らず、常に支部を回っているという。自ら希少素材の魔物を獲（と）りに行ったりもする、現役の冒険者であるそうだ。

実質、現在は副ギルド長のアウグストがギルド長のようなものだと、ヴォルフに教えられた。

「ようこそ、ロセッティ商会長」

「スカルラッティ様、お時間をとって頂き、ありがとうございます」

豪華な応接室、そこで型通りの挨拶を交わすと、勧められた濃茶のソファーに腰を下ろす。どうやら魔物の革に魔法付与をかけているものらしい。夏なのにひんやりと冷たく、心地よい。

「ゆっくりお話ししたいところなのですが、この後に王城へ呼ばれておりまして——」

アウグストは予定がつまっているようで、先に時間を区切ることを謝られた。

おそらく、無理をしてこの面会を入れてくれたのだろう。

ダリヤはすぐ、小型魔導コンロ二台と微風布（アウラテーロ）のマフラー二本の包みをイヴァーノから渡してもらった。

「これが、噂（うわさ）の微風布（アウラテーロ）ですね」

微風布（アウラテーロ）の包みに、アウグストはうれしげに赤茶の目を細めた。

ダリヤはその表情（かお）に、少し不思議になった。彼もやはり王城での会議や外回りなどで、暑さが辛（つら）いのだろうか。

「妻達に布だけでもとねだられておりましたので、大変助かります」

『妻達』の単語を耳が拾った。アウグストにも二人以上の妻がいるらしい。

「スカルラッティ様、一商会員の身で大変失礼なことをお伺い致しますが、奥様はお二人で、ご息女様はいらっしゃいますか？」

「妻二人に、娘が二人おります」

イヴァーノのいきなりの確認にあせるが、藍色の髪の男はひどく真面目な顔で答えてきた。

「どうぞ、こちらもお納めください」

「お気遣いをありがとうございます」

イヴァーノが追加の微風布（アウラテーロ）のマフラー二枚を鞄から取り出すと、アウグストが丁寧な仕草で受け取る。一種儀式めいたそのやりとりを、ダリヤはただ無言で見ていた。

「今後、グリーンスライムの養殖には、特に力を入れていきたいと思います。何かございましたら、遠慮なく私の方へご連絡ください」

アウグストの上機嫌な笑みで話を収め、応接室を後にした。

「イヴァーノ、微風布（アウラテーロ）のストックを持ってきてたんですね」

廊下に出てから尋ねると、彼は笑顔で答える。

「ええ。奥様が二人とは聞いていたんですが、娘さんについては詳しくわからなかったので……やっぱり父親としては、ちょっと『いいところ』を見せたいかなと思いまして」

「微風布（アウラテーロ）を渡すのが、『いいところ』になるんですか？」

色もつけていない薄緑色のまま、ただ織りの少しいいガーゼ地のマフラーである。模様も飾りもないので、貴族の装飾品としては、かなり微妙に思える。

「切って服の下にするのもありじゃないですか。それに今だと、あれを持っていること自体がステイタスになるらしいですよ」

「微風布（アウラテーロ）が、ステイタス……？」

頭の中でグリーンスライムがぴょこりと跳ねた。

どうやっても微風布（アウラテーロ）とステイタスという単語が、結びつかない。

「フォルト様から伺ったんですが、舞踏会で首にチョーカー代わりに巻いたご婦人がいて、風で髪が流れるのがとても優雅だったとか。あと、袖の手首の部分に縫い付けた紳士がいたそうで、踊るときに女性が涼しかったとか、いろいろな話があるみたいです。貴族への販売は全部フォルト様経由なんで、仕掛け人もそうなんでしょうけど」

ここで話していいことなのかと思ったが、イヴァーノのカフスボタンが赤く輝くのを見て納得した。盗聴防止の魔導具をすでに動かしていたようだ。

「貴族の方は、流行の最先端にいたい方が多いんじゃないですかね。女性なら特に」

「そういうものなんですか……」

同じ女性ではあるのだが、ダリヤは服飾関係の流行にうとい。あまり興味もなかった。婚約破棄前の服装では、ルチアに『二世代前の服装』『うちの祖母より地味』そう言い切られたことがある。

最近は『ぎりぎり合格ライン』と言われているが、それでも時折、ダメ出しされることがある。靴の形や長靴下の色までもチェックされるので、なかなか気を使う。

魔導具の流行と最新型には関心はあるが、服に関しては着やすさと好みで選べばいいではないか——そうも思うが、商会長という立場もあり、王城に出入りする身だ。

『第三者からの信頼を得るためにも、服装は気をつけなくてはいけない』、それは商業ギルドの副ギルド長である、ガブリエラから教わったことでもある。

それに、ヴォルフの隣であまりみっともない格好はしていられないと考え、ルチアのアドバイスはできるだけ取り入れていた。

「もうこんな時間ですか。すみません、会長。俺は一度、商業ギルドの方に戻ります。ギルドの打ち合わせが終わり次第迎えに来ますので」

「大丈夫です、イヴァーノ。あとは馬車に素材を積んでもらって、まっすぐ塔に帰りますから。迎えはいりません」

そう答えると、彼は紺藍の目で、ひどく心配そうに自分を見た。

「タッソ部長と会うのに、俺、本当に同席しなくていいですか？　なんでしたら打ち合わせ時間をずらしても……」

「いえ、これは、父と私、ロセッティ家からのお詫びですから」

イヴァーノはまだ心配げな顔をしつつも、黙って包みを手渡してきた。

今まで自分の代わりに持っていてくれた、ジャンへのお詫びの品である。

ダリヤは一度だけ深呼吸すると、彼のいる部屋へと足を進めた。


二階の応接室では、すでに栗（くり）色の髪の男が待っていた。

外から部屋の中が見えるよう、ドアが半分開けてある。自分が女性ゆえの気遣いだろう。ドアのそばにはギルドの警備員が立っていた。

栗色の髪の男は、冒険者ギルド素材管理部長のジャン・タッソだ。

以前、五本指靴下と靴の中敷きを制作するにあたり、商業ギルドにアウグストと共に来た担当者である。彼はその席で、ダリヤに向かい、『欲しい素材、開発に考えているものに使いそうな素材を全部吐け！』と言ったのだ。

少々ショックではあったが、そうなった理由を知って納得した。

ジャンは、父カルロの開発した給湯器の素材としてクラーケンを、ドライヤーの素材として砂蜥蜴（サンドリザード）を自ら獲りに行っていた。ダリヤの防水布制作のときには、山のようなブルースライムの管理に頭を悩ませていたらしい。

素材の収集と管理に多忙を極めた結果、家族との関係に亀裂が入った。

結婚して間もなくの離婚、再婚後も妻子に実家に行かれるなど、聞いただけで申し訳なかった。

ジャンにはロセッティ家を全面的に恨む権利がある——本気でそう思ったほどだ。

会釈して中に入ると、ジャンが書類を置き、椅子から立ち上がった。

「ようこそおいでくださいました、ロセッティ商会長。魔物討伐部隊御用達商会、および相談役に就任なされたとのこと、心よりお祝い申し上げます」

オズヴァルドといいジャンといい、どうしてこれほど情報が早いのか。

ダリヤは気をひきしめ、顔を作って礼を返す。

「お祝いのお言葉をありがとうございます。未熟者ではございますが、誠心誠意努力して参りますので、今後もどうぞよろしくお願いします」

ダリヤの言葉にわずかにうなずいた男は、机から一歩後ろへ下がった。

「改めまして――前回の非礼、大変申し訳ありませんでした」

「いえ、謝って頂くことはありませんので、どうかお顔を上げてください！」

ダリヤは九十度に頭を下げたままのジャンを必死に止める。止めた上で、今度は自分が謝罪を返した。

「こちらこそ知らなかったこととはいえ、魔導具素材の件ではタッソ部長に大変ご迷惑をおかけしました。その、ご家庭のことも……」

「いえ、前回については完全に私の八つ当たりです。会議のときは、本当にどうかしていたとしか――二徹ぐらいでおかしくなるとは、情けないものです」

ジャンの口から、さらりと不穏な台詞が聞こえた。

二晩の徹夜の後は思考力と判断力が落ちまくって辛い。

前世、激務で過労死した自分を思い出し、口の中がとても苦くなる。

フォローする言葉がどうにも浮かばず、ダリヤは素直に話を進めることにした。

「タッソ部長、ロセッティ家からのお詫びとして、こちらを受け取って頂けないでしょうか？」

本来であればロセッティ家として、父カルロと共に謝罪を行うべきだが、今はもうダリヤしかいない。

謝罪の品も思い浮かばず、イヴァーノに相談し、小型魔導コンロ二台と微風布のマフラーを二本、そして少し上等なブランデーを包装紙でくるんで持ってきた。

「こちらが謝罪するべきところ、お気遣い頂き、感謝致します。ありがたく頂戴致します。私に関しては『ジャン』とお呼びください。ご依頼を頂く側ですので」

「ありがとうございます。私のことも『ダリヤ』とお呼びください。今後、素材に関してご相談させてくださいませ」

「私でお答えできることでしたら、いつでもお寄せください」

少々長くなった挨拶の後、ようやく椅子に座った。

机の上、ダリヤから贈られた小型魔導コンロの包みに触れ、ジャンは再度礼を言ってきた。

だが、その後、包みの上にある火の魔石を包んだ薄布を確認すると、わずかに眉を寄せる。

「ロセッティ商会長、いえ、ダリヤ嬢……」

樺色の目は一度伏せられ、少し遠慮がちにダリヤに向いた。

「大変失礼ですが、人によっては誤解を招く可能性がありますので、包みの上に火の魔石を別に付けるのは、おやめになった方がよろしいかと」

「え？　あっ、それはそうではなく！」

声を一段高くし、慌てて答える。

出かける寸前、燃料となる火の魔石のストックがあった方が便利だろうと思い、包みのほかに薄い布にくるみ、二つ付けた。

この国では『火の魔石を胸に投げ込む』というのは、恋に落ちるという比喩だ。

このため、意中の人に火の魔石だけを贈った場合、『自分と恋に落ちてほしい』――つまりは告白ととられることがある。学生時代に聞いたことのあるそれを、ダリヤはすっかり忘れていた。

正確には、火の魔石をもらったことも贈ったこともないので、頭の隅にすらなかった。

「あの！　他の方に贈るときは、絶対付けませんので！」

「ダリヤ嬢、どうぞ落ち着いてください。私は誤解しませんが、今の言葉も、その……」

他の方に贈るときは付けないということは、『あなた以外に火の魔石は贈りません』という意味にもなるわけで――ジャンが誤解しない男性で、本当に本当によかった。

「……う」

あせりと自分のいたらなさで、思わず両手で顔を覆いそうになった。上げかけた手を途中で耐えて戻し、必死に姿勢を正す。

ここで顔を赤くしたり、余計に慌てたりしたら、本当に誤解を生みかねない。

ダリヤは冷静になろうと、必死で呼吸を整える。顔の赤さは抑えられたが、涙目になった。

「……重ね重ね、すみませんでした」

「いえ、お忘れください。こちらも忘れます。ところで、ダリヤ嬢、お父様似だと言われたことは？」

「よく言われますが……？」

「そうですか、納得しました」

何を納得されたのかわからない。だが、ジャンが話題を変えてくれたことに感謝する。

そして、自分でも別の話を振ることにした。

「次の魔導具制作で、使う可能性のある素材リストを作って参りました。お手数ですが、ジャンさんのお時間のあるときにご覧頂けますでしょうか？」

「ありがとうございます。助かります。グリーンスライムについては、フォルトゥナート様より詳しく伺っております。現在は、スライム養殖場の大規模増設を計画しております」

さすが、服飾ギルド長のフォルトである。仕事が早い。

そして、スライム養殖場の増設をすでに計画している冒険者ギルドも、本当に早い。

「スライム養殖場……確か、王都の東と伺いましたが？」

「はい。今は七割がブルースライムで、他のスライムは数が少ないですが。よろしければ、実際に養殖場をご覧になってみませんか？」

「いいんですか!?」

思わずテーブルに身を乗り出して尋ねてしまった。

一度は行ってみたかった。できればスライムの槽もじっくり見たい。

「ええ、もちろんです。その、ずいぶんご興味があるようですね……」

「すみません……でも、一度行ってみたかったんです！」

子供のように喜んだダリヤがおかしかったのだろう、ジャンが笑いをかみ殺そうとして失敗した。

彼は失礼と言って顔をそらすと、くつくつ笑いが収まるまで呼吸を懸命に整えていた。

おかげで、互いの緊張はどこかへ飛んだ。

「スライム養殖場の見学ですが、よろしければスカルファロット様もご一緒にいかがでしょう？　遠征先のスライムと比較してのご意見も頂けるかと」

「ありがとうございます。予定の合う日を伺って参ります」

ヴォルフと一緒に見学できれば、さらに楽しそうだ。

塔に戻ったら、即行で彼に手紙を出すことに決めた。日程が合うことを祈りたい。

「さて、次は素材についてですね。こちらが二角獣（バイコーン）の素材です。変異種の紫のもので、角、魔核、皮、骨、蹄（ひづめ）が入っています」

ジャンが後ろのワゴンから出してきたのは、大きめの銀の魔封箱だった。

蓋（ふた）を開けると、なんとも粘りを感じる魔力が上がってきた。幻視系もあるのだろうか、二角獣（バイコーン）の黒い角の周りがわずかに歪（ゆが）んで見える。

これはオズヴァルドに取り扱い方法を聞かぬうちに手を出すのは、危険な気がした。

中身の確認を終えると、ジャンは魔封箱の蓋をしっかりと閉め、紐（ひも）をかけた。

「こちらの魔封箱は少々重さがありますので、職員が馬車までお持ちします」

言い終えて、魔封箱をワゴンへと戻そうとした瞬間、彼はぐらりと姿勢を崩した。とっさに机に手をついて体勢を戻したが、すぐには動けないでいる。

「ジャンさん！　大丈夫ですか!?」

「……大丈夫です。失礼しました。少々フラついただけです」

よく見れば、ジャンの顔は青白い。机に置かれた手には、はっきりと血管が浮いて見えた。

「あの、私が言うべきことじゃないのはわかっていますが、お体を、どうかお大事になさってください」

「お気遣いをありがとうございます。でも、平気ですよ。体は丈夫ですし、今まで倒れたことはありませんので」

今、目の前で倒れかけたではないか。それに、その言葉をそっくり同じに言っていた者を、自分はよく知っている。

ダリヤは胸が重くしめつけられるような感覚に、思わず口を開いた。

「うちの父が、同じことを言っていました……」

「え？」

「不摂生を何度注意しても、『俺は丈夫で、今まで倒れたことなどない』と。まったく改めてはくれませんでした。それまで一度も悪くなったことはなかったのですが、商業ギルドで倒れて、その日に、そのまま亡くなりました」

「それは……お悔やみを申し上げます」

「いえ、そういうことではないんです。その……残された家族は、とても悲しみますから。どうか、お大事になさってください……」

なんと言えば伝わるのかがわからない。

友人でも親戚でもないジャンに自分が言うのは、お節介でうっとうしいだけかもしれない。それでも言わずにはいられなかった。

「ご心配をありがとうございます、ダリヤ嬢。ただ、私の場合、家族は先週家を出ましたので、問題ありません。これについて、そちらとは本当に無関係ですので、どうぞお気遣いなく。純粋に私個人の問題です」

「あの、ジャンさん――」

「してやれることをやっているつもりだったんですが……私に、男として魅力がなかったんでしょうね」

独り言のように小さくつぶやいたジャンが、婚約破棄されたときの自分と重なった。

してあげられることをやっているつもりだった。彼に必要とされようとがんばった。

けれどその想い(おも)は通じず、空回りの一方通行で終わった。

自分に女としての魅力がなかった――何度そう思ったかわからない。

いいや、今もまだ思っていることかもしれない。

「失礼、話がそれました。気楽な一人暮らしもいいものです。悩みといえば、酒の相手が欲しいくらいですか。ああ、お探しのブラックスライムの方は、もうしばらくお待ちください。私の方で獲って参りますので。これでも元上級冒険者ですからご心配なく」

「いえ、急ぎませんので、どうかお体の方をお大事に……」

早口で話題を区切ろうとするジャンに、ふと思い出す。

同じように、一緒にお酒を飲める相手を探している者がいた。元冒険者のジャンならば、あの強い酒も飲めるかもしれない。

「あの、ジャンさんは、『蠍酒(スコルピオ)』をお飲みになりますか？」

蠍酒(スコルピオ)は、酒瓶の底に蠍(さそり)を沈めた、かなり強めの酒だ。好き嫌いの分かれる酒でもある。

「ええ、好きな酒のひとつですが」

どうやらジャンの好みに合う酒らしい。きれいに口角が上がった。

「オズヴァルドさん、いえ、ゾーラ商会長が好きなお酒なんだそうです」

「ゾーラ商会長が蠍酒（スコルピオ）を？　意外ですね」

「なかなか蠍酒（スコルピオ）を一緒に飲める方がいないとおっしゃっていたので。もし、よろしければ、ご紹介させて頂けないでしょうか？」

「ありがたいお話です。商会長の方々とのお話は、大変ためになりますので」

ジャンはおそらく、営業用の言葉で自分に返している。

だが、ダリヤは急ぎドアのところの警備員に、ギルド内にまだオズヴァルドがいれば会ってもらえるように伝言をお願いした。

自分も婚約破棄のときには、周囲にとても助けてもらった。

できれば目の前の男にも、一人きりで悩んでほしくはない。

オズヴァルドが妻に出ていかれたときは、父、カルロと話をしたと聞いた。

もしかするとジャンも、オズヴァルドになら素直に相談ができるかもしれない。

人生経験が豊富で、人のできた先生である。ジャンにいい助言をしてくれることを願いたい。

自分では何もできない上、先生に丸投げになってしまうのが本当に申し訳ないが。


しばらくすると、職員に案内され、オズヴァルド夫妻がやってきた。

ダリヤが蠍酒（スコルピオ）の話をすると、彼はにっこりと笑った。

「それはうれしいお話です。では、改めてご挨拶を。ゾーラ商会長のオズヴァルド・ゾーラです。

何度か取引でご一緒したことはありますが、こうして向き合ってというのは初めてですね。ジャン・タッソ部長」

「名前を覚えて頂いていたとは光栄です。ゾーラ商会長」

すでに顔見知りだったせいか、なごやかに挨拶を交わす姿に、ダリヤはほっとする。

「せっかくのロセッティ商会長のご紹介です。社交辞令なしで、男同士、蠍酒（スコルピオ）を傾けませんか？ 家の方には白と黒と赤がそろっておりますので。タッソ部長の冒険者時代のお話も、ぜひお伺いしたいですね」

「ありがとうございます。喜んでお受け致します」

「近日の夜のご予定は？」

「ここから四日は空いております」

「では、明後日に。業務終了の時間に、ギルドに馬車を回しましょう」

さすが、商会長歴が長く、対人スキルが高度なオズヴァルドである。あっという間にジャンと飲み会の約束を取り付けてしまった。

その後、お互いに挨拶をし合い、応接室を出た。

ダリヤは塔へ帰るため、馬場へ向かう。

オズヴァルド夫妻も帰宅するというので、馬場まで共に行くことにした。

魔封箱はすでに職員が馬車に運んでくれているので、荷物は革の書類ケースだけだ。

「ダリヤ嬢、タッソ部長のご紹介をありがとうございます。子供の頃は冒険者に憧れていましたので、お話が聞けるのはうれしいです」

「オズヴァルド先生は、冒険者に憧れていらしたんですか？」

歩きながら話していたが、つい足を止めそうになった。

静かなイメージのあるオズヴァルドだ。冒険者というのはちょっと意外だった。

子供の頃から魔導師か魔導具師を目指している、そんな感じの方が似合いに見える。

「冒険者は届かぬ夢でした……反射神経的に」

オズヴァルドの遠い声に、笑っていいものか微妙に迷う。

そのとき、横からエルメリンダが声をかけてきた。

「夫は冒険者の話がとても好きなんです。私が同じ話をしても聞いてくれるほどなので」

「冒険者のお話、ですか？」

「ああ、言っていませんでしたね。うちのエルメリンダは元冒険者です、上級の」

「上級冒険者……すごいですね、エルメリンダ様！」

上級冒険者といえば、強い魔物を倒せる力があったということだ。

今の貴婦人らしい見た目からは想像できないが、エルメリンダはかなり強いのだろう。

「ありがとうございます。でも、昔は無茶ばかりしておりましたので」

萌葱（もえぎ）の目がちょっとだけ恥ずかしそうに伏せられた。

強い魔物と戦うのだ。当時は無茶も無理も必要だったに違いない。

それでも、今、幸せそうに笑う彼女は、オズヴァルドの隣が一番似合っているように見える。

「私よりはるかに強いですから。出かけるときは護衛もお願いできる、美しく強い妻ですよ」

自慢げに言ったオズヴァルドだが、その目は少しだけ細められた。

ちょっと不思議に思いつつも、それぞれの馬車に乗るために、軽く会釈をして別れる。

離れ行く一瞬、銀の目の男は声を落としてささやいた。

「夫婦喧嘩だけは、しないようにしていますよ」

スライム養殖場と蜜の酒

冒険者ギルドに行った二日後、ダリヤはスライム養殖場を訪れていた。

スライム養殖場は、王都を出て東側すぐの草原にあった。さすがに王都の中に建てるのは無理だったらしい。

高い黒レンガの塀に囲まれたそれなりに広そうな敷地で、出入り口は分厚い鉄の門だった。厳重な牢獄を思わせる外観だが、中に入ると、緑の芝生部分が多く、奥の養殖場は意外に小さかった。

スライム養殖場へ共に来たのは、ヴォルフとイヴァーノだ。

ヴォルフに『一緒にスライム養殖場を見に行きませんか』と手紙を書いたところ、即折り返しで了承がきた。空いている日付を四つ教えられたので、冒険者ギルドに使いを出したところ、一番早い日取りにしてくれた。それが今日である。

早すぎないかとも思ったが、増設前の方が、職員達の予定が空いているのかもしれない。ありがたく見学させてもらうことにした。

冒険者ギルドからの手紙に、同行者を増やしてもかまわないとあったので、他にも聞いてはみた。

服飾ギルド長のフォルトからは、『すでに三度行っております』と返事が来た。

商業ギルドのガブリエラに声をかけたら、『忙しいから無理』と即答された。その数分前までは、また化粧品店に行った後にパンケーキを食べようという話もしていたのに、なぜだ。

ルチアを誘ったら『生きているスライムには、銀貨をもらっても遭いたくない』と即答された。

微風布（アウラテーロ）に喜び、絹糸を吐く蚕（かいこ）の見学なら喜んでする彼女なのに、もったいない話だ。


スライム養殖場の門を過ぎると、すぐに馬場があり、空色の髪の女性が待っていた。

「ロセッティ商会の皆様、お越し頂いてありがとうございます。スライム養殖場、研究主任のイデアリーナ・ニコレッティです。イデアとお呼びください」

イデアの見た感じから年下だと思ってしまったが、主任というあたり、自分と同じか、もしくは上なのかもしれない。

ダリヤより背が低く、紺枠の眼鏡に柔らかな面差しが印象的な女性だった。

「お招きありがとうございます。ロセッティ商会の商会長ダリヤ・ロセッティです。私もダリヤとお呼びください」

続いて、ヴォルフが商会保証人として、イヴァーノが商会員として挨拶をした。

馬場から奥の養殖場までは少し歩く形だった。

スライムは馬に怯（おび）える個体も多いため、その対策でもあるらしい。

奥の養殖場のドアは分厚く、こちらも鉄製だった。イデアが二本の鍵を使ってドアを開け、全員が中に入ってから、内側からまた鍵をかける。

「ご不快でしたら申し訳ありません。万が一に備えて、毎回鍵をかけることになっておりまして」

「いえ、お気になさらないでください」

安全管理は徹底されているらしい。ドアノブの周囲には魔封銀の板が艶やかに光り、両壁には大きな魔法陣が刻まれていた。おそらくは、風と火の魔法だろう。

魔法陣を同時起動させれば、通路は凄まじい火の海になりそうだ。

その使い道はちょっと考えたくないところである。

「最初に、ブルースライムの槽からご案内しますね」

イデアと共に通路を進むと、青い飾りプレートのついた二枚扉を開く。

進んだ先は大部屋で、ガラスでできた四角い槽が十以上並んでいた。

上にある蓋だけは、ガラスではなく、魔法系の水晶を混ぜ込んだものらしい。高窓からの陽光が、きれいな虹をいくつも作っていた。

「蓋だけは魔封じの水晶を入れています。スライムは意外に力があるので、内側から蓋をずらして逃げられるのを防ぐためです」

説明を受けつつひとつの槽に近づくと、小さいブルースライムの一群がいた。

「こちらが生まれて一週間のスライムです」

ゆるゆると集まってくる小さなブルースライム達は、ピンポン球ほどで、動きものんびりとした感じだ。餌だというクズ野菜やクズ肉を粉にしたものを入れると、のたのたと集まってきて、丸い体をふるふると動かして食事をする。

近くにいてもまったく怯える気配はない。むしろ、餌を入れたイデアにはゆっくりと寄ってきている。

「スライムって、こんなになつくんですね」

「幼体は子供のようなものですから、成体よりなつきやすいんです」

森や湿地では会いたくないが、こうして見るとなんともほのぼのする。

このままなら、水槽に入れて家で飼っておくのもいいかもしれない。

「こちらが四週間ほど育ったブルースライムです。この大きさから外部に出せることになります」

少し進んだところの槽、先ほどよりもだいぶ大きく、両の手のひらにちょうど乗るぐらいのスライムがいた。学院時代によく見ていたスライムの、七、八割程度の大きさだ。

ダリヤは少しだけ近づき、ガラス越しにスライム達を見た。

半透明の青く丸いスライムが、ゆるゆると動いている。遊ぶようにぽふぽふと跳ねている個体もいた。なかなか元気そうだ。

スライム達を落ち着かせるためなのか、それとも食材としてなのか、槽の真ん中に少し太めの木の幹(みき)が置かれている。

どうやら木の周りは人気スポットらしく、多くのブルースライムがくっついていた。

この大きさになると、防水布の材料として出荷可能になるそうだが、一頭あたりどのぐらいの粉になるのだろう？　どれも天然ものよりわずかに青みが薄く感じられる。

天然と養殖で、成分差異はあるだろうか、魔法を付与するときに違いはあるだろうか？——そんなことを考えつつ、ガラスにぴたりとくっつくと、目の前のブルースライム達がじりじりと反対側

へ移動しはじめた。

「……あぁ」

ブルースライム達に自分の思考が伝わってしまったのか、あるいは、自分がスライムの恨みを買っているため、何かがにじみ出ているのか。

いろいろと思い当たる節がありすぎ、ダリヤは軽くため息をついた。

「こうして見ると、案外かわいいものだね」

後ろにいたヴォルフも、いつの間にかなごんでいたらしい。

ダリヤのため息には気がつかなかったようで、少し離れた場所で、何気にガラスに手を伸ばす。

その途端、近くにいたスライム達は、勢いを増して反対側へと離れていった。ぼふりと音を立てて飛び去っていった個体もいくつかいる。

誰がどう見ても、全力で警戒・避難されていた。

「……俺、ここまでスライムに嫌われているんだ」

「……大丈夫です、私も似たようなものです」

微妙な表情（かお）で話し合っていると、背後からためらいがちに声をかけられた。

「あの、お二人とも、できれば槽から少し離れて頂けると……ブルースライムは大変繊細で、初めて見た方を警戒しやすいのです」

イデアはそう言うが、二人から少し離れたところにいるイヴァーノの前では、ブルースライムが重なり合ってたまっている。

ガラスに思いきり顔を近づけているのに、まるで警戒されていない。むしろ大人気という感じだ。

ちょっとうらやましい。

ダリヤの視線に気がついたか、彼は笑って言った。

「髪の色じゃないですかね？　俺の髪、黄色の入った茶ですから、おいしそうな落ち葉に見えるのかもしれませんよ。ダリヤさんの髪は赤ですから、火を連想して逃げるんじゃないですか？」

「俺の髪は黒なんだけど、土とか落ち葉は連想してくれないらしい……」

「いやいや、ヴォルフ様、そこは魔物討伐部隊のにじみ出る迫力だと誇ってくださいよ」

苦笑するヴォルフに対し、イヴァーノが少しばかり無理があるなぐさめを告げる。

「スカルファロット様は、魔物討伐部隊の方なのですか⁉」

不意に、イデアが青藤色の目を輝かせて食いついてきた。

にじりよるように距離をつめられ、ヴォルフが固く身構える。

「ええ、そうですが――」

「ぜひお教えください！　野生のブルースライムというのは、やはりこれより攻撃的でしょうか？　横を通っただけで攻撃されることもあると本にはあったのですが？」

「いえ、こちらが攻撃しなければ基本的に攻撃をしてくることはありません。ただ、うっかり踏んだときと、湿地帯や沼地などの数が多い場で、そこをテリトリーとみなしていると、横を通るだけでも攻撃されることはありますが」

イデアが白衣の胸ポケットからメモ帳を取り出し、記入しながらの質問は続く。

「なるほど。野生にいるスライムの最大個体の大きさはどのぐらいでしょうか？」

「見たことのある最大のブルースライムは、私の身長の三分の二ほどでした。大きめの鹿を捕食していたので、その体積分もあるかと思いますが」

「そのスライムは、核が一個でしょうか？」

「私は確認しておりませんが、槍を使う騎士が一撃で倒しましたので、おそらくは一個だけだったかと……」

その後、しばらくヴォルフが質問攻めにあった。

メモを取りながら早口で尋ねるイデアに、ダリヤは妙な親近感を覚える。

「ありがとうございます、とても参考になりました。あの、ダリヤさん、よろしければ槽に関するご意見を頂けないでしょうか？」

ヴォルフへの質問が終わると、今度は自分に話が振られた。

「ええと……自然環境との比較は難しいと思いますが、ブルースライムには少し明るさが強いかもしれません。暗めのところを好む個体も多いようなので」

塔で逃げ出したブルースライムが、棚下やバケツの陰に隠れていたことを思い出しつつ話す。

イデアは深くうなずいた。

「なるほど！　観察に便利なのでつい明るくしてしまっていましたが、生育が少し遅いのはそれもあるのかも……槽を少し布で覆うなどして、どちらに寄るか確かめてみます」

その後も、イデアと二人、スライムに最適な水質や温度、特性などについて話が続く。

「………」

ヴォルフは盛り上がってきた二人から、少しばかり距離をとる。その肩が息を吐くために少し揺れた。

全力で存在感を消そうとするヴォルフにそっと近づき、イヴァーノがささやく。

「ええと、たぶん大丈夫です。会話が全部スライムで、ヴォルフ様について尋ねることは一言もありませんでしたよね？」

「そうだね」

「イデアさん、たぶん揺らぎません。おそらく、ダリヤさんやルチアさんと同じ感じです」

「理解したよ。その、自意識過剰ですまない……」

「いえ、そこは必要な自衛だと思いますので……」

その後、四人はようやく廊下に出て、次のスライムの部屋へと移動した。


次のドアのプレート飾りは緑。グリーンスライムの部屋であるらしい。

「こちらはグリーンスライムの槽です」

ブルースライムの部屋、その三分の一ほどの広さに、ガラスの槽が並んでいる。

天窓からの光が多く当たる部分に、みっしりとグリーンスライムが並んでいた。あまり動いている個体がいない。

一匹ごとの大きさはブルースライムよりも大きめだが、高さはあまりなく、槽の中で平べったくなっていた。ちょっと植物感が増した気がする。

「グリーンスライムは冒険者の被害も過去にほとんどないので、生態があまりわかっていません。養殖だからなのか、ひなたぼっこをして動かないご高齢の方のような感じで……あまり餌もとらないのです。それでも成長速度はそれなりに速いんですが」

「あの、グリーンスライムって、光合(こうごう)……いえ、太陽の光で栄養を作るからじゃないでしょうか。植物と同じく」

前世の記憶から光合成と言いかけ、なんとかとどまった。確か、今世にその言葉はない。

ただ、日光が植物の成長に不可欠であるというのは、植物学の授業で普通に教わった。

「植物と同じ……ああ、そう考えると納得できます。グリーンスライムは動物よりそちらに近いのかもしれませんね。勉強不足で申し訳ありませんが、グリーンスライムに関して、そういった文献か本はありますでしょうか？」

「すみません、記憶が曖昧で……先輩か先生方との雑談で伺ったのかもしれません」

確か、光合成の話は学院生時代に父と話した。

父は、ダリヤにとって魔導具師として先輩で先生なので、嘘(うそ)ではない。

カルロは光合成という語句を聞き返さず、理解が早かった。

だが、『光合成というヤツは人間にも取り入れられないだろうか。そうしたらその場から動かなくても暮らせるのでは？』と真顔で尋ねられた。

そのため、ダリヤは二度とその話題を振らなかった。

「いえ、大変によいことをお伺いしました。今度、日当たりをより良くした槽で、比較実験をしてみますね！」

満面の笑みで言うイデアが、なんだかまぶしく思えた。

その次に、ダリヤ達はイエロースライムとレッドスライムの小部屋を見た。

イエロースライムは槽の端に集団で固まっており、大人しかった。

他のスライムより仲間意識が強いらしく、全体数が減るとなぜか一匹ごとの食事量が減るのだという。

ダリヤ達が近づいても、あまり反応はなかった。

ただ、イデアが近づくとゆっくりと寄っていくので、やはり育てる者にはなつくらしい。

レッドスライムは他三種と違い、動きが大きく、すばしっこかった。他のスライムと比較すると、動物系のようだ。

一匹ごとにテリトリーがあるのか、個体同士が離れ、密集していない。

ブルースライム、レッドスライム、グリーンスライム、イエロースライム、この代表的なスライム四種の中では、レッドスライムの発見個体数が最も少ないのだという。

ヴォルフもあまり遭遇したことはないそうだ。

レッドスライムは好奇心が強いのか、ガラス越しに見ていると人間の方に寄ってくる。

一番多く寄られていたのはやはりイデアだったが、ヴォルフが『俺でも近くで見ることができる』と、とても喜んでいた。ダリヤもしっかり観察した。


四種のスライム部屋を満喫した後、警備員とすれ違いながら、通路を奥へ進んだ。

向かう先にあったのは、漆黒の表面に、赤い火の魔法陣が大きく刻まれた一枚ドアだ。扉自体が禍々(まがまが)しい気さえする。

イデアは黒い鍵を取り出し、開けながら話しだす。ここだけは別途、専用の鍵があるらしい。

「こちら、一個体だけブラックスライムがおります。研究したいのですが、まったく分裂しないので、開設当初からそのままです」

「……ブラックスライム」

ヴォルフが眉間に深く皺を寄せた。

ブラックスライムの槽はかなり小さめで、ガラスが分厚かった。

聞けば、二重構造で内側は硬化魔法を付与した特注の厚いガラス、外側は魔封じの水晶を入れたこちらも特注品だと言う。部屋の天窓までも魔封じの水晶が入っていると聞き、やはりブラックスライムへの警戒は必要なのだと納得した。

槽に近づくと、中央に黒く丸まったブラックスライムがいた。

ハンドボールほどの大きさだろうか。四人が近づいても、まったく動きはない。

久しぶりに近くで見たが、半透明の艶やかな黒である。にじみ出る強い魔力は、スライムの中では別格だ。

黒曜石を思わせる色合いに見とれていると、不意に、ブラックスライムがふるりと動いた。

思わず凝視すると、ゆっくりとダリヤの方向へ這い進んでくる。

近くで見るいい機会だとも思ったが、途中から妙な寒気を感じ、つい後ろに下がってしまった。

すぐかばうように前に出たのは、ヴォルフである。その広い背中から、冷えた重圧を感じるのは気のせいか。

「ヴ、ヴォルフ？」

思わずその名前を呼んだとき、バリンと、何かが砕ける音がした。

「え？」

ブラックスライムが内側のガラスにぶち当たったらしい。一瞬の跳躍だった。

物理防御と魔法防御をほどこした水晶板も、ブラックスライムの一点集中攻撃には耐えきれなかったようだ。槽の内側、一枚目のガラスに薄くヒビが入っている。

「ブラックスライムを刺激しないでください！」

悲鳴に似たイデアの声に、ヴォルフが胡散臭い笑顔で振り返った。

「すみません、遠征のときのクセで、つい『威圧』が……」

ダリヤは乾いた笑みを浮かべるしかなかった。

槽のヒビについては、すぐ修理するという。

ヴォルフが弁済を申し出たが、担当者が魔法で修理できるので不要だと説明され、安堵した。

謝罪と対応の話を終え、また四人で移動することにする。

ふと視線を感じた気がして、なんとなく気になって振り返ると、自分の目線の先のガラス部分に、ブラックスライムが真っ平らになってくっついていた。

ダリヤは無言で、視線をそっと外す。

とりあえず、初対面のブラックスライムにも、敵意を向けられているか、恨まれているらしいことは認識した。

あとは振り返らぬまま、黒いドアの部屋を後にした。

次に通された部屋はさらに通路の先で、ドアにイデアの名前が書いてあった。

部屋の中はそれほど広くない。小さな槽がいくつかあるが、同じ槽にレッドスライムとブルースライムがいたり、イエロースライムとグリーンスライムがいたりと、混ざっている。

「こちらはお見合いというか、他色のスライムと交配ができないか、研究している槽です」

「交配ですか？　スライムって、通常は同種分裂で、同じ特性の個体が増えていくものですよね？」

「ええ、そうです。でも、たまに変異種が出るので、可能性のひとつかと思いまして……いくつかの種類のスライムを同じ槽にしたりして実験中です」

変異種の誕生は、場所が条件ではなく、スライム同士の交配によるもの——その発想はなかった。

ここで変異種が生まれれば、特性によってはそれを証明できるかもしれない。

「あの、イデアさん、ブルースライムがレッドスライムを攻撃しているみたいですが……」

「ええ、でもあの個体はぬるい攻撃はしますが、仕留めないので。レッドスライムの方が、ブルースライムを追いかけ回していることもあります」

目の前の二匹は仲が悪いのかと心配したが、じゃれているだけらしい。もしかすると案外、相性がいいのかもしれない。

「スライムにも、色を超えた恋とか、恋の駆け引きってあるんですかね？」

「わからないけど、それ以前の問題という気がする……」

イヴァーノの素朴な疑問に、ヴォルフが難しい顔をしていた。

「これも養殖の一環でしょうか？」

「いえ、養殖というより私個人の研究なので……この部屋をお借りして、私の槽を置かせてもらっています」

「あの、もしかして、ご自分で槽を？」

「はい、職員割引で買えましたので。養殖場の職員施設で寝泊まりができるので、王都に貸し部屋もいりませんし、食料も配達してもらえるので。お給料を研究に回せて、とてもありがたいです」

にこりと笑う彼女には、一点の迷いもない。

ああ、これは一点集中タイプだ――ダリヤは自分を棚に上げて思う。

重ねて思い出してしまったのは父、カルロだ。

自分も魔導具研究のことになると、少々夢中になって周囲が見えなくなることはあるし、高額素材にも手を出すことはある。が、父ほどではない。

父は、妖精結晶をはじめ、希少素材への挑戦が多かった。

若い頃からいろいろな魔導具を制作し、収入もそれなりにあったはずだ。

だが、亡くなってから口座を確かめると、残金はかなり少なかった。おそらくは若い時分から素材につぎ込んでいたのだろう。

商業ギルドで父の口座を閉じるとき、立ち会いの係員にかなり心配された。

ダリヤはもう自分で働けるので何の問題もなかったが。

「こちらの槽、この子が変異種かもしれない個体です」

一番小さな槽に手を向け、イデアは笑顔で言った。

中にはソフトボールほどの大きさの、濃い灰色のスライムがいた。

「灰色のスライムですか？」

「グレースライムと呼んでいます。イエロースライムとグリーンスライムを入れていた槽にいまして。捕獲のときには、この色のスライムはいなかったと冒険者の方がおっしゃっていたので、おそらくこの養殖場生まれです。まだこの子だけで、分裂していませんが」

「新しい魔物か……」

「ある意味そうなりますね」

ヴォルフの言葉にダリヤがうなずく。ちょっと人工魔剣制作が思い出されたが、今は考えないことにする。

「グレースライムは、特性がわからないんです。攻撃も一切してこなくて、魔法も確認されていないので。二個体以上に増えたら『成分確認』をしようかと思っています」

「成分確認……」

ヴォルフが低い声で復唱した。

ふるり、グレースライムが震えたように見えたが、気のせいにちがいない。


見学が終わると、イデアは渡したい書類があるとのことで、一人で事務所へ行った。

ダリヤ達は待ち時間の間、もう一度ブルースライム達を見せてもらっていた。

ゆるゆると動くスライム達を見ながら、つい思い返してしまう。

イデアの手は、スライムの溶解液による火傷（やけど）か、あちこち赤かった。

彼女の研究室はけして広くはなかった。けれど、彼女が購入したという槽はきれいに掃除をされており、観察書類は、きちんとそろえてまとめられていた。

研究主任のイデアがどのぐらいの給与なのかはわからない。

だが、魔法付与のあるガラスの槽、あの大きさは、けして安くない。

「イヴァーノ、相談があるんですが……私がイデアさんの研究費用の援助をしてはいけませんか？　槽の分だけでも。もしかしたら、新素材になるかもしれないスライムですし」

「いいですけど、それは会長の財布からじゃなくて、商会からにしましょう。あと、うちが出さなくても、アウグスト様に提案したらいけるかもしれません。ああ、フォルト様にも相談して両方巻き込……いえ、共同でご提案すれば早いかもしれませんね。その件、任せてもらっていいです？」

どこぞのギルド長達を巻き込む発言を混ぜつつ、イヴァーノが紺藍の目を向けてきた。

「はい、お願いします」

二人のやりとりを、ヴォルフは黙って見守っていた。


イデアが戻ってきたのは、それからすぐのことだった。

「すみません、お待たせして……ダリヤさん、こちら、お役に立つかどうかはわからないのですが、よろしければお持ちください」

差し出されたのは分厚い羊皮紙の束だ。革紐でまとめられており、ずっしりと重かった。

「この養殖場で育てたスライムの成分表です。冒険者ギルドのタッソ部長から、ダリヤさんへお渡しする許可は得ていますので」

一番上の羊皮紙を見れば、几帳面そうな四角い字で、スライムの種類、重量、状態、成分が細かく記されていた。

これだけのデータを取るのに、一体どれほどの時間と手間が必要だっただろうと思える量だ。

「貴重なデータをありがとうございます。すごいですね……スライムのここまで詳細なデータは、初めて見ました」

「そうおっしゃって頂けるとうれしいです。粉にした場合、魔力の性質も少し変わるので、このままではお使いになれないかもしれませんが」

膨大なデータを取ったはずのイデアだが、その表情（かお）には苦労など一欠片（ひとかけら）もなく、研究者の喜びと誇りにあふれていた。

「いえ、大変参考になります。ブルースライムは防水布に、グリーンスライムは微風布（アウラテーロ）に使用していますが、成分的にはかなり違うんですね。むしろイエロースライムの方がブルースライムに近いのには驚きました。こちらの粉もいずれ試したいと思います」

「ぜひ結果をお聞かせください。それと、スライムの粉にも最近は区分ができて、高級品と低級品で区別することになりそうです」

「高級品と低級品ですか、やはり含有魔力でしょうか？」

「はい。個体差も大きいのですが、栄養状況、活動量、落ち着いて暮らせているかで左右されるところも大きいです」

やはりここはスライム養殖場というのにふさわしい。いいスライムを育てるには、十分な栄養とストレスのない環境が大切らしい。

今日、自分とヴォルフがスライム達にストレスを与えていないか、少々心配になってきたが。

「ただ、難しいのはレッドスライムですね。数が少ないですし、粉でも加工が一番難しいようで、商品化までいけたのは、まだ無毒化した染料だけです」

その言葉に、ダリヤはガブリエラと共に初めて行った化粧品店を思い出した。

「でも、染料はすごいですよ、レッドスライムの口紅は人気ですし、とてもつけ心地がいいです。私が今つけているのもそうなんです」

「その透明感のある赤は、レッドスライムだったんですね。私も今度、スライムの口紅を買ってみます！」

つい盛り上がってしまったが、いつまでもここで立ち話を続けているわけにもいかない。

イデアもそれに気がついたのか、自分に向けて姿勢を正した。

「ダリヤさん、個人的なことですみませんが——私は子供の頃からスライムが大好きでした。でも、学院では人気がなく、予算もつきづらくて。それが今、こうして研究と飼育ができるようになって、とても感謝しています」

「私だけではなく、各ギルドの皆様あってのことですので——でも、教えて頂いたことを、とてもうれしく思います」

「スライムはまだまだ未知の部分が多いですが、それぞれの特性がわかれば、素材としてもっと幅広く使えるかもしれません。そうしたら、スライムを今よりたくさん養殖できますし、人に身近になると思うんです」

「私もスライムはもっと魔導具に活かせる気がしますので、試してみたいと思います。イデアさんのスライムの研究、楽しみにしていますね」

「はい、ダリヤさん。今後もどうぞよろしくお願いします！」

差し伸べられた手に、ダリヤは迷いなく手を重ねた。しっかりと握手をし、互いに笑い合う。

その姿をイヴァーノは微笑ましげに、ヴォルフは少しまぶしげに見ていた。

「増築次第、グリーンスライムの他、いろいろなスライムも増やしますので。ぜひ、またいらしてください」

イデアの笑顔の向こう、槽のスライム達はいつもより少し強く震えていた。

◆　◆　◆　◆　◆

スライム養殖場から王都へ戻ったのは、夕方に近い時間だった。

イヴァーノは商業ギルドに用事があるというので、馬車で送り届けた。

その後、ダリヤとヴォルフは緑の塔へ帰った。

外食の話も出たが、先日ヴォルフの持ってきた東酒があるので、それでチーズフォンデュはどうかと提案したところ、あっさり決まった。

結果、二人で台所に立ち、東酒のチーズフォンデュ、蒸し野菜、蒸し鶏、蒸し海老、白パンを準備する。そして、東酒と錫器のぐい呑みをテーブルにそろえた。

小ぶりの銀色のぐい呑みは、ゆるりとした気持ちを誘い、酒のペースを落としてくれる。

明日は休みだというヴォルフに合わせ、今日はくつろいで、ゆっくりと飲めればいい――そう思いながら支度をした。

「スライムの養殖成功と、これからの魔導具開発を祈って、乾杯」

「スライムのほどほどの繁栄と、ブラックスライムからの安全確保を祈って、乾杯」

いつもとちょっと違う乾杯の言葉を終え、居間で錫器のぐい呑みを軽く合わせた。

小型魔導コンロの上、東酒のチーズフォンデュは、いつもと違う香りを立ち上らせている。だが、食べてみれば独特のコクがあって、蒸し野菜や蒸し鶏とよく合った。

東酒もなかなかに、チーズフォンデュにはいい酒らしい。

「次の遠征は、どうすべきか……」

満足げに食べていたはずのヴォルフが、いきなり眉をひそめ、遠征の悩みをこぼした。

「あの、私でよければ聞きますが。聞くだけになるかもしれませんが……」

悩みは部隊の備品か、遠征先の問題か、それとも強い魔物への対抗手段か。

相談されても、おそらく解決はできない。ただ聞くしかできないだろう。

それでも、話してもらって少しでも彼が楽になるのなら――そう思う。

黄金の目が迷いに揺れ、ダリヤをじっと見た。

「次の遠征中、コンロでチーズフォンデュをするつもりなんだけど、白ワインにするか、こんなふうに東酒にするか……」

「好きなだけ迷ってください」

ダリヤは笑顔でヴォルフの迷いを放り投げ、食事を再開した。

蒸しカボチャをチーズの海に浸したものは、チーズの塩気でより甘く感じられる。ほくりと口の中でほぐれるカボチャは、旬の味だった。

「カボチャのおいしい季節になりましたね」

「そうだね」

黄金色のカボチャと赤茶のキノコの載る蒸し野菜の皿は、実に盛夏らしい。

「キノコを見ると、遠征先のスライムを思い出すよ。たまに近くにいるときがあるから」

「キノコもスライムも、湿気の多いところを好みますからね」

「そういえば、遠征先では考えたことはなかったけど、今日の養殖場のスライムを見たら、粉にするのがちょっとかわいそうな気がしたな」

「それは、ちょっとありますね……」

ヴォルフが思い出しているのは、小さなブルースライム達だろう。あれは見ているだけでかわいかった。

「ダリヤは、明日からスライム粉が使いづらくなったりしない？」

「気持ちとしては少しグッときますけど、使いづらくなるとか、使わなくするというのはないですね。魔導具科の試験を受ける前に、『魔導具師は素材として命を扱う』と、父によく説明されましたし、その……実戦もあったので」

「実戦って、ダリヤが？」

「ええ。実戦と呼んでいいのか微妙ですけど。父が森でグリーンスライムを捕まえたのを、私が銀の棒で叩いて……核を壊すまで大変でした」

小さいスライムだったが、なかなか核に当たらず、苦戦した。

三匹ほど仕留めさせられたが、手に肉刺がいくつもでき、つぶれて痛かった。

「緑兎なんかも、何度か解体しましたよ。初回は隠れて泣きましたけど」

普段は穏やかなカルロが、これに関してだけは厳しかった。

冒険者でもないのに、緑兎（グリーンラビット）のどこに何があるか、解体して素材や内臓をどう取るか、きちんと教えられた。

おそらくは魔物にも命があること、採取や解体の大変さを、魔導具師になる娘に教えておきたかったのだろう。

「思い出したくないことを聞いてしまったかな？」

「いえ、自分で魔導具師になると決めてのことなので。かわいそうと手を止めていたら仕事ができませんし。でも、『素材として命をもらっているのは忘れないように』と、父に教わりました」

「ダリヤのお父さんて、結構厳しかったんだ」

「いえ、普通だと思いますよ。普段はむしろ甘い方でしたし」

カルロは、ダリヤが小さい頃から魔導具作りを教えてくれ、共に試行錯誤してくれた。欲しがった本や素材も惜しみなく与えてくれた。

お互いがたった一人の家族だったせいもあるだろう。外食に出かけたり、買い物に出かけたり、父娘としては仲がよかった方だと思う。

だから、自分は母がいなくても、さびしさを感じたことはなかった。

「ヴォルフは魔物がかわいそうになったことって、あります？」

「……初めての殲滅戦（せんめつせん）は、ちょっと辛（つら）かった」

ぽつり、ヴォルフが低くこぼした。

「隊に入ったばかりの頃、ある村の近くに、ゴブリンが集落を作ったことがあって。その殲滅戦。言い方を変えれば皆殺しだね」

「でも、討伐は必要なことじゃないですか」

「ゴブリンは増えるのが早いし、近くにまた集落を作られたら困るから、仕方がないっていえば仕方がない。でも、そのときの俺は、子供のゴブリン達を殺すのにためらってしまった」

「それは……入ったばかりでは仕方がなかったのでは？」

「俺の動きが遅かったから、サポートの魔導師が氷魔法を撃ってくれた。ただ、それでは死ななくて……すぐに仕留めたけど、俺がさっさとやっていれば、二度も苦しませることはなかった」

苦さを隠さない声に、残る傷が見え隠れする。

「今は倒すと決めたらためらわない、何も考えない。結構、ひどいよね」

「いえ。それを言ったら、私はスライムをはじめとした魔物素材をかなりの数で使ってますし。魔物から見たら、私もヴォルフもたいして変わらないんじゃないかと」

「いや、俺とダリヤじゃ全然違うよ」

「いえ、きっと似たようなものですよ。『自分達を倒しに来る魔王』に『自分達の屍を利用する魔女』ですから」

「『自分達の屍を利用する魔女』……」

なぜその部分だけを真顔で復唱するのだ。フォローするつもりが追い詰められそうだ。

ダリヤは慌てて話を続けた。

「考えたら食事もそうですよね。人間は牛も豚もクラーケンも、おいしく食べてるじゃないですか」

「確かに。今日の鶏も海老もおいしかった……『罪深きは人間なり』かな」

ヴォルフの言葉に、つい苦笑してしまう。

確かに、ここまでいろいろな動植物、そして魔物まで食べ、死後までも利用するのは、人間だけにちがいない。

「ところで、王城の護衛犬って、夜犬(ナイトドッグ)ですか？」

ダリヤは思い出したことを聞いてみた。

「ああ。夜間の見回りや警戒時に放されてるよ。王城のは改良されてて、民間のより一回り大きいけど」

「夜犬(ナイトドッグ)って、飼うのはたいへんでしょうか？」

「どうだろう？　頭はいいけど、かなり食べるし、走らせる場所がいるから」

散歩ではなく、犬の走る場所がいるらしい。確かに足が速そうだ。

塔の庭で走らせておくのはどうだろう？　ぐるぐる回ればそれなりに運動にはなるが、景色はあまり変わらないので、飽きてしまうだろうか、やはり広い敷地がないと難しいか——そんなことを考えていると、ヴォルフに尋ねられた。

「夜犬(ナイトドッグ)って、ダリヤが飼うつもり？」

「まだ考えているところですが、前にオズヴァルド先生に妖精結晶の話を伺っていたら、番犬の話になって、黒毛の大型犬がいいんじゃないかと勧められまして。だと、夜犬(ナイトドッグ)あたりかなと」

「……黒毛の大型犬」

ヴォルフが思いきり眉をひそめた。夜犬(ナイトドッグ)から危険なことでも連想したのかもしれない。

「飼えなくても、妖精結晶の付与をする日だけ借りてきたらどうかと言われました。夜犬(ナイトドッグ)って、借りられるんでしょうか？」

「夜犬（ナイトドッグ）は街道の移動で馬車の護衛もするから、貸し馬車の店で借りられるかもしれない」

「そうなんですね。じゃあ、一度見に行ってみるのもいいかもしれません」

以前、八本脚馬（スレイプニル）の馬車を借りた店がある。あそこで夜犬（ナイトドッグ）を借りることができるかもしれない。

言うことをきちんと聞いてくれる犬なら、一度散歩をさせてみたいものだ。

前世で飼っていた犬を思い出していると、ヴォルフに心配そうな顔をされた。

「妖精結晶の付与って、やっぱり危ないものだった？」

「いえ、付与はそうでもないんですが、こう、その妖精の死のイメージや、悪夢のような幻覚を見ることがあるそうです」

「俺の眼鏡を作るときに、ダリヤも見た？」

「いえ、私はたいしたことはなくて。半透明の妖精のようなものが見えたのと、父の気配だけですね。あの後はヴォルフと飲んでましたし、眠ってからも悪夢は見ませんでしたよ」

『妖精結晶で多い幻覚は、大切な人の死や、いなくなるところを見るものです』

オズヴァルドにはそう言われたが、それを説明するのは避ける。

今の自分は、父の死を見るのか、それとも、目の前の友人が去っていく後ろ姿か——考えたくないことを心の隅に押し込めていると、ヴォルフが尋ねてきた。

「夜犬（ナイトドッグ）でなくてもいいんじゃないかな……妖精結晶の付与は俺の眼鏡だろうから、俺がいてもいいんじゃないだろうか？」

「あ、そうですね。ヴォルフの眼鏡ですから、調整しながら作った方がいいですよね」

「俺としてはその方が安心なんだけど……」

「だと、早めの時間に付与して、そのまま魔剣の設計を二人でするのもありかも……昼のうちに魔力を使いきれば、すぐ寝付けると思いますし、そうしたら悪い夢も見ないでしょうから。その日は夜まで飲めるよう、白ワインを多めに準備しておきますね」

「予定がわかれば、俺の方で持ってくるよ」

ヴォルフはいつものように笑いながらも、ダリヤの細い手首に視線を向けていた。

そこに輝く金の腕輪の裏、鉄壁の守りを誇る素材群。制作者は魔導具店『女神の右目』の店主である、あのオズヴァルドである。

楽しげに自分を見つめる銀の目が思い出され、どうにも落ち着かない。

ヴォルフは少しだけ目を細め、己の唇を指で隠した。

「俺をからかって何がおもしろいんだ、あの狐親父（きつねおやじ）……」

言葉の悪いつぶやきは、ダリヤの耳に届かぬままに消えた。

食後の片付けを済ませると、ヴォルフが黒の大きな木箱をテーブルに載せた。

馬車から持ってきたそれは、おみやげだと言われていたが、何が入っているかは聞いていない。

「これ、約束のお酒。おいしいかどうかはちょっと自信がないんだけど、先日のお祝いのお酒ということで」

「財務部へ説明をする前の約束ですね」

王城で遠征用コンロのプレゼンをする前、ヴォルフは言った。『おいしい酒を探しておく』と。

どうやら、木箱の中身はその酒らしい。

「説明会の成功に加え、ロセッティ商会が魔物討伐部隊御用達になったことと、ダリヤが相談役になったこと。あとは、俺達が会って百日ぐらいなので、それも含めてのお祝いかな」

「百日……もう、そんなになるんですね」

前世今世を通し、ここまで濃い百日はない。婚約破棄から今日まで、思い返しても怒濤(どとう)の日々だ。

ヴォルフと会って百日というのが、短くも長くも思えるから不思議である。

「これ、うちの領地で作ってる酒なんだ。量が少ないのと日持ちしないので売り物にできない。兄に甘い酒でおいしいものはないかって聞いたら、これを持たされた」

ヴォルフは黒い箱の蓋をそっと開ける。甘ったるい花の香りが、ふわりと広がった。

「『スカルラットエルバ』っていう酒」

箱の中、黒い布の上に、一枝の植物が寝かされていた。サルビアを数十倍ほど巨大化させたような花で、色は艶やかな純白だ。葉も茎も真っ白で、花というより、彫刻品のようにも見える。

「初めて見るのですが、これのどのあたりがお酒なんでしょうか？」

「ここをむしる」

サルビアの花部分としか思えないところを、ヴォルフが引っ張ってとる。ぶちりと、なかなか大きな音が響いた。

かなり力がいりそうだ。もしかすると、ダリヤではむしれないかもしれない。

「で、ここから蜜というか酒をとる」

花をくるくると巻いてグラスに搾られたのは、透明で少しだけ粘度のある液体だ。ひとつの花で大さじ数杯ぐらいだろうか。

四つほど花をむしると、花の香りより、強いアルコールの香りが広がっていた。確かに酒だ。

「花の匂いに誘われて小さい動物がくると、花を守る黒ラット達が襲って食べる。大きい動物は、アルコールに酔っぱらったところを狙って食べられる。残るのは白い骨だけ――だから、花言葉は『共存共栄』なんだって」

スカルラットエルバには、頼れる守護者がいるらしい。だが、映像で想像すると、意外に怖い酒だった。

「付き合いがうまくいくことや、商売の縁起を祈って飲む酒だって聞いた。ただ、商売人の場合は、『客は骨までしっかり頂きなさい』っていう説もあるとか、ちょっと怖い話もあったけど」

「わぁ……」

「白い花じゃなくて、残った白い骨が積み重なるからスカルで、黒ラットのラット……浪漫の欠片もない名前なんだけど」

「どうやって採ったんですか、この花？」

「うちでは、昔から株で育ててるって聞いた。黒ラットはいないけど、温室の護衛はいるよ」

「なるほど」

黒ラットのいないスカルラットエルバは、温室で人が大切に守って育てたらしい。

しかし、花でありながら酒とは、なんとも珍しい。

「少し強めの酒なので、一応気をつけて」

「はい」

小さなガラスの盃に移した蜜の酒は、アルコールの匂いと甘い花の香りを同時に立ち上らせていた。カチンと小さく盃を合わせると、わずかずつ味わう。

「とても甘くておいしいですね、それに香りがいいです……なんとなく、オレンジの花っぽい感じがします」

「おいしいけど、ここまで甘いとは……」

ヴォルフは盃を眺めながら、困ったように目を細めた。

甘い蜂蜜と強い酒を同量に混ぜた感じと言えばいいのだろうか。甘く濃厚でおいしいが、これは喉が渇きそうだ。辛口の酒を好むヴォルフには、甘さが強すぎるかもしれない。

「甘すぎるなら、炭酸水割りにします？」

「お願いしたい。ダリヤは平気？」

「ええ、このままでおいしいです。喉が渇くので、水はあった方がいいですけど」

「これ、一日で酸っぱくなるって。今日だけしか飲めないから、全部取った方がいいよね？」

「お願いします。もし余ったら冷凍しますので」

冷凍したら酸っぱくはならないだろう。ただ花の香りはとんでしまうかもしれないので、できるだけ今夜のうちに飲みたいところではある。

花をむしってもらっている間、ダリヤはグラスと炭酸水を持ってきた。

ヴォルフの飲む分は、グラスで炭酸水割りを作る。

グラスと盃で改めて飲むと、花の甘い香りと酒の香りが再び口内に広がった。

盃を干せば、口は甘いが喉が熱い。飲んだ後に戻ってくる独特の熱は、やはり強めの酒だった。

「これ、口当たりは丸いけど、かなり強いな……炭酸で薄めるとかえってわかるよ」

「甘いので、そのままだとあまり意識せずに飲めちゃいますね」

かなり強い酒だと言いながらも、ヴォルフが盃に追加を注いでくれる。

酔みすぎないようにと思いつつ、舌に馴染む甘さに、つい酒がすすんだ。

窓の外の星空が、いつもよりきれいだ——そう感じつつダリヤが三杯目の盃を傾けていると、ヴォルフが口を開いた。

「その、突然で申し訳ないんだけど、うちの兄が、一度ダリヤに会いたいと……俺が商会の保証人になっているから、気になるのかもしれない」

「私は貴族の礼儀作法ができていないので、失礼にならないでしょうか？」

「大丈夫。俺のいる屋敷の方でお茶にしないかって。会うのは兄だけだし、俺も同席するから。もちろん、嫌なら断ってくれてかまわない」

遠慮がちに言った彼に、ダリヤは即答する。

「ご挨拶とお礼はしたいです。財務部で遠征用コンロを説明するときに、お世話になりましたし、ヴォルフにも、とてもお世話になっていますから」

「むしろ、俺が君に世話になりっぱなしなんだけど……」

「いえ、そんなことはないかと……あの、この話をしだすと、前みたいに同じことの言い合いになる気がしませんか？」

「確かにそんな気もする」

前もヴォルフと似たような会話をした。

お互いに自分の方が世話になっていると言いだし、キリがなくなった記憶がある。

「ヴォルフ、このお酒と一緒でいいんじゃないでしょうか？　二人で、『共存共栄』を目指すということで」

「ダリヤと『共存共栄』か……それならよさそうだ」

ヴォルフがうなずいてくれたのが、なんだかとてもうれしい。

少しばかり体がふわふわとして温かいのは、珍しく酔いが強く回っているからだろう。

ヴォルフの方へ思いきり腕を伸ばし、その手のグラスに自分の盃を寄せる。

少しずれて互いの指をぶつけた後、ようやくカチリという小さな音が響いた。

その乾杯の音にとても満足し、ダリヤは微笑む。

「末永く、二人、共に栄えますように――」

酒はかなり強いヴォルフだが、自分と同じく、今夜は少し酔いが回っているのかもしれない。

ふと近くで見つめた顔、その頬にわずかな赤みがあった。


「末永く、ダリヤと二人、共に在れますように……」

グラスで隠した唇が紡いだ祈りは、蜜の酒だけが聞いていた。

既婚男子の蠍酒

ジャンが冒険者ギルドから馬場に向かったのは、夕暮れに近い頃合いだった。

業務をいつもより早く切り上げ、迎えの馬車に乗ったところ、案内役だという女がいた。

オズヴァルドの第三夫人、エルメリンダである。

いくら双方が既婚とはいえ、馬車に自分の妻と来客の男を二人きりにするとはどういうつもりなのか、ジャンはオズヴァルドの意図を計りかね、微妙な思いでいた。

型通りの挨拶の後、背の高い黒髪の美女は、向かいの座席でじっと自分を見る。その萌葱色の目に、なんとなく思い出す者がいた。

「ジャン教官、いい加減、何か話しませんか？」

「もしかして……お前、『みじん切りのエル』か？」

笑いを耐える女の声に、自分でも呆れのわかる声が出た。

「やっと思い出して頂けましたか。『みじん切り』は駆け出しのときだけです。それしか覚えて頂けていないのは、ひどくありませんか？　『刃風のエル』『黒の疾風』とか、もうちょっとかっこいい通り名もあったんですから」

「すまない、まさかエルがゾーラ夫人だったとは……村に帰ったと聞いていたから」

思い出すのは十年以上前、冒険者ギルドの新人研修だ。

新人研修は冒険者ギルドに登録したばかりの者へ希望によって行う研修で、草原と森の歩き方、魔物についての説明などを、四日ほど現地で行うものだ。

ジャンは、研修講師が足りないという回に無理にかり出された。

おそらくは日々ギルド内で書類と格闘していた自分へ、今や副ギルド長、当時は人事関連にいたアウグストが気遣ってくれたのだろう。

その新人研修で、初心者とは思えぬほどに腕がたち、かつ素材を見事にだめにする者が二人いた。なかなかの火力を持つ火魔法の使い手である赤髪の少年と、身体強化で双剣を軽々と振り回す黒髪の少女だ。

魔物をむやみに焼き焦がすな、みじん切りにするなと、何度も声高く注意しているうち、二人の渾名は、『黒焼き』と『みじん切り』になっていた。

研修後、輝かしく活躍する冒険者ペアとして、二人は上級冒険者まで一気に駆け上った。

しかし、やはり魔物の素材採取より、魔物を殲滅する形での討伐が得意なペアだった。

このため、素材部門ではやはり『黒焼き』と『みじん切り』と陰で呼ばれていた。金貨一枚の素材を銅貨一枚に変えるのだ、そう言いたくもなるだろう。

ただ、数年前に冒険者をやめたと記憶している。それきり、会ったことはない。

正確にはエルメリンダを何回か冒険者ギルドで見かけはしたが、まさか『みじん切りのエル』と同一人物だとは思わなかった。

「あの人のいない村に戻るのも気が引けまして。悩んでいるときに旦那様に拾って頂けました。あと、ジャン教官に丁寧な言葉を使われると背中がかゆくなりそうですので、馬車では楽に話してください」

「ありがとう、今だけそうさせてもらう。しかし、あまりにきれいになったのでわからなかった。その、名前も……」

「お褒めの言葉をありがとうございます。まさかジャン教官にそう言われる日が来るとは思いませんでしたが。名前は親類の貴族家に一度養子に入ってから嫁ぎましたので。改名して、エルからエルメリンダになりました」

短く刈っていた髪は長く艶（つや）やかに、黒く日焼けしていた肌は白く滑らかに変わった。身につけている服装も麻の動きやすい上下と軽鎧（よろい）から、高級そうな黒い絹のドレスに変わっている。

何より、あの頃の風をまとう少年のような雰囲気が、人妻の蠱惑（こわく）的なものに変わっていた。

「元気でよかった……いや、すまない」

ついほっとして言ってしまった。

だが、冒険者を辞めた理由を知る自分が、気軽に口にしていいことではない。

「いえ、ありがとうございます。私はもう大丈夫です。暴走したあの人は止められませんでしたが、最後まで看取（みと）れましたし。今は旦那様がいますから」

「……そうか」

迷いなく言い切ったエルメリンダが、少しばかりまぶしい。

ジャンが思い出すのは、赤色の髪をした、背が低めの男だ。

体の大きい自分に、背を高くする方法はないかと何度も聞いてきた。上級の火魔法の使い手で、飛び抜けて強いくせに、エルよりも背が数センチ低いのが悩みだった。

『冒険者だから油断はしない』そう言って、新人研修中、ずっと黒革の手袋をし、襟まわりのガードを外さなかった。

自分が、そこで気がついてやれればよかった。

彼は、魔法の火力を上げるため、『魔付き』であることを隠していた。

最終的に強い魔物との戦いの最中、己の魔力で身を焼いて亡くなった。共にいたエルも、ひどい火傷と怪我を負い、冒険者を引退して故郷へ帰った——そう聞いていた。

魔物を倒したとき、魔核を砕くなどして強い魔力や、あるいは魔物の怨念や想いによる加護を己の体に受けるのが『魔付き』と言われている。

仕組みは詳しくわかっていないが、体力や魔力が大幅に上がることも多い。

だが、『魔付き』は人である身が魔物に近づくということだ。大なり小なり、代償もある。

力や魔力の加減がうまくいかない、器となる身を超える魔力で大怪我をする、人と感覚が異なり、嗅覚や温度感覚が変わる——そのままで人が生きていくには難しいことも多い。

稀ではあるが、『魔付き』が力を制御できずに暴走した場合、『魔物』として討伐対象になる。

そのため、重度の『魔付き』は金額的に解呪が難しい場合でも、神殿に相談すれば、料金を分割払いや代替の労働などに切り替えることが可能だ。

もっとも、そこまで行き着く者はめったにいないので、一般人にはあまり知られぬ話だが。


「あの人のことで、ジャン教官が背負うことは何もありませんよ」

不意の静かな声に、視線を上げた。萌葱の目が、少しばかり困ったように自分を見ている。

どうやら自分の顔には、後悔がにじんでいたらしい。

「別に背負ってなどいない。昔を思い出していただけだ。希少素材なのに、焦げているのと切り傷が多いので、よく査定の者が嘆いていたとな。私もそこに含まれるが」

「それは申し訳ないとしか——でも、いつも少人数で急ぎの遠征だったので、さっさと倒さないとまずかったんです。それにもうちょっといい思い出というか、楽しい思い出はないんですか？」

苦笑するエルメリンダに、ジャンはさらに記憶をたぐった。

エルメリンダ達の新人研修会は夏の終わり、今より少し先の季節だったか。

冒険者ギルドの前、やたら荷物の多い新人達を叱るところからのスタートだった。

「研修中、あいつが黒パンにチーズをのせたのを炭にしたとか、せっかく獲って血抜きをした猪を生焼けにした上、鍋で煮ると言い出してワインをだばだば入れたとか、お湯を沸かしてくれと頼んだら、鍋を真っ黒に焦がしてだめにしたとか、そのあたりはよく覚えている」

「ありましたね。あの人と遠征したおかげで、私はたき火使いの熟練度が上がりましたよ」

「あそこまでひどいと生死に関わるからな。ああ、あとは研修後の飲み会で、背が高くなりたいと酒に牛乳を混ぜ、腹を壊していたな……」

「それは初めて聞きました……」

どこが楽しい思い出なのかわからない。それでも、エルメリンダは笑っている。

だが、その笑いはあの頃のように口の中が見えるほどの勢いはない。薄紅色のきれいな爪と白い指に、その口元は隠されて――

あの頃、エルメリンダの隣にいつもいた男、その笑顔が、どうしても思い出せない。

「本当になつかしいです、あの人の話をしたのは久しぶりです」

「あの人か……確かになつかしい」

名前を呼ばないのは、未練か、それとも今の夫、オズヴァルドへの配慮か。

ジャンも、曖昧にしたまま名前は呼ばなかった。

だが、エルメリンダは問いかけと勘違いしたらしい。はかなく口元を歪めた。

「ああ、私はもう名前が呼べないのです、『あの人』としか。神殿契約で止めてもらったので」

「それは――ゾーラ商会長があまりに身勝手では？」

言い終えた瞬間、ひやり、冷たいものが額に走った。

とっさに構えをとった自分の前、エルメリンダは一度息を吐き、整った笑みを浮かべ直す。その魔力の揺れは、するりと消えた。

「誤解させてしまったようですね。私からお願いしたんです」

「自分から、なぜそんなことを？」

「今はもう平気ですけど、悪夢を見て、他の男の名を呼んで泣く妻なんて――それこそ悪夢でしょう？」

ジャンは、何も答えられなかった。

⬢　⬢　⬢　⬢　⬢　⬢

オズヴァルドの屋敷へ馬車が着くと、ジャンは目を見張った。

外からは高い灰色の塀で隠されていたが、とても男爵レベルの屋敷ではない。敷地の広さも建物の質の良さも、子爵以上と言っていいだろう。

自分は、冒険者ギルドの素材管理部長として、素材依頼の相談や納品で貴族の屋敷に行くこともある。比較は嫌でもできた。

そのままエルメリンダに案内され、屋敷の奥へと通される。

少人数用の客室なのか、調度はいいがそれほど広くはない。アイボリーと濃茶を基調とした落ち着いた部屋だった。

「ようこそ、タッソ部長、失礼ながら、今日は『ジャンさん』でもよろしいですかな？」

「もちろんです。本日はお招きをありがとうございます、ゾーラ商会長」

「こちらも『オズヴァルド』と呼んで頂いてかまいません。どうぞお楽になさってください」

オズヴァルドは、すでにテーブルの向かいで待っていた。

いつもより柔らかな笑顔なのは、自分の家だからなのかもしれない。

向かいの席に着くと、すぐメイドによって飲み物と食事が運ばれてくる。

貴族のもてなしである一品ずつの形ではなく、料理は一気にテーブルを埋め尽くした。

「略式で失礼致します。横で人が動いて、せっかくのお話が途切れるのももったいないので。ああ、今日のメニューを選んだのはエルです」

「冒険者のお話をなさるとのことでしたので、雉（きじ）のステーキと、大猪（ビッグワイルドボア）の赤ワイン煮込みです。あとは、赤麦のパンと山羊（やぎ）のチーズ、野草のサラダ、香草のスープに致しました」

「なつかしいと言うのは失礼かもしれませんが、冒険者時代を思い出すメニューで、じつにおいしそうです」

笑顔で答えつつ、エルのときの新人研修を思い出し、少しばかり口が酸っぱくなる。

雉は新人達の羽むしりが甘く、なかなか食べるのが大変だった。

大猪（ビッグワイルドボア）は最初に黒焦げ生焼けにされ、その次は煮れば食えると鍋に赤ワインをいきなり一本入れた愚か者のおかげで、大変生臭く個性的な味になった。

「では、私はこれで。蠍酒のグラスを持たされないうちに退散します」

「わかりました。お互い、楽しい夜を」

「はい。タッソ様、どうぞごゆっくりなさってくださいませ」

「ありがとうございます」

自分を教官からタッソ呼びに戻したエルメリンダが、メイド達と共に部屋を出ていった。

「今日は妻達の『女子会』というものらしいです。昼間にスイーツをたっぷり買い込んでいました。体重を気にしているという話を、一昨日あたりに聞いた記憶があるのですが」

「それは……尋ねるのは禁句かと」

ジャンはつい笑ってしまったが、重ねて思い出すのは自分の妻のことだ。

もう、その心配もいらなくなりそうだが。

「ええ、指摘はしないことにします。女性に体重と甘いものを関連づけて言うのは、危ない案件ですからね」

オズヴァルドと笑い合った後、黒エールで乾杯した。

勧められて食べはじめた料理は、どれも絶品だった。

雉のステーキは臭みがなく、鶏よりも肉の味が濃かった。パリッと焼いた皮も、脂がいい感じに抜けていて、くどくない。

大猪の赤ワイン煮込みは、いいワインを使っていると一口でわかった。舌の上でとろりと甘く脂が溶け、肉がほどける。その香りと味の良さに、すぐ飲み込むのがもったいないほどだ。

合間に空ける黒エールが、ついすすむ。

オズヴァルドは、数本の瓶をそのままジャンの手が届く範囲に置いてくれた。貴族ではありえない飲み方だが、その気遣いがありがたい。

酒が回りはじめると、ようやく冒険者時代のことや、魔物についての話を始める。

「冒険者の話ということでしたが、オズヴァルド様はご興味のある魔物などはありますか？」

「ええ。素材とするクラーケンの倒し方について、一度詳しく伺ってみたかったのです。実際、どんなものですか？」

「クラーケンですか。あれは大きい上に足場が厄介で……魔導師を乗せた船を配置することが多いです。海面に氷で一時的な足場を作ってもらい、鉄爪のある靴で駆けることもあります」

「なるほど。武器は何をお使いです？」

「船団主から借りる大剣です。私の身長より少し短いくらいのものですが、魔剣なので、風の刃（やいば）がかなり長く出ます。それで斬り裂く形です」

「それはすばらしい。風の刃はこのテーブルほどにはなりますか？」

「この部屋の端から端までぐらいの長さでしょうか。重さはそれほどでもありませんが、取り回しが大変で、船の一部を壊したことが何度かあります」

慣れぬ頃は船のマストを斬ったことも、小舟を真っ二つにして沈めたこともあるが、それは黙っておくことにする。

「魔導師の方もクラーケンと戦われますか？」

「私が行くときはあまり見ませんね。素材を採るには、二つ切りか四つ切りが一番いいので。討伐なら、風の上級魔導師か、氷の上級あたりでしょうか。火では素材がだめになりますし、水では耐性があるので」

「なるほど、焦がされてはこちらも加工できませんからね」

魔導具師であり、商会長であるオズヴァルドだが、話をとても面白そうに聞いてくれる。フリではないのは、その目の輝きでわかった。

話す間に質問を取り混ぜ、楽しげに相槌(あいづち)を打ってくれる。久しぶりにゆっくり酒と食事を楽しんでいるせいか、それともオズヴァルドの聞き方がうまいのか、気がつけば長く話し続けていた。

「すみません、私ばかりが喋(しゃべ)っていますね」

「いえ、やはり上級冒険者だった方のお話は面白いです。子供の頃は憧れましたから、余計に」

「オズヴァルド様でしたら、魔導師として冒険者の道もよろしかったのでは？」

「いえ、冒険者としての才が皆無でした。初等学院の中距離走では周回遅れでしたので」

「初等学院の中距離走……」

子供時代の記憶をたぐり、初等学院の中距離走を思い出す。確か、広いグラウンドを二周か三周だったはずだ。周回遅れはめったにいない。オズヴァルドは当時、体が弱かったのかもしれない。

「あの頃は大変に丸みがありましたので。今日の大猪(ビッグワイルドボア)といい勝負だったかもしれませんね」

ジャンはつい、オズヴァルドの容貌を確認してしまった。

少し濃い灰の髪を後ろに流し、銀色の細い目に銀縁の眼鏡をかけている。整った面立ちは、壮年でありながら、いまだ艶やかだ。

加えて、自力で得た男爵位、手広く商売をしている商会長、魔導具師としても有名で――女性には大変にウケがいい。

やっかみから、男達には『食わせ者の銀狐(シルバーフォックス)』と陰口を叩(たた)かれるほどだ。

自分も、じつはうらやましいと思ったことがある。

「さて、こちらは夜通し話したいくらいですが、お時間の方は大丈夫ですか？　奥様がご心配なさいませんか？」

「……その心配はありません。今は一人住まいなので」

少し言い迷ったジャンに、男が銀の視線を向けてきた。

「そうですか。再スタートを？」

「そういう言い方もありますね。ええ、実家に帰っておりますので、そのうち離婚の話し合いになるかと」

「書斎に移りましょうか。赤、白、黒と、蠍酒(スコルピオ)のいいのがそろっていますよ」

オズヴァルドの誘いに、ジャンは作り笑顔でうなずいた。


移動した書斎は、小さな図書館を思わせた。

本がみっちりつまった本棚と黒革の書類ケース、そして、ひどく重そうな黒檀(こくたん)の机。その横に、大柄なジャンでも楽に寝転べそうな、ゆったりとしたソファーが二つある。

そのうちの一つに座って待っていると、オズヴァルドが棚から瓶を何本も出してきた。

広口のガラス瓶に入っているのは、どれも蠍酒(スコルピオ)だ。透明な酒の底、赤・白・黒の蠍(さそり)が沈んでいた。

「氷か水は？」

「いえ、そのままでお願いします」

蓋（ふた）が開けられ、美しい模様のグラスに注がれた酒が、独特の強い香りを放つ。

グラスの正面を向けられると、微細な蠍（さそり）の絵が彫り込まれているのが見えた。

オズヴァルドは本当に蠍酒（スコルピオ）が好きらしい。

乾杯と共に飲む蠍酒（スコルピオ）は、やはり強い。喉を焼く熱さと鼻に抜ける香りは、久しぶりだった。

見た目に反し、生臭さはまったくない。

「蠍酒（スコルピオ）を飲むのです。酔い任せで腹を割って話しませんか？　年が上の分ぐらいは聞きますよ」

「話すにも、愚痴だけになるかと……」

「その愚痴を遠慮なく吐ける方は、周りにおられますか？　誰もいなくて一人で抱え込んでいると、そのうちあっさりつぶれますよ」

見てきたように言う男に、苦笑がこぼれる。なんともうまい人心掌握術（じんしんしょうあくじゅつ）だ。

だが、今夜は強い酒のせいにしても、誰かに話をしたい気分だった。

「では、不甲斐（ふがい）ない愚痴を聞いてください――仕事が忙しくて休みがとれず、家に深夜戻りを繰り返していたら、妻子に実家に帰られました。今までも何回かありましたが、今回の復縁は無理そうです」

「そうですか。他にトラブルはなかったのですか？」

「特別なことは何も。仕事ですし、暮らしに不自由させているつもりはなかったのですが……」

「遠慮なく申し上げても？」

「ええ、どうぞ」

「最低限の暮らしを守るのは、夫婦二人の責任でしょう。『仕事で家にいる時間が少ないのは、いい暮らしをさせてやりたいからだ』と、奥様に話されていましたか？　言葉にしなくても伝わるとか、甘えたことを思っていませんでしたか？」

容赦なく、痛い質問がきた。

妻に話したことなど一度もない。

自分が懸命に働いていれば、きっとわかってくれるだろうと思っていた。

冒険者だった自分の父は言っていた。男は背中で語ればいいと、ただまっすぐ仕事に打ち込めばいいと。母は危険な仕事をする父を家で支え、いつも笑顔で帰りを迎えていた。

ジャンはそんな父母のいる家で育ち、それが当たり前だと思っていた。

「父が、男は背中で語るものだと……」

「背中に口はありません」

オズヴァルトは、ぴしゃりと言い切った。

「そもそも、あったとしても、背中の語りかけを聞ける相手でなければ無意味でしょう。あなたの言葉の少なさを、奥様は理解していらしたのですか？」

「それは、話す時間もなかったというか……庶民が忙しく働いていると、こういうこともよくあるんです。オズヴァルド様みたいになんでもできる方には、俺みたいに妻に逃げられるなんて、考えもしないでしょうけれど」

あまりにまっすぐに言われ、少しばかりむっとして返した。

『私』が『俺』に変わってしまったが、酔いのせいか、もう取り繕えそうにない。

だが、オズヴァルドは怒りもせず、目を閉じるとグラスの蠍酒（スコルピオ）を一息に干した。

一度だけ酒の濃く混じる息を吐くと、銀の視線をジャンへ戻す。

「……逃げられましたよ」

「は？」

「昔、最初の妻――元妻に、弟子で副店長だった男と駆け落ちされましたよ。家と店の財産をすべて持っていかれ……まあ、どうやって死のうかくらいは考えましたね」

「オズヴァルド、様？」

冗談でないのは声の質でわかった。だが、まさかこのオズヴァルドが、としか思えない。

「笑いをとるために言っているわけではありませんよ。ダリヤ嬢がなぜあなたを私に紹介したかを考えませんでしたか？」

「それは、蠍酒（スコルピオ）を共にと。そういうわけでは、なかったのですね……」

「ええ、実際のことですからね。そのときはだいぶ落ち込みまして、人に情けない姿をさらすくらいなら、店より人生を畳んだ方がましだと思いましたよ。ダリヤ嬢の父である、カルロさんが来るまでは」

「カルロさんが？」

「高等学院の先輩で、当時から面倒を見て頂きました。その日も昼間から屋台に引っ張っていかれましてね、青空の下で浴びるほど飲みましたよ」

「屋台……」

目の前の男が屋台で自棄酒（やけざけ）を飲んでいるところが、どうしても想像できない。

「カルロさんには説教の一つもなく、『新しい女性』を薦められましてね。まあ、いろいろありましたが、生きのびて、ここにこうしております」

「カルロさんが……」

砂色の髪の男を思い出し、顎に指が伸びた。

カルロの妻については知らない。だが、オズヴァルドに『新しい女性』をと言った彼本人は、ずっと独身だった。浮いた話も聞いた覚えはない。

不思議がっている自分に気がついたのだろう。オズヴァルドが自分に笑んだ。

「カルロさんにはかけがえのない、『最愛の若い女性』がずっと隣にいましたからね。夏の赤い花のような女性です」

「なるほど……そういうことでしたか」

カルロとダリヤを交互に思い出し、深く納得した。

カルロはオズヴァルドに新しい恋を勧めたのではなかった。

おそらくはもう一度、愛する『家族』を作ればいいと、遠回しに告げたのだろう。

「大体、私に比べたら、あなたなどまだいいではないですか。奥様に、たかが実家に帰られただけでしょう？」

「それは、そうと言えなくもないですが……」

話がいきなり自分に戻ってきた。たかが、と言われても、もはや反論できない。

妻に部下と駆け落ちをされた日には、自分は即座に追いかけ、何かしでかしそうな気がする。

「それで、ジャンさんは今の自分を変えても、奥様に帰ってきてほしいんですか？　それとも、変えられないときっぱりあきらめますか？」

「変えたいですし、帰ってきてほしいのは山々ですが、もう何度もこじれていまして。手紙を送ったところで、今回は帰ってきてくれるかどうか……」

「手紙？　何を遠回しなことを。直接行って話してくればいいではないですか。自分の悪かったところはおわかりでしょう？」

「しかし、妻の実家に謝りに行くなど、男としてのプライドが……」

「そんなプライドなど、スライムの餌にでもしてしまいなさい」

言い切ったオズヴァルドが、ジャンのカップにだばだばと酒を注いだ。テーブルの上にかなり滴(しずく)がはね落ちたが、二人とも気にしなかった。

カラになった瓶から取り出された赤い蠍(さそり)は、隣の皿の上に置かれ、すでにあった白の蠍(さそり)と共に積み重なる。

「……どう話せばいいものでしょうか？」

「最初に謝罪し、今後、改善する内容を具体的に話すことをお勧めします。口で言うのが難しいなら、紙に箇条書きで書くのもいいでしょう。ただ、『できるだけがんばる』とか、『これから気をつける』と口先だけの約束は意味がないです。またかと思われて関係が悪化しますからね。あと、守れない約束は論外です」

「……はい」

身に覚えがありすぎて辛(つら)い。

ジャンは蠍酒(スコルピオ)を喉に流しながら、食道まで火照らす感覚に身を任せる。

グラスが双方カラに近かったので、新しい瓶の蠍酒(スコルピオ)を注(つ)ぎ足した。今度の蠍(さそり)は見事な漆黒だ。

「奥様は今まで何と？　ご希望は何かありませんでしたか？」

「仕事であまり無理をしてほしくはないと。もっと早く帰ってきてほしい、仕事を変えても、自分の実家から援助を受けても、転職先を紹介してもらってもいいのだから、もう少し家でゆっくり過ごしてほしいと」

「よい奥様ではないですか」

「実家からの援助と就職先の話で怒ってしまったのですが……俺にはもったいない女性でした」

「何を過去形にしているのです？　元上級冒険者が臆病なことを言わず、明日、休みをとってすぐ行きなさい。まったく……昔の自分を見ているようでイライラしますよ」

「オズヴァルド様？」

いきなり厳しくなった声に、ジャンは男の名前を呼ぶことしかできなかった。

「私も若い時分は忙しく仕事をしていましてね、妻に裕福な暮らしを与えておけばいいと勘違いしましたよ。服を自由に作らせ、歌劇も演劇も行かせ、友達との付き合いも止めませんでした。誕生日には人気の店からアクセサリーを贈り、記念日には花束を花屋に届けさせ、妻の実家には付け届けを欠かさなかった。周囲にはいい夫だと褒められ、愚かにもその自負すらありましたよ」

「何ひとつ、妻には通じていませんでしたよ」

「でも、そこまでしていたのは、奥様を愛していたからじゃないですか。なのに、なぜ？」

オズヴァルドは唇だけで笑った。

「妻が出ていった後、メイド達と話して知りました。彼女は目と同じ色のアクセサリーは好みではなかった、花を選んだのは花屋であって夫ではないと嘆いていた、実家からさらなる援助の話をしろと言われて悩んでいたと。そして、私が忙しすぎるので体を心配し、弟子に相談していたとね」

「……それでも、あなたを裏切っていい理由には、ならない」

思わず、ジャンの口からつぶやきがこぼれた。

今、三人の若い妻がいて、男爵、商会長という地位があって。それでもオズヴァルドは、最初の妻と弟子の駆け落ちを、自分の罪と認識している。それがたまらなかった。

「ジャンさんは、まっすぐな人ですね……私はあきらめましたよ。彼女がわからなかった。彼女も私がわからなかった。お互いにわかろうとしなかった。気がついたときには全部遅かった。それだけです」

オズヴァルドはそこで話を切ると、皿の蠍を鉄串に刺し、半分をジャンに手渡す。

テーブルの上に小型魔導コンロを置き、そのスイッチを入れると、二人とも無言で蠍を炙った。

焼けた蠍から、足と尾をむしり取ると、塩と黒コショウをざらりとかけ、薄い身を食む。

その後にグラスの酒を流せば、生臭さより香ばしさが舌に残った。


暗い話の後だ。

ジャンは話題を変えようとし、目の前の小型魔導コンロに、赤髪の女を思い出す。

オズヴァルドを紹介してくれた彼女は、彼ととても親しげでもあった。逃げられた妻の話までしているということも、少しばかり気にかかる。

「酔った勢いで伺いますが……オズヴァルド様は、ダリヤ嬢を第四夫人にお考えですか？」

「ないですね。彼女はカルロさんの娘で、有能な魔導具師ですし、商会長同士ですから交流はありますが。私が彼女に粉をかけているように見えましたか？」

「いえ。ただ、その――オズヴァルド様は、緑の目の女性が好みだと、冒険者ギルドでは噂（うわさ）がありまして」

「ああ、それは正しいです」

「やっぱりそうなんですか。初恋の女性が緑の目だったとか？」

だいぶ酒が回っている。好奇心を潤滑油に、つるりと口が動いた。

壮年の男は口元を微妙に崩し、視線を窓の闇に移した。

「……初恋は、赤茶の目の女性でした。まあ、遊ばれた上に派手にふられましてね。以来、あの色の目が苦手になりました」

「そうですか……」

「その後にお付き合いした紫の目の女性には、はかなく逝（い）かれてしまい、なんとも辛かった……それからお付き合いのあった女性が黒の目、こちらは見事に騙（だま）されまして、少々痛い目をみましたね。若さ故に少々自棄（やけ）になりまして、それなりに浮き名も流しましたよ」

恋多き男という噂は本当だったらしい。少しうらやましいとも思うが、この昏（くら）い声を聞く限り、同じようになりたいかと問われたら、お断りだ。

「見かねた親族が見合いを勧めてきまして。心を改め、生涯を誓ったのが元妻です。青い目で、こちらもだめになりました。もう消去法のようなものですが、心安らぐのが緑の目になったということですよ」

「あぅ……」

何か言おうとしてまったく浮かばず、おかしな声が出た。

ジャンはあきらめて、無言で手元の酒をあおる。

「恋多きといっても、恋が実ることが多いという意味ではありませんから。かなり泣きもしましたしね」

「俺はむしろ、それだけ恋の話の数があることがうらやましいですが」

「おや、あなたがそれを言いますか。上級冒険者ならさぞかしもてたでしょう？」

「前の妻は仲間で上級冒険者でした。駆け出しの頃から一緒でしたので。うっかり脇見をしたら刺されていましたね」

若気の至りで、少々脇見をしたことがあるが、彼女は物理で自分を止められる女だった。

運ばれた神殿で怪我の理由を問われ、治療の神官が呆れ果てていたのも、今は笑える思い出だ。

「刺されて……で、それほど情熱的な奥様と、なぜお別れに？」

「結婚後の長期出張中に出ていかれました。やっと安全なところで落ち着いた暮らしをさせてやれると思ったのですが、その……一人で待つ時間が辛いと」

「また共に働くという選択肢はなかったのですか？　もしくは、すがればよかったのでは？」

「彼女には家で安全にしていてほしかったんです。それに女にすがるなど、男としてそんな真似はできません」

「ほう。男としての矜持（きょうじ）を優先させ、いまだ後悔と未練はあると」

「それは……」

答えかねるジャンに、オズヴァルドが焼いていた黒蠍（さそり）の串を渡してきた。

酒の染みた独特な蠍（さそり）の味に、冒険者時代の砂漠の夜を思い出す。

あの頃、いつも仲間と蠍酒（スコルピオ）のような強い酒ばかり飲んでいた。左隣ではいつも、当時恋人だった前妻が笑っていた。砂漠の冷える夜でも、寒さなど感じたことはなかった。

「白状すれば、後悔しています。申し訳なかったとも思っています。あのときも、仕事を懸命にして、いい暮らしをさせてやるのが、夫の務めであり彼女の幸せだと思っていました」

「思っているつもりで伝わっていない、ただまっすぐ話せばいいのにできていない、そして、余計なことは言ってしまう――夫婦で隣にいるのに、胸の内はわからないものですね。私など、今も逃げられぬように懸命ですよ」

意外な話ばかりが続き、オズヴァルドのイメージが崩れてきた。それでも、整った銀狐（シルバーフォックス）の顔より、蠍（さそり）を炙（あぶ）り、少し煤（すす）けた今の顔の方が、この男らしくて好ましい。

「意外なことばかりです。オズヴァルド様とこういった話ができるとは思いませんでした」

「失望させてすみませんね。私は臆病なのですよ、とても」

「いえ、失望はしていません。それに、あなたが臆病だというのは信じられないです。いつも、その……落ち着いていて、自信にあふれた感じじゃないですか」

「本当に自信にあふれていたら、胃薬はいらないのですが。それに、見た目の自信など、最初は形とフリからですし」

「あれが、形とフリですか？」

「十年もやれば板につきます。ああ、外見も整えた方が便利ですよ。自分に合った髪型と良いスーツは自己紹介代わりになります。営業用の笑顔も大事です。鏡の前で十時間も練習すれば、それなりの営業用の顔は作れます」

「そのあたりはまったく考えておりませんでした……」

その後は仕事関連の話題で、二人で盛り上がった。

オズヴァルドは、なんとも相談しがいのある男だった。

「ああ、もうこんな時間ですか」

ジャンがふと明るさに気づいて窓を見れば、遠く朝焼けが始まろうとしていた。

カラにした酒瓶はすでに六本。

飲みすぎて喉を焼いたらしい。互いの声は少し低く、そして枯れていた。

「じつにおいしい酒でした。よろしければ、またいかがですか？　社交辞令はなしで」

「喜んでお受け致します。あの、オズヴァルド様、その……失礼でなければ、『先生』とお呼びしても？」

「『先生』……」

自分が酔いに任せて聞いた言葉に、オズヴァルドは破顔する。

「いいですとも。ダリヤ嬢に次いで二人目ですね、『先生』と呼ばれるのは」

「では、俺のことは『ジャン』と呼び捨てでお願いします。ダリヤ嬢にも、何か教えていらっしゃるんですか？」

「王城での礼儀作法を、商会長としてお教えしています。魔導具師同士、こちらが教わることもありますよ」

「彼女は俺が生徒になるのを見越して、先生を紹介してくれたんでしょうか？」

「違うでしょうね。ただジャンが心配だっただけでしょう。どうにも懸命で優しい方ですから」

「ああ……あの危うさは、火の魔石を裸足で踏み抜いていくような感じですね」

先日、火の魔石を小型魔導コンロに付けられた話をし、ジャンは笑う。

オズヴァルドはグラスを片手に、苦笑しつつ聞いていた。

「その件で、ダリヤ嬢の父上の、カルロさんもそうだったのを思い出しました」

「カルロさんが？」

「ええ、昔、冒険者のグループで報酬の配分がうまくいかず、ギルド前でもめたことがありまして……俺が仲裁に行ったら、一人だけ分け前が少なかったという若い子に、カルロさんが銀貨を渡していました。そして、『昔、困ったときに先輩から銀貨をもらった。だから、美人の後輩の分は、私がもとう』とおっしゃって――言われるまで、俺はその子が女性だと気づきませんでした。その後、カルロさんへどうしてわかったのかと聞いた職員がいましたが、『足を見ればわかるだろう』と言って、煙に巻いていました」

「……じつにカルロ先輩らしい」

だが、ジャンが当時、本当に驚いたのは、その後だった。

「ここからは失礼な話になりますが――次にその子がギルドに来たとき、本当にきれいになっていたんです。その後の話は聞きませんが」

「なんとも罪作りな人ですね、カルロさんも……」

穏やかに笑う男は、きっとカルロを思い返しているのだろう。

友人であれば、なつかしくつながる思い出も多いのかもしれない。

「ダリヤ嬢はカルロさんにとても似ています。とても親切で優しく、時々なんとも危なっかしい」

「同感です。でも、彼女が先生を紹介してくれたのは、本当にありがたいです」

ダリヤにオズヴァルドを紹介してもらっていなかったら、自分は今日これから、妻の実家に行こうとはしなかっただろう。

ただただ男の矜持にしがみついて、いずれ来る別れを一人で嘆いていたかもしれない。

オズヴァルドにはもちろん、彼女にも『借り』ができた。

一体どんな礼をすればいいのかわからないが、きちんとお返ししたいものだ。

だが、彼女へのお礼の前に、自分はしなければいけないことがある。

「今日、妻の実家に行ってきます。今後どうするかを考えて、自分ができることを紙に書いて提案してみます。もちろん、必ず守れることを。あと、先生のこと、ダリヤ嬢のことも、全部話してこようと思います。それでだめでしたら――どうか、嘆きの酒にお付き合いください」

自分の言葉に、先生はしっかりうなずいてくれた。

「わかりました。心から成功を祈りますよ。ただ、お気をつけなさい。奥様に対して、ダリヤ嬢のことを長く話しすぎたり、ほめすぎたりしないように。誤解と嫉妬を重ねられたら厄介です」

「まさか。ダリヤ嬢と俺では年が違いすぎます。それに、うちの妻にかぎってそれはないですよ」

ダリヤと妻を交互に思い返し、ジャンは笑って否定する。

だが、先生の銀の目は、どこか冷たい光をたたえてこちらを向いていた。

「朝までは少し時間がありますね。ジャン、少々、『妻心』の講義を追加しましょう」

手紙の山と商会員

「この手紙は、なんでしょうか……？」

商業ギルド内、ロセッティ商会が借りている部屋で、ダリヤは机の上にある手紙の束を見ていた。

高さの違う三つの山になっている。どう見ても三桁は数がありそうだ。

向かいのイヴァーノが、一番高さのある束に手を伸ばした。

「こちら、一番多いのが挨拶とお祝い、今後取引があったらよろしくって手紙です」

「お祝いって、魔物討伐部隊御用達のですか？」

「それもありますが、どちらかというと、会長が魔物討伐部隊相談役に決まったからですね。男爵がほぼ確定ってことで」

「……ああ、そうでした」

スライム養殖場を見学したり、ヴォルフと出かけたりして、気分的には少し持ち直した。しかし、来年には男爵になるだろうと言われるのは、かなりの重圧だ。

「こちらは型通りの礼状を返しますので。で、次に多いのが、商会取引の打診、面会希望ですね。半分以上、微風布絡みなんで、多忙を理由に断ります。貴族もいますが、そちらはフォルト様に丸投げします」

商会員二名の小さな商会が、服飾ギルド長のフォルトに丸投げしていいものなのか。

疑問を抱きつつ、真ん中の手紙の山を眺めていると、イヴァーノが三つ目の山を手にした。

「こちら、会長への食事会やお茶会のお誘いです。いわゆる『お見合い』の打診ですね」

「お見合いって、私にですか？」

「ええ。婚約破棄から三ヶ月過ぎたとわかったのが最近なんでしょう。だからまとめて来た感じですね。グラート隊長のおかげでだいぶ減ってるとは思いますけど」

「これで減ったんですか？」

どう見ても束で山である。宛先間違いとしか思えない。

「ええ。まず、相手に既婚者はほぼいなくなったと思います。自力で男爵になる女性を、第二夫人にする選択肢は少ないですから。次に、それなりに商会規模があるか、爵位がなければ、歯牙にもかけてもらえないとわかりますから、そもそも申し込みませんよね」

「歯牙にもかけてもらえないって……」

結婚相手の選定基準を上げ、下から落とす話である。それを自分に言われてもぴんとこない。

あと、『歯牙』の単語に、先日、財務部長のジルドに『獅子』と喩えられたことを思い出したが、振り捨てておく。

「大きい商会から子爵家まで、十一通ほど来てますけど、どうします？」

「お見合いする気はないです」

「じゃ、断りますね。カルロさんの名前があるので、同格の男爵まではすぐ断れます。ただ、子爵が三件いますので、これは波風を立てたくないです。今回はレオーネ様の名前を借りて断っていいですか？」

「お願いします。あの、レオーネ様にお願いに伺うのはいつがいいでしょうか？」

「ああ、先に言われています。会長に面倒な見合い話がきたら、自分の名前を使っていいと。手紙は定型文ですし、印章はガブリエラさんが持っていて、いつでも押してくれるそうなので」

自分の見合いのお断りでは、商業ギルド長で子爵のレオーネの名前が好きに使え、印章はいつでも押してもらえるらしい。

大変ありがたいことではあるが、本当にいろいろとそれでいいのか、すごく疑問だ。

目の前では、イヴァーノが少しばかり眉をひそめつつ、こめかみを指でかいていた。

「この分だと今後もお見合い希望は増えそうですね……男爵になっても、高位貴族相手だと無下ににはできませんし。そろそろ、少し上の爵位の『貴族後見人』をつけた方がいいかもしれません」

「『貴族後見人』ですか……」

『貴族後見人』は、爵位のある者が、庶民や自分より爵位が下の者の後見人になるものだ。

後見人といっても、実際の仕事を指示するのではなく、能力を保証し、もしものことがあれば助けて動く形で、保護者や保証人という感覚が近い。

ダリヤには男爵の父はいたが、他に貴族の親族はいない。

一応、母の実家は貴族だが、今はまったくつながりはない。万が一、連絡があったとしても、貴族後見人をお願いできるとも、したいとも思わないが。

「ええ。それで、自分が『貴族後見人』になってもいいとおっしゃる方がありまして」

「レオーネ様でしょうか？」

見合いの断りを手伝ってくれる商業ギルド長の名が浮かんだが、イヴァーノには首を横に振られた。

「いえ、財務部長のジルドファン・ディールス様です。侯爵ですから、家格としては最高ですね」

「は？」

脳が理解を拒否した。

ディールス侯爵であるジルドとは少々衝突したが、財務部への説明会で円満に終わったはずだ。

その後、詫びの手紙と花やお菓子をもらったし、礼の手紙も書いた。

だが、思い返しても他に接点はない。

「こちらがロセッティ商会宛てに来ていまして、先に確認させてもらいました。会長、なんだか、えらく気に入られたみたいで……」

イヴァーノが少し困った顔で取り出したのは、白に金色の飾り模様がついた豪華な封筒だ。

見たことのある印章と流麗な筆跡は、緑の塔で受け取ったものと同じだった。

ダリヤはおそるおそる読みはじめる。

『自分はダリヤ・ロセッティ殿に借りがあるので、困ったときには連絡を。希望があれば、いつでも貴族後見人になる』――要約すれば、そうあった。

ジルドの手紙を手にしたまま、つい首を傾げてしまう。

「『貴族後見人』って、あまり親しくない間柄でも、簡単になってもらえるんでしょうか？」

「いざというときに責任を持つことになるので、そう簡単じゃないらしいです。フォルト様いわく、『高い借金の保証人みたいなもの』だとか」

「それって、だめじゃないですか……」

「商会持ちの商人なら、貴族の家にお金を積んでお願いすることが多いそうです。でも、ディールス様の場合はお金じゃなく、ご自身で『借り』って書いてますから」

「貴族って、わからないですね……」

ダリヤに対し、貴族の誇りとして借りを返したいのか、いまだ謝罪で気を使っているのか、判断に迷うところだ。

ただ、ヴォルフから聞いた話では、グラートとジルドの確執は解消したらしい。

先日は部隊棟の廊下を歩きながら、二人で和やかに談笑していたと聞いた。

もっとも、ヴォルフはまだジルドが信用できないようだ。その名前が出ると、いまだ眉間に皺が くっきり寄る。

「あの、ヴォルフに私の『貴族後見人』を頼んだら、おかしいでしょうか？」

「伯爵家ですから大丈夫だとは思うんですが、年齢的に少しお若いかもしれません。そのあたりは俺も不勉強ですみません。一度、伺ってみたらどうでしょう？　スカルファロット家は、今はディールス様よりは弱いかもしれませんが、来年は侯爵家でそろいますし」

「いくらなんでも、そんなお家からのお見合い話は来ないと思いますけど」

「わからないですよ。王城でいきなり見初められるってこともありえますからね」

「それは美男美女限定のお話です」

ダリヤはあっさりと返した。

確かに王城のメイドや勤めている職員は、見初められての結婚も少なくないそうだ。

しかし、王城に出入りしてみてよくわかる。メイドも職員も、美男・美男子・美女・美少女がとても多い。自分など、化粧をフルでしたところで、かすんで壁になっている自覚がある。

少し遠い目になっていると、イヴァーノがそっと手紙を片付けた。


「さて、会長。ちょっとお願いがありまして」

「なんでしょう？」

「会長が今やってる防水布とドライヤー、コンロの制作は、できるだけ下請けに回させてください。魔物討伐部隊用のコンロのチェックだけは動かせませんが。空いた時間を新規開発と改良に回してください。収益はもう真っ黒ですので、開発費は遠慮なく使ってもらっていいです」

「あの、開発費は、どのぐらいまでならいいでしょうか？」

少しばかり心が躍る。

ちょっとだけ背伸びをして、珍しい素材を使った研究もできるかもしれない。

「金貨三十までなら即金で、一ヶ月後払いなら七十までかまいません」

「はい？」

ダリヤの感覚では、金貨一枚は約十万円。イヴァーノの言う金額は、三百万から七百万円になる。駆け出しの魔導具師、そして、できたばかりの商会として、絶対におかしい。

「イヴァーノ、桁、間違ってませんか？」

「すみません、即金で金貨三百は、もうちょっと待ってくださいね。五年もあれば実現してみせますんで」

「あの、そうじゃなく！」

「ええ、わかってます。わかってますけど、本気ですよ」

イヴァーノの紺藍の目が、まっすぐダリヤを見た。

「俺、冗談言ってませんよ。今、即金で金貨三十、余裕で出せます。誇ってください、会長が泡ポンプボトルと靴乾燥機、微風布（アウラテーロ）で生み出した利益です。商会運営費も十分あります。五年もらえるなら、冗談じゃなく、開発費を今の十倍に上げてみせますよ」

彼が開いた帳簿、収益金の数字は、たった二ヶ月ちょっとで恐ろしいまでの右上がりだった。

特にここしばらくの入金は桁が違う。

ダリヤは微風布（アウラテーロ）制作のあたりからイヴァーノ任せにしていたため、いきなり上がっている数字にとても驚いた。

「あの、いつの間にこんなに……？」

「何をおっしゃるんですか、新進気鋭の魔導具師で、魔物討伐部隊相談役の会長が」

笑いながらイヴァーノに言われたが、まったくぴんとこない。

間の抜けた顔をしているであろう自分に、彼は指を天井に向けた。

「会長とフェルモの泡ポンプボトルは、上にいるガブリエラさんが貴族にがっつり売り込んでくれました。今は飾りガラスで作ったものも流行しはじめてます。もう、『貴族女性の洗顔になくてはならないもの』と言われているそうですよ。貴族男性の髭剃（ひげそ）りにも大人気ですね」

「もうそんなに出回っているんですか？」

「ええ。庶民向けも出しはじめたんですが、流行（はや）りすぎてて、雑貨屋では入れても入れても追いつかないそうです。予約制になっているところも多いですよ。その予約も待ちが長くて――俺も妻と娘の分は、フェルモに試作品を分けてもらったぐらいです」

「知りませんでした……」

雑貨屋に行っても泡ポンプボトルをあまり見かけないので、てっきりまだ数が出ていないのかと思っていた。どうやら予約がいるほど売れていたらしい。

「次に靴乾燥機ですけど、騎士団に納品したら、家にも欲しいという貴族と職員の方が続出して、さらに靴屋と運送ギルドからも大量発注があって。ようやく回りかけたところですね。ここからは一般向けにばんばん出します。とりあえず倉庫は二つ押さえているので」

「倉庫二つ……」

きっとそれほど大きくない倉庫に違いない、そう納得することにする。

「あとは小型魔導コンロです。あちこちで作ってますし、外注にも出してますが、会長の手がけた『ロセッティ』の名の入っているものが、通常より三割高く取引されています」

「えっ？　うちのコンロ、そんなに高いんですか？」

「いえ、卸すときはほぼ同額ですが、うちのはとても人気があるので、小売りの際に上がるそうです」

もしかしたら、『最初に開発したところのものを買いたい』というような、消費者心理があるのかもしれない。

ダリヤは前世の家電開発と販売を思い出し、よりしっかりしたものを作ろうと心に誓った。

なお、泡ポンプボトルの販売単位はすでに『万』となり、職人のフェルモが倉庫と人手探しの相談にやってくるのは数日後。そして、靴乾燥機の倉庫が、港沿いの大型倉庫二つであることをダリヤが知るのは、翌週の話である。

また、『ロセッティ』の名を刻んだ小型魔導コンロについては、噂が流れはじめていた。

少しでも魔物討伐部隊の力になりたいと、遠征用コンロの値を身を切って下げ、ただその裏面に名を刻むことを望んだ商会長。戦う男達の背を守りたい、遠征から無事に戻ってきてほしい、その祈りで名を刻んでいる、真摯でけなげな女――

酒場の吟遊詩人達がこぞって歌を創りはじめているのだが、イヴァーノもダリヤも知らぬ話である。

「で、帳簿はここまで黒くなりましたので、そろそろロセッティ商会の口座と、ダリヤさんの個人口座で分けたいです」

「かまいませんが、口座分けはした方がいいものですか？」

「はい、金額が大きくなりましたし、税金のこともあるので。あと、どちらも会長の所有ですけど、個人口座は本人しか見られなくなります。俺の他に商会員が増えたとき、会長の財産が筒抜けというのもどうかと思うので」

個人のプライバシー問題もあるらしい。確かに商会員が増えるとしたら、そういったことも考えるべきだろう。

「帳簿はいつでも気が向いたときにチェックしてもらっていいです。あと、公証人にも二ヶ月ごとに帳簿を見てもらって、証明書を出してもらいますので」

「イヴァーノは不正なんてありえないじゃないですか」

「俺を信用してもらえるのはありがたいですが、王城出入りの商会で、公証人の書類なしだとちょっとまずいかと。税金の再検も避けたいですし」

「ああ、そういうこともあるんですね」

確かに王城に出入りするからには、帳簿を含め、信用があった方がいいだろう。

「次に発注なんですが、このところ防水布がいきなり多くなりまして……」

「何か特別な用途が増えたんでしょうか？」

「いえ、馬車の幌とか、テントとか、作りかけの屋根にかける布とか、今までと似た感じです。ただ、販路の関係とか、いろいろあるのかもしれませんね」

どこかで急に導入されたか、数の多い入れ替えでもあったか——ダリヤが考えられるのはそれぐらいだ。販路に関してはまったくわからない。

「それで、ドライヤーとコンロは下請けでなんとかなったんですけど、防水布を仕上げられる工房や魔導具師が足りなくて……あれ、なかなか難しくて、付与が均一でないとだめなんですってね」

「ええ。魔力を一定にして付与しないと、表面がでこぼこになりやすいので」

じつは最近、ダリヤも防水布への付与が少し難しくなった。

魔力が上がったことで、まだ付与が安定していないのだ。

「防水布を安定して作れる魔導具師に、心当たりはありませんか？」

「ええと、あるにはあるんですが……」

名前を口に出しかけ、ためらった。

「ああ、トビアスさんですね。じゃ、オルランド商会へ出していいですか？　もちろん、やりとりは全部俺がやりますんで」

イヴァーノには見事に筒抜けだった。

だが、考えてみれば、自分の身近で魔導具師として防水布を作っていたのは、トビアスしかいない。悟られても仕方がない。

「かまいませんが、防水布の受注はオルランド商会が王都で一番のはずですから、忙しいのではないかと……」

「いえ、最近、暇らしいですよ、あそこの魔導具部門」

「そうなんですか？」

思わず聞き返してしまった。

防水布、ドライヤー、乾燥剤など、それなりに受注はあったはずだ。トビアスとダリヤだけではなく、その他の魔導具工房へ下請けに出すくらいには常に忙しかった。

「気になります？」

「それは……まったく気にならないと言えば、嘘になりますけど」

「トビアスさん、商業ギルドを一度敵に回してますからね。ギルドからの魔導具発注や、業者紹介は減ったんですよ。まあ、オルランド商会は他にもいろいろと扱ってますから、そうそう斜めになることはないでしょうけど。ただ——もう、会長次第のところはありますよ」

「私次第、ですか？」

ダリヤは言葉の意味がわからず、つい聞き返す。

「ロセッティ商会は、商業ギルド長と伯爵家のヴォルフ様が保証人、服飾ギルド長の共同開発者、冒険者ギルドともスライム養殖関係で密接、そして、商会は魔物討伐部隊御用達で、会長は相談役で来年は男爵予定。これだけそろったんです。会長がオルランド商会に思うところがあれば、少々の無理は通せます」

「イヴァーノ、あの、何を……？」

「会長、いいえ、ダリヤさん、本音でいきましょう。本当に、もう『オルランド』に、思うところはないですか？」

記憶のかぎり、今までで一番冷えた紺藍の目が、自分に問いかける。

「もし、トビアスの顔を二度と見たくないなら、王都から出しますよ。オルランド商会が許せないなら、時間はかかりますが必ずつぶします。一切、遠慮はいりません。ダリヤさんが望むなら、俺に一言告げるだけでいい」

「……もう、終わったことです」

答える声が妙なほどしわがれていて、自分でそれに驚いた。

「ダリヤさんはまだ若いんです。仕事もそうですけど、恋愛も結婚も、まだまだこれからです。もし、婚約破棄の一件が枷（かせ）になってるなら、きっちりカタをつけて、新しく始めてもいいんじゃないですか？」

ああ、そうか――イヴァーノの話の意味が、ようやくわかった。

自分が恋愛や結婚の話をせず、一般的には玉（たま）の輿（こし）である貴族との見合いに応じない。それはトビアスとの婚約破棄を枷とし、引きずっているからではないかと心配されているのだろう。

そうではないのだ。本当にもう引きずってなどいない。

トビアスの兄のイレネオから、オルランド家およびオルランド商会としての謝罪も受けた。

今はヴォルフを含め、共に過ごせる友人達がいるし、イヴァーノ、ガンドルフィ工房のフェルモ達と共に仕事をし、毎日が充実している。

もう婚約破棄の記憶は薄れた。傷が完全に癒えたとは言わないが、少なくともトビアスにもオルランド家にも恨みつらみはない。

いや、振り返ることすら、いつの間にかなくなっていた。

「イヴァーノ、気遣いをありがとうございます。私は本当に大丈夫です。今、恋愛も結婚も考えていませんが、仕事はやりがいがありますし、友達とも楽しく過ごしています。だから、オルランド商会には何もしないでください。他の商会と同じように、仕事で必要なら付き合う、そうでないならそのままでいいです」

「わかりました。俺の気の回しすぎだったみたいですみません。でも、忘れないでください。俺は会長の右腕を目指してます。もらえる範囲で会長の本音が欲しいです。俺に話してまずいことはないと思ってください。まあ、俺が期待にお応えできないことはあるかもしれませんけど……」

「ありがとうございます。もう期待の何十倍ものことをしてもらってますから、イヴァーノの方こそ誇ってください」

イヴァーノに商売を任せることができたから、今のロセッティ商会がある。

商品の管理、営業、経理、貴族達の対応、そして自分へのまっすぐな助言。

今までどれほど助けられたかわからない。この先、さらに助けてもらうことになるだろう。右腕など、とうに超えている。

「大体、今さらイヴァーノが右腕を目指す必要なんてないじゃないですか。ロセッティ商会の半分、商売なら全部、イヴァーノで保（も）ってるんですから。とっくに商会の『半身』じゃないですか」

「……くぅ」

いきなり両手を顔に当て、イヴァーノが上半身を大きく折った。

「どうしました!?　どこか具合でも……」

「いいえ、大丈夫です。面と向かってそこまで褒められると、照れますね……」

「あの、私、おかしいこと言ってませんよね？　なにかまずい表現とかしてませんよね？」

ダリヤは、おろおろと聞き返す。

これでまた自分の言ったことが恋愛関連として受け取られたら、トラウマになりそうだ。

「大丈夫です。俺、単純に会長のお褒めの言葉に思いっきり照れてるだけです。あと、うちは『照れた顔を他の女に見せるな』という、妻との大変重い約束がありまして……」

ということは、今のイヴァーノの顔を見てはいけないではないか。

ダリヤは慌てて机の上の帳簿に視線をずらす。ぱらぱらと帳簿をめくると、イヴァーノの給与が初月からあまり増やされていないのに気がついた。

「あ、利益が出たらお給料を上げる約束でしたよね！　イヴァーノのお給料をアップしましょう、思いきり！」

「ありがとうございます、会長。今月から遠慮なく増やさせて頂きます。妻もきっと喜びます」

明るい笑い声を立てつつも、彼はまだ顔から両手を離さない。おそらく頬（ほお）の赤みが引かないのだろう。

その後しばらく、お互いに視線を外したまま、今後の仕事に関する話を続けていた。

ダリヤはこの日、イヴァーノの涙を見ることはなかった。

森大蛇の不運

草原の空は、澄んだ薄青に白く刷毛（はけ）で塗ったような雲を流していた。

街道から少し離れた草原、魔物討伐部隊の面々は、大鎌で蔓草（つるくさ）刈りをしていた。

ただし、その黒い蔓草はよく動く。実は『棘草魔（ネトルデビル）』という魔物である。

近づいてきた獲物に巻き付き、死ぬまで生き血をすする厄介な魔物だ。その茎には鋭い棘（とげ）があり、返しがついているので一度刺さると抜けづらい。

移動して人を襲いはしないが、うっかり道を間違えた旅人や馬が犠牲になることがある。

街道から少し距離があるが、例年より生育域が広がっているため、討伐が決まった。

「今年は去年より楽そうだ」

「ヴォルフとカークのおかげだな」

「しかし、本当にうまいな、ヴォルフの鎌使いは。まさしく『黒の死神』だ」

話す隊員達の視線の先、赤鎧(スカーレットアーマー)を着たヴォルフが、大鎌を持って駆けている。

大鎌どころか、自身の重さすらないのではないかと思うほどに軽い動きだ。

しかもただ走っているだけではない。棘草魔(ネトルデビル)が彼を捕らえようと伸ばす蔓(つる)の先、それをばさばさと切り落とし、群生の横を恐ろしい速さで駆け抜けていく。

その後ろに続くドリノ達数人の赤鎧(スカーレットアーマー)もかなり速い。こちらも大鎌を持っていた。

少し離れた場から風魔法で赤鎧(スカーレットアーマー)の背を押しているのは、後輩騎士のカークと風魔法使いの魔導師達だ。

昨年まで、風魔法の魔導師は攻撃魔法を棘草魔(ネトルデビル)へ直接当てていた。だが、今年は騎士の速度上げの補助をし、よく動いて危険な先端部分を先に斬り落とす作戦となった。

「第一陣、先端刈り取り終わりました！」

「第二陣、魔導師を補助しつつ前へ！」

報告に即応する形で、号令がかかる。

騎士に防御を任せた魔導師達は、中距離で火魔法と水魔法とを合わせて熱湯を放つ。一定範囲の棘草魔(ネトルデビル)にそれを浴びせかけると、動きが緩慢になった。

「全員、エリア内を刈り取れ！」

第一陣の赤鎧(スカーレットアーマー)達を含め、隊員達が一斉に大鎌や槍(やり)で棘草魔(ネトルデビル)を刈り取る。

予定していたエリア内の駆除が済むのは、あっという間だった。

「もう、棘草魔(ネトルデビル)は、絶滅させたらいいんじゃないですかね？」

駆除後、街道沿いのキャンプ地へ向かって移動しながら、一人の若い騎士がこぼす。

革手袋をしていても棘が深めに当たったのだろう。手の甲に血がにじみ、それを舐めていた。

「あれを殲滅しすぎると、後ろの森から魔物が草原を通って街道に出やすくなる。それに、めったにないが、流行病によく効く薬になるからな。下手に絶滅もさせられん」

「いい薬になるって言っても、あれじゃ王都内で育てるわけにもいかないですよね」

まだ新しい革手袋に空いた穴を少しばかり恨めしそうに眺め、若い騎士はため息をついた。

「それぐらいなら繕えるよ。王城の修理場に出すといい。無料でやってもらえる」

「いえ。これ、もらいものなんです。怪我を心配されるかと思うと憂鬱で」

「お、恋人か、婚約者か？」

「……母です」

正直に答えた騎士の肩を、ドリノが二度三度と叩く。

他の隊員達も無言で微妙に温かい目を向けていた。


ヴォルフは汗で濡れた手袋を外し、天狼の腕輪をハンカチで丁寧に拭く。

そして、ふと、ダリヤの白く細い左手首を思い出した。

ダリヤのつけている護身用の金の腕輪――魔導具であり、その防御効果は幅広い。完全防毒と混乱防止、石化防止、眠り薬やしびれ薬、媚薬なども効かなくなるという。

今、オズヴァルドから借りているそれを、ダリヤはいずれ自分で作るのだと言っていた。

すぐに作って返してしまえばいいと思ったが、なかなか難しいそうだ。技術はもちろんだが、材料を聞いて納得した。

腕輪の内側にはめ込まれた希少素材は、四色四種。

白が一角獣（ユニコーン）の角、黒が二角獣（バイコーン）の角、赤は炎龍（ファイヤードラゴン）のウロコ、緑は森大蛇（フォレストラスネイク）の心臓。

とりあえず、一角獣（ユニコーン）の角は、すでにダリヤの手持ちがある。二角獣（バイコーン）は、この前自分が倒し、角はダリヤの手元に届いた。あとは炎龍（ファイヤードラゴン）のウロコ、森大蛇（フォレストラスネイク）の心臓だ。

炎龍（ファイヤードラゴン）は遠く南にいるとは聞くが、見たことはない。炎龍（ファイヤードラゴン）のウロコは、オークションではたまに出るらしいので、兄に頼む方がいいだろう。

森大蛇（フォレストラスネイク）は縄張りが広く、個体数も少ないので、残念ながらそうそう遭わない魔物だ。

今年の大蛙（ビッグフロッグ）討伐で隊が遭遇したのだが、ヴォルフは見ていない。五本指靴下のレポートを書くので忙しかったからだ。

あのとき仕留めて心臓を予約しておけばよかったと思うが、知らなかったのでどうしようもない。

ダリヤのため、ただ早い再会を神に祈るばかりだ。

「ん？　この音……」

草原わきの森から、バキバキと枝を折る音と、ひどく重いものを引きずる独特な音が響いた。

「なんかでかいのが来たな」

全員がすぐ武器を抜いて構え、陣形を組む。

森の高い木々の間をぬうように現れた、緑の巨体。見上げる高さと共に、その胴は横の木々ほど、後ろに長く続いている。黒をにじませた緑の目は、多くの獲物を見つけた喜びに光っていた。

森大蛇（フォレストラスネイク）、別名『緑の王』。

旅人や商人は言う、『緑の王』に街道や森で遭うことは稀（まれ）。しかし、遭ったならば潔く荷と馬をあきらめよ。それでも、生き残れるかどうかは神に祈れと。

「シャーッ！」

森の王者たる威嚇（いかく）音が、青空に高らかに響いた。

「ああ、ちょうどよかった！」

祈りは意外に早く聞き届けられたらしい。思わず言ったヴォルフの肩を、ドリノが叩く。

「おっ、森大蛇（フォレストラスネイク）じゃん。ヴォルフ、探してたよな？」

「ああ、ダリヤが使う素材なんだ」

紺髪の男の問いに、ヴォルフは満面の笑みで答えた。

男達には怯（おび）えも緊張感もなく、構えを取ってはいるが、和気あいあいと話は続く。

「ダリヤ嬢が探している？　では、絶対仕留めなくてはな」

「そうだな。逃げられないよう、さっさと囲んじまおう」

「魔導師の皆さん、足止めに左右で分かれましょう！　弓騎士が前に出ますので」

「わかりました。あ、素材にするなら、下手に当てたらまずいですよね？」

「ヴォルフ、ロセッティ殿が欲しがっている部位はどこだ？」

「心臓」

隊員達の目が一斉に、森大蛇（フォレストラスネイク）に向く。

ちろちろと暗い緑の舌を出しながら、森大蛇（フォレストラスネイク）は疑問符を顔に貼り付けていた。

「キシャー……」

威嚇の音が、心なしか下がったような気がする。

その巨体が大きく感じられなくなったのは、わずかでも話の内容が伝わっているからか。

「グラート隊長、討伐のご許可を……って、灰手を使ってはだめです！　心臓まで灰になるか、乾燥しすぎてしまいます！」

「む、そうか」

すでに魔剣を抜いていたグラートを、隣の騎士が全力で止めた。

灰色の刀身からは、すでに薄く煙がたなびいている。どうやらまっ先に行く気だったらしい。

「仕方がない。焦がすと悪いからな、私はやめておこう。討伐の許可は出す。魔物討伐部隊の魔導具師殿のご指名品だ、大事にな」

「了解致しました。では討伐希望者は手を挙げ……聞くまでもなかったな。弓騎士と魔導師、足止めしておけ！　ヴォルフ、あとは詳しいお前が指揮をとれ」

全員が手を挙げ、かつ、悪ノリして両手を上げている者までいた。

確認するだけ無駄だったらしい。

「ありがとうございます！　心臓自体は、焦がさなければ二つ三つに分割してもかまいません。魔法を付与して結晶化させるそうなので。大型魔物用の第一陣形で、魔法は控えめ、足止め後に一気に斬ってもらえればと思います」

「了解、足止めしてカットだな。他の素材もあった方がいいか？」

「皮はそれなりに売れたな。王城では頼まれていなかったから、今回は冒険者ギルドに回していいだろう。食事にいい肉が追加できるかもしれん」

話をしている間、弓騎士と魔導師達が、森大蛇（フォレストラスネイク）の足止めをしていた。

森大蛇（フォレストラスネイク）の威嚇の声、揺れる巨体にバキバキと枝の折れる音が続き、弓騎士による強弓（ごうきゅう）のキューンという独特な音が重なる。

その後、魔導師の土魔法による足止め、風魔法による視界の妨害が続いていた。

陣形を組み直す途中、ヴォルフはふと、マルチェラと飲みに行ったときのことを思い出した。

「そういえば、森大蛇（フォレストラスネイク）は珍味だって、下町に飲みに行ったときに聞いた。その店にはなかったけど、滋養強壮にいいとか」

「ほう、疲れがとれるなら、味にかかわらず試してみたいところだな」

「あまりうまそうには見えないな……あれ、肉は白身だろう？」

「火で炙（あぶ）ればそう悪くないですよ。庶民にはちょっと高いですけど。干したやつは下町の男共に人気がありますし」

剣を持つ手を上げつつ、ドリノが二人の先輩騎士に説明する。

「そのままだと、脂が強めの、少しクセのある鶏か白身魚って感じです。濃い味付けが合います」

「あ、ダリヤが隊にくれた焼き肉の甘ダレなら、あと一壺（つぼ）あるよ」

ヴォルフがそう答えると、あちこちでいい笑顔が浮かんだ。

「それならいける！」

「白身にあれは合うだろう、酒が進みそうだ！」

「あの大きさなら、余裕で全員に行き渡るな」

男達が大きくうなずき、森大蛇（フォレストラスネイク）に顔を向ける。

向けられたことのない種類の視線が、森大蛇をざくりと射貫いた。

「キ、キシャー……？」

捕食関係が逆転した瞬間だった。


多数の捕食者と哀れな被食者一匹の戦いは、大変短い時間で終わった。

むしろ、その大きさ故に、解体と移動の方に時間がかかったほどだ。

王都からの距離的に、今日はここで泊まり明日朝一の出発で帰る予定である。少しだけ斜面になった草原を野営地とし、馬達を休ませた。

そして、隊員達は夕食の準備を始める。たき火もあるが、使うのは遠征用コンロがメインだ。

すべてのコンロの裏側には、『ロセッティ』の名が刻まれている。黄金の目の持ち主は、その名を確かめるように見つめてから、防水布の上に置き、鍋をセットした。

「ヴォルフ、今日の戦利品と牛肉、どっちがいい？　両方でもいいぞ」

「いや、俺は手持ちがあるからまだいい」

「ヴォルフ、その革袋はなんだ？」

「昼の牛肉の余り。持ち込みのタレに漬け込んでた」

同じ甘ダレでも、ダリヤがヴォルフ向けに作ってくれたものは少し違う。蜂蜜が少なめで、代わりにショウガが多めに入っていた。香辛料もヴォルフの好みに合わせ、変えてくれている。

腐らぬように氷の魔石も横に付けてあり、遠征対策は万端である。

「さては、ダリヤさん作だな。この野郎、一人だけいいものを準備してもらいやがって……」

「肉一枚、交換を申し出る」

「断る！」

交換を即座に否定したヴォルフに、ドリノが呆れ果てた声を出す。

「お前さ、肉はともかく、そのタレだけでも分けろよ。明日の朝一で帰るんだから余るだろ」

「……スプーン二匙、十人分まで」

「せこい、せこいぞ、伯爵家！　いや、来年は侯爵家だろ、お前！」

「それとこれとは関係ないじゃないか！」

子供のごとき言い争いをしている最中、ヴォルフは袖を引かれた。

「少しだけ分けてもらってもいいですか、ヴォルフ先輩。代わりにワインは半分譲りますから」

「えっと……ああ」

緑の目の後輩に振り返り、ヴォルフは一拍遅れてうなずいた。

「カーク、強くなったな……」

「いや、なんか違う方向にいってないか？」

近くにいる先輩達が、ひそひそとささやき合っている。

「仕方がない。自分は持ち込みのジャム一匙とトレードだ」

「俺、甘いのはあんまり……」

ランドルフの申し出に、ヴォルフがちょっと困った顔をする。

「ダリヤ嬢に紹介してもらった店の、おすすめリンゴジャムだが？」

「ランドルフ、交換でいいけど、それ、いつどこで聞いた？」

黄金の目がわずかな不機嫌さを込め、友に向いた。

「さて、いつ、どこでだったか……」

濁した男だが、赤茶の目は完全に笑っていた。

「おい、ランドルフ、その方向でヴォルフをむやみにからかうな、こじれる。とりあえずヴォルフは、もう少し量を増やせ。あと、集まってる奴らはジャンケンな！」

とりまとめるドリノの声に呼応して、若い隊員達が勝負に挑もうとしている。

当分、静かになりそうにない。


「……まったく、初遠足の子供か」

壮年の騎士が隊員達の騒ぎに苦笑している。

若者達は肉を焼きつつ笑ったり、分配でもめたりと騒がしい。騒ぎを注意しに行ったと思えた先輩騎士までも、しっかりジャンケンに加わっている。皆、まるで子供のようだ。

「ゆるみまくっていますな」

「かまわん。見張りはきちんとしているし、誰も武器は忘れておらんからな。今後の遠征はこんな感じになっていくのだろう。戦うときは戦い、食うときは食い、眠れるときは眠って、皆で笑って家に帰れれば、それでいい」

グラートの言葉に、壮年の騎士は少しばかり渋い顔をした。

「癪か？」

「本音を言わせてもらうなら、少々悔しいです……もっと早くこうなっていればと、どうしても考えてしまいます」

「できなかったことを数え出すと、『年寄り』と呼ばれるぞ」

グラートは懐から銀の水筒を取り出すと、木のコップ二つに少なめに注ぐ。

「十分、年は取ったつもりですが……隊長、これは？」

渡した木のコップに、騎士が目を細めた。

琥珀(こはく)色の液体は、なんともいい香りを立ち上らせている。水で薄めるには惜しいほどだ。

「友人がいい蒸留酒をくれたので持ってきた。若い奴らだけに楽しませてはおけん。三人分しかないから、気づかれるなよ」

水筒に残るもう一杯分の酒は、抜いた灰手(アッシュハンド)の刃(やいば)にかけられた。

壮年の騎士は無言で、コップを目元まで持ち上げた。

遠征先、持ち帰れぬ仲間の遺体を、魔物にも獣にも喰(く)われたくはないと、二度刺したあの日——仲間を刺した感触を、グラートは今でもはっきり覚えている。

じゅっと鳴いた剣は、アルコールを飲み干すようにすぐ乾き、灰色の刀身に戻った。そっと鞘(さや)に戻すと、自分も一口、濃い酒を干す。

黄金色の蒸留酒は、ひどく胃の腑(ふ)にしみた。


「隊長達も森大蛇(フォレストラスネイク)をいかがですか？　意外とおいしいですよ」

コップをカラにしたとき、明るい声が響いた。

蒸留酒と同じ色の目を持つ青年が、肉を山と盛った皿を持ってきていた。

「昔、遠征で食べたことはある。脂臭(あぶらくさ)くて今ひとつだったが……」

「脂を落としながら焼くと、ダリヤがくれた甘ダレが、すごく合うんです」

「もらおう」

遠征用コンロの網の上、慣れた手つきで白身が並べられる。香ばしい匂いが広がりはじめる中、ヴォルフはグラートに向き直った。

「グラート隊長、失礼を承知で、お願いがあります」

「なんだ？」

「森大蛇(フォレストラスネイク)が馬車に入りきらないので、できれば灰手(アッシュハンド)で少し乾燥させて頂ければと……」

「冒険者ギルドに卸すのか？」

「いえ、後で干し身を希望する隊員に配れればと思います。遠征で疲れて帰ると、家族と話すのも辛(つら)いと先輩方がおっしゃっていましたので。森大蛇(フォレストラスネイク)は滋養強壮によく、下町では男性陣に人気の品だそうです。それなりに効果はあるかと思います」

「ヴォルフ、わからんでもないが、隊長の魔剣は干物製造器ではないのだぞ」

壮年の騎士が止める声に、ヴォルフの顔はあきらめを浮かべつつある。

おそらく、以前のグラートであれば断っていただろう。

魔物を斬った剣で、友を斬った剣で、干物を作るなど割り切れないと。

だが、もう平気だ、すべて呑(の)もう。

料理をしながらの笑い声、楽しげなやりとり、うまい酒と食事。

友の命の上、魔物の命の上、我々は生きてここにいる。

最大限に生を味わい、ただ前に進むだけだ。

「かまわんぞ、引き受けよう。灰手（アッシュハンド）も、最近出番が少ないからな。使ってやらねば」

「ありがとうございます！」

礼と共に、ヴォルフがきれいに焼けた白身の串を差し出してきた。

それを受け取りながら、グラートは笑って答える。

「私も干し身を希望するとしよう」

友の兄とお茶会

ヴォルフの屋敷、商会の住所を置かせてもらっているそこは、オズヴァルドの屋敷と同じくらい豪華だった。

純白の壁に青い屋根の三階建ての屋敷。庭の芝生は見事な青さで、庭には白を基調とした淡い色の花々が咲き誇っていた。

これでスカルファロット家の別邸だというのだから、本邸はどれだけすごいのか。

気後れを深呼吸で流し、ダリヤは馬車から降り、案内役の従者に従って進んだ。

今日ここに自分を招いたのは、ヴォルフの兄である、グイード・スカルファロットだ。

スカルファロット家の長男であり、次期侯爵である。

本来であれば、イヴァーノが自分の従者として一緒に来るはずだったのだが、出かける寸前に王城に事務関係のことで呼ばれた。終わったらすぐこちらに来るとのことだが、相手が相手だけに急がせるわけにもいかない。結局、ダリヤは一人でここに来た。

幸いヴォルフは休日とのことで、同席が決まっている。礼儀作法を間違えたらどうしようという不安はあるが、怖れはない。

一人では開けられぬと思える、厚い両開きの玄関ドア、そして、陽光輝く吹き抜けの玄関ホール。装飾はそれほどないのだが、どれも艶やかで品がある、貴族らしい屋敷に思えた。

ダリヤは廊下の青い絨毯を踏みしめつつ進んでいたが、ふと視線を感じて、足を止める。

美しい貴婦人の肖像画が、日差しのあたらぬ壁に飾られていた。

黒檀のごとき長い髪、雪のような白い肌、淡く赤い唇。深く黒い目はわずかに細められ、こちらに優しく笑んでいる。

ヴォルフの母だ——直感がそう告げた。絵だからこその美しさではない。おそらく本人はこれより美しかったのだろう、なぜかそう確信できた。

「そちらの絵は、第三夫人のヴァネッサ・スカルファロット様です。ヴォルフレード様が子供の頃、病でお亡くなりになりました」

「……そうでしたか。教えて頂き、ありがとうございます」

案内役の従者の説明にうなずき、ダリヤは再び歩みはじめた。

病で亡くなったというヴォルフの母。

実際は家督争いでの襲撃による戦死だが、そこは対外的には病死とされているのだろう。

ヴォルフがどんな思いでこの絵の前を通っているのか、そう考えると少しだけ足が重くなった。

「ようこそ、ロセッティ殿」

通された応接室では、青みのある銀髪の男が待っていた。

ヴォルフとはあまり似ていない。どちらかと言えば騎士というより文官のような雰囲気だ。顔立ちは整っているが、どこか硬質で人形めいて見えた。

「ヴォルフの兄の、グイード・スカルファロットだ。いつも弟がお世話になっている」

「ロセッティ商会のダリヤ・ロセッティと申します。こちらこそお世話になっております」

挨拶を返しながら、つい空いている椅子に目がいく。時間としては頃合いのはずだが、ヴォルフはまだ来ていなかった。

「ヴォルフなら遅れてくる。申し訳ないが、約束の時間を一時間ほどずらした。あなたと二人で話がしたいと思ってね。ああ、もちろん、二人といっても部屋には従者を同席させている。よろしいだろうか？」

「……はい、かまいません」

考えを見透かされた上に、少しばかり早口で告げられた。

言われて初めて、壁際に黒の従者服の男がいるのに気がついた。

背が高い、錆(さび)色の髪の男だ。視線は下げているが、目も濃いめの錆色だった。少し褐色を帯びた肌は、砂漠の国を連想させる。

本来は従者に挨拶をする必要はないのだが、つい軽く会釈をしてしまった。すると、相手も同じように会釈を返してきた。ダリヤは内心あせりつつも、顔をなんとか営業向けに固める。

従者に勧められた黒革のソファーに腰を下ろし、グイードの言葉を待った。

「まずは心からお礼を――ワイバーンに連れ去られたヴォルフを助けて頂き、感謝する。その後の妖精結晶の眼鏡や、魔物討伐部隊への開発品についても聞き及んでいる。ヴォルフはロセッティ殿の元へ頻繁に通い、なにかと世話になっているそうだね」

「いえ、こちらの方がお世話になっております」

「そうか……」

グイードの目が一度窓の外にそらされ、再び自分に戻る。

底の見えない深い青が、奇妙に揺れた気がした。

「ロセッティ殿、失礼だが、一つ尋ねたい。もし、ヴォルフと別れてくれと願うならば、いくら必要だね？」

「え？」

いきなりの問いに、頭が真っ白になった。

どういう意味かと尋ねようとしたとき、グイードが再び話しだした。

「言い方が悪かったね。これから言うことを最後まで聞いてほしい。あなたがこれまでヴォルフにしてくれたことに関して、私は本当に感謝している」

静かだがどこか冷えた声が、ダリヤの耳朶を打つ。

「ロセッティ殿はすでに、ヴォルフにとても近い位置にいる人間だ、私はそう理解した。だが、この先、あなたが弟の弱点となることがあるかもしれない。立場や仕事上、離れてもらった方が弟にとっていいと思える可能性もないとは言えない。そうなったとき、こちらからあなたにヴォルフと別れてほしいと願うなら、対価を積むのが当然だ。金貨二百でも、三百でも、望む数字を聞いておきたい」

「必要ありません。ヴォルフ様が友人として関係を絶ちたいと思われたならそこまでですし、ご迷惑になるようでしたら、距離をおかせて頂きます」

いつも、頭のどこかで覚悟していた。

ヴォルフが自分の隣からいなくなる日――身分の差、仕事や任務、家の都合、そして、ヴォルフの恋愛や結婚、理由はいくらでもある。

彼に距離をおかれるとして、そのときに庇護(ひご)なく、一人で立っていられるようにしようと思ってきた。これまでのことに感謝こそすれ、金銭など求めるはずがない。

「ヴォルフが距離をおくのなら、商会の保証人の書き換えとして、より高位の貴族を紹介する約束をしておくが？」

「いえ、結構です」

今でこそ魔物討伐部隊御用達・相談役の肩書きはあるが、それまでは、商業ギルド長とヴォルフの名で守られていた商会だ。ヴォルフを商売に利用している、そう受け取られても当然だ。

それでも、ヴォルフの兄からの提案は、正直、胸に痛い。

「ヴォルフに教えるつもりはないから、遠慮なく言って頂きたい」

「必要ありません」

「では、ロセッティ殿は、ヴォルフと別れるにあたって、本当に、何ひとつ求めないと？」

不可解そうな声と、自分を見透かそうとする強すぎる青に、つい顔を伏せそうになった。

不意に脳裏に浮かんだのは、ヴォルフの笑顔。

まだ短い期間ではあるけれど、彼は共に時間を過ごした、大切な友人だ。

もし、彼の迷惑になるのであれば、離れることで守れるのであれば、自分はきっと距離をおける。

その後に二度と会えなくなっても、彼の友であった思い出と誇りは、自分に残る。

だが、距離をおくための対価を受け取れば、きっと自分はヴォルフを友とは呼べなくなる。

たとえ彼の兄、伯爵家の者との話でも、これだけは譲りたくない。

ヴォルフは、自分の大切な友人だ。

あの日、もううつむかないと決めたではないか――

ダリヤは伏せそうになった顔を上げ、まっすぐにグイードを見返した。

「本当に、何も要りません――スカルファロット様は、自分がいることで友人が困るから去るときや、友人に関係を絶ちたいと言われたとき、代価をお求めになりますか？」

できるだけ声を整えたつもりが、語尾がわずかに震えた。

「……確かに、何も求めない」

まるで仮面が落ちたように、グイードの表情がゆるんだ。

「ロセッティ殿、試してすまなかった。心より謝罪する」

グイードは椅子から立ち上がり、一度頭を下げた。

ダリヤも急いで立ち上がり、その場で深く頭を下げ返す。

「いえ、こちらこそ失礼な言をお許しください」

「かまわない。楽にしてほしい。ここからは本音で話させてもらうよ。心配だったんだ。ロセッティ商会長にとって、うちのヴォルフがどのような存在かが見えなくてね」

「すみません、その、おっしゃる意味が……」

「ヴォルフにとってあなたは、大切な友人だ。その逆に、あなたにとってヴォルフが、商売としての関係なのか、大切な友人なのかを確かめたかった。商売人ならば、もしもに備え、金と人脈を優先させるものだからね。もって回った聞き方をした」

なんと言うのが正しいのか、こんなことは貴族のマナー本にはなかった。だからダリヤは必死に言葉を探す。

「身のほど知らずな言い方になりますが、お許しください。ヴォルフ様は、仕事で関係がなくても、大切な友人です。これでは、お答えになりませんか？」

「十分だ。本当にすまないね。この年で心配もどうかと思うが……なにせヴォルフの女性運は最悪だ。我が弟ながら、知れば知るほどに同情がつのる」

「それは……」

眉を寄せて言う男は、辟易（へきえき）とした顔を隠さなかった。

ダリヤはどう答えていいか迷う。

ヴォルフの状況は知ってはいるが、自分がそれを言っていいものかどうかわからない。

「その様子なら多少は聞いているようだね。最近は、いっそまるまると太ってしまえばいいのではないかと思っているが。あの倍ぐらいになれば、平和に暮らせるとは思わないかい？」

「それはそうですが、そこまで太ると、健康に悪そうです……」

つい真面目に応えたダリヤに、グイードは大きく破顔した。

「確かにその通りだね。さて、第一印象は最悪になってしまったが、ここから少しは挽回させてほしい」

言い終えぬうちに、従者が廊下側のドアを開く。

そして、ワゴンで運んできたのは、白に銀の縁取りのティーセット、二種のケーキ、そしてクッキーの山だった。

「うちの料理人渾身（こんしん）の品でね、ベイクドチーズケーキと、苺（いちご）のタルトだ。クッキーは子供の頃のヴォルフの好みだね。ソルトバタークッキーは今も好物だったと思う。茶は、東国の緑の茶をそろえてみた」

「……ありがとうございます」

グイードはダリヤの好みをよく知っているようだ。

以前、ヴォルフから謝罪されたことがある。『兄がダリヤのことを調べていた』と。

スカルファロット家は伯爵だ。弟であるヴォルフの心配をし、付き合いのある自分を確認するのも仕方がないだろう。

ごく普通に暮らしてきた自分だ、調べられても困るようなことはない。食べ物の好みをここまで知られているのは、ちょっぴり恥ずかしいが。

だが、歓迎してくれるためと思えば、ありがたいことだろう。

「どうぞ、お召し上がりください」

従者によって皿に盛られたベイクドチーズケーキを、斜め向かいのグイードと共に食べはじめる。

王城で食べた高級感あふれるチーズケーキもおいしかったが、こちらはシンプルで、チーズ自体の味がとてもいい。舌にほろりとほどける柔らかいタイプだ。

ケーキ地の甘みは抑え気味なのに対し、一番下のビスケット地が甘いのがうれしい。

その後に飲んだ緑茶は、甘くわずかな苦みがあり、とてもなつかしい気がした。

東国の緑茶の値は一般の紅茶の十倍ほどする。なかなか気軽には飲めないが、このチーズケーキとはぴったりだ。

「どうかな、ロセッティ殿？」

「おいしいです……」

しみじみとつぶやくと、グイードがにっこりと笑う。

その瞬間、従者がありえない速さで空の皿をタルトの皿に取り替えた。

苺の鮮やかな赤がいきなり目の前に来て、思わずテーブル横の従者を見つめてしまう。

「お勧めですので、どうぞ」

「あ、ありがとうございます……」

先ほどの速さは彼のお勧めの意思の強さなのか、一つの出し物のようなものなのか。

それにしても、皿替えをする手がどんなふうに動いたのか、まるで見えない速さだった。

とはいえ、苺のタルトがおいしそうなことに変わりはない。

グイードが手をつけたのを確認し、ダリヤも食べはじめる。

かわいらしい小さな丸型のタルト地の上、甘酸っぱい苺がたっぷりのっている。フォークを進めると、カスタードクリームがとろりと光った。甘さは少し強めだが、苺との相性がとてもいい。

今日は夕飯を抜こう。そしてカロリーのことは絶対に考えまい。

心の内で誓いつつ緑茶を飲んでいると、向かいでグイードがクッキーに手を伸ばしていた。

ダリヤも勧められたが、ボリュームのあるケーキ二個の後ではさすがに入らない。

どこにも無駄な肉などなさそうなグイードだが、そのカロリーは一体どこにいくのか。少し不公平さを感じてしまうほどである。

軽い咳（せき）に目を向ければ、従者が錆色の目を細くしてグイードを見ていた。

その唇から、聞こえる限界の音でつぶやきが落ちた。

「グイードの夕食は減らすべきだな……」

「ようこそ、ダリヤ！　早かったね」

二杯目の緑茶を飲み終えたとき、ノックもそこそこに、応接室にヴォルフが入ってきた。

礼儀的にいいのかと思ったが、グイードは穏やかな表情のままだ。

「お招きありがとうございます。その、少し早く来て、お茶とケーキを頂いていました」

「兄上……？」

言い迷ったダリヤに何かを察したらしい。黄金の目が少々疑いを込め、グイードに向いた。

「チーズケーキを食べていたのだよ。こちらの料理人にも、たまには腕をふるわせてやってくれと言っただろう？　お前はあまり甘いものを好まないからね」

グイードは涼やかな顔でそう言うと、ダリヤに向き直る。

「ああ、ロセッティ殿、ヴォルフには、後でさっきのことをすべて話してもらってかまわない」

「あの」

「気にしなくていい。本当に言葉通りだ」

そう言いながらも、少し困ったようなグイードの表情は、どこかヴォルフと似ていた。

「スカルファロット様、失礼でなければ、その、直接お伝えください。間に私をはさむ分、遠くなるのではないかと思います」

「遠く、か――なるほど、確かにそうだ。あなたに話させることではないね。ヴォルフ、ロセッティ殿の隣に座りなさい」

二人の会話を怪訝そうに見ていたヴォルフが、ようやく席に着いた。

「ロセッティ殿をお前より一時間早く呼んだ。二人きりで話がしたいと思ってね」

「なんのためですか、兄上？」

「ヴォルフが保証人を担う商会で、魔物討伐部隊御用達、そして相談役、どんな方なのかを確認したかった。いや、これは建前だな――お前の弱点になるやもしれぬ女性だ。ロセッティ殿を見極めたかったし、ロセッティ殿にとって、ヴォルフがどんな存在かを確かめたかった」

「それならば、我々がそろったときに聞けばよかったではないですか、何もダリヤだけを呼びつける必要は……」

「私はロセッティ殿にこう尋ねたのだよ。『もし、ヴォルフと別れてくれと願うならば、いくら必要だね？』」

「兄上！」

瞬間、ぶわりと冷たいものが、真横から刺さる勢いで広がった。

グイードの横、瞬時に従者が並ぶ。その左腕にはいつの間にか剣があり、右手が柄にかけられていた。わずかにためを作られた膝は、いつでも剣を抜ける状態だ。

ダリヤは奥歯を噛みしめたが、まだ続く威圧に、息が苦しい。指先と爪先から急激に凍えていく感覚に、動けぬままに前を見る。

テーブルの向こうのグイードと従者は、顔色ひとつ変えてはいなかった。

「ロセッティ殿には『何も要りません』、そう言われた。金銭も、ヴォルフの代わりの商会保証人も不要だとね。お前に友人として関係を絶ちたいと思われたならそこまでだと、迷惑になるようなら、距離をおくと」

「俺はダリヤと関係を絶つ気も、距離をとる気もありません」

「それでいいとも。利害なく、お前の容姿に惹かれたのでもない友人、それがヴォルフにとってどれだけ重いか、兄として多少は理解しているつもりだ。よい友人ができたことを、心から祝うよ」

グイードはそう答え、兄の顔で笑む。

冷たく重い気配は四散し、ようやくダリヤは呼吸ができるようになった。

「ありがとうございます……でも、今後はダリヤに迷惑をかけるようなことと、俺の心臓に悪いことは避けて頂きたいです」

「むしろ心臓に悪いのはこちらだ。『威圧』が、また一段上がったのではないかね？」

にこやかに言うグイードの横から離れ、従者がそっとダリヤに歩み寄った。

「失礼ですが、御髪が乱れたようですので、ご案内致します」

「あ、ありがとうございます」

従者に白い手袋の手を差し伸べられたので、ダリヤは迷いなく手を重ねる。

そして、なんとか平然としたふうを装って立ち上がった。

従者はダリヤを粛々（しゅくしゅく）と部屋の外へと案内していく。

立ち上がりかけたヴォルフは、錆色と青の目に、強く制止された。

「あの、ダリヤは……？」

二人が出ていった部屋で、ヴォルフは不思議さと不機嫌さをないまぜにした顔で尋ねる。

目の前の兄が、深く深くため息をついた。

「ヴォルフ、お前はもう少し女性の扱いを覚えるべきだ。隣であれだけ強い威圧を出したら、騎士でもない女性がどうなるか考えなさい。幸い、ロセッティ殿はある程度、耐性があるようだが……」

「ダリヤの具合を悪くさせてしまったのであれば、すぐ謝りに！」

立ち上がりかけたヴォルフの視界、グイードの右手から冷たい霜がはらはらと飛んだ。思わず動きを止めると、兄が低い声で言った。

「ヴォルフ、座りなさい。ここで大人しくしていなさい」

「でも、ダリヤはどこへ？」

グイードは軽く咳をし、視線を窓の外へ向けた。

「……レストルームだろう」

「はぁ……」

ダリヤは深く深くため息をつく。

ヴォルフの凍えるような威圧のおかげで、大変トイレに行きたくなってしまったので、従者が連れ出してくれたのはとてもありがたかった。

だがしかし、メイドに『緑茶をこぼしたと伺った』と、下着を含めた一式の着替えを勧められ、全力全開で辞退した。

その誤解はお願いだからやめてほしい。が、誤解だと弁明すること自体避けたい。

ヴォルフに万が一誤解を受けていたらと思うと、このまままっしぐらに塔に帰りたいほどだ。

結果、悶々（もんもん）とし、必死に顔を作ってレストルームを出るのに、十五分を要した。

その後、メイドに案内されたのは、屋敷から出た庭の離れ家だった。

庶民の家ほどの離れ家は、二方を緑で囲われ、足元には花々が咲きあふれていた。広い屋敷の中、ちょっとした別荘のようでもある。

中では、ヴォルフが笑顔で小型魔導コンロ四台を、純白のテーブルにセットしていた。

横には見慣れた食材が山になっている。何をする気なのか、聞かなくてもわかった。

彼と視線を合わせぬまま、なるべく壁際でじっとしていることにする。

「兄上も小型魔導コンロで食事をしてみたいとおっしゃっていたので、お茶会よりこちらがいいかと思いまして」

「あまり見たことのないものがテーブルに並んでいるのだが、これは何だい？」

「紅牛(クリムゾンキャトル)の串と、クラーケンの足の干物と、緑イカの一夜干し、野菜とタレです」

ヴォルフが最近、干物と一夜干しにはまっていたのは知っている。

二人でいろいろと試し、塔でだいぶ焼いた。

しかし、いくら屋敷の離れとはいえ、上品で高価そうな調度の並ぶ部屋の中、小型魔導コンロ四台で料理していい場所では絶対にない。あと、紅牛(クリムゾンキャトル)自体はともかく、貴族の方に串ものはいいのか、干物と一夜干しも出していいものなのか。

食材を準備し、今こうして並べているのはヴォルフなのだが、妙な責任を感じる。

ダリヤはヴォルフに歩み寄り、声をかけた。

「あの、ここで焼いたら、部屋に匂いがついてしまうかと……」

「あ、そうか。窓を全開にした方がいいかな？」

「いえ、それでも絨毯や壁などに、かなり匂いがつきますから」

このふかふかの水色の絨毯に、干物の香りは絶対に合わない。

飾られた花畑の絵、アイボリーに蝶(ちょう)の浮き柄のある壁紙、白を基調とした艶やかな調度品。ここでの油煙は、もはや冒涜(ぼうとく)だろう。

「いっそ、庭でやるかね？　西側なら、立ち食いをしても館(やかた)からは見えないだろう。人払いもしてあるし、ヨナスとヴォルフがいれば護衛も不要だ」

「グイード様、いくらなんでも立ち食いは……」

従者が斜め後ろから小さく声をかけたが、グイードへの抑止にはならなかった。

「では、『立食パーティ』と呼ぼうか。私は王城域担当で、魔物討伐部隊の遠征についていけない身だからね。ヴォルフと屋外で立って食べるというのも、串に刺して食べるというのも、一度はやってみたかったんだ」

楽しげに笑うグイードが、ヴォルフよりも若く見えた。

自分の隣では、ヴォルフが大変にいい笑顔でうなずいていた。

ものすごく行儀の悪いことを、教えてはいけない人に教えたようだ。

止める言葉も出せず、少し困って視線を回せば、従者の男も困った顔をしていた。錆色の目がこちらを向き、微妙な光をたたえて揺れる。

どうにかしたいが、どうにもできない——言葉はないが、なんだか通じ合った気がする。

結局、この後、四人で『立食パーティ』をすることになった。

陽光のこぼれる芝生の上、心地よい風が吹いている。

別館の離れの裏、なんとも微妙な立食パーティが始まろうとしていた。

テーブルから少し離れ、ヨナスはただ立っていた。自分は従者であり護衛である。食事には元から参加するつもりはない。

「ヨナス先生も、ぜひご一緒に」

ヴォルフが自分を『先生』付けで呼んだとき、赤髪の女は不思議そうな顔を隠さなかった。

ダリヤ・ロセッティという女。

新進気鋭の商会長、ヴォルフの気にかける者ということで、華やかな美女だろうと勝手に思っていた。だが、現れたのは、赤い髪が少し目を引く、大人しそうな女だった。悪くはないが、王城にいれば埋没する程度の容姿だ。

「いえ、自分はこちらで控えておりますので」

ヨナスがそう答えると、ヴォルフがダリヤに対し、自分に剣を教えてくれている、腕のたつ先生だと説明しはじめた。

よほど気を許しているのか、女に手の内をあっさりさらしている。

家族にすら剣の練度を隠す自分としては、その信頼度は不可解にすら感じられた。

「ヨナス先生、こちらでしたら心配はないかと。屋敷までの間に警護の者もおりますから」

「ヴォルフ様、ロセッティ殿を、従者で『魔付き』と同席させるのは失礼にあたるかと」

そう答えると、ダリヤが目を丸くして自分を見た。

どうやら自分の『魔付き』については、聞いていなかったらしい。

「気になるかい、ロセッティ殿？　ヨナスも子爵家出身ではあるのだが」

「いいえ。あの、それでしたら、庶民の私の方がこの場をご遠慮するべきではないかと……」

「お客様であるロセッティ殿がこう言っているのだ。同席しなさい、ヨナス」

「……失礼致します」

来客付きで気を使う食事は、正直わずらわしい。だが、主(あるじ)の言うことに従わぬわけにもいかない。

ヨナスは仕方なく、グイードの隣に立ち、白ワインでの乾杯に加わった。

「兄上、ヨナス先生、どうぞ」

乾杯後、最初に渡されたのは、紅牛（クリムゾンキャトル）が肉厚でカットされた串だった。

自分は焼かずに血が滴るままに食べた方がうまい。それでも、周りに合わせ、小型魔導コンロのスイッチを入れ、上の網に押しつけるように焼く。表面が白くなったところで離し、黒っぽくどろりとしたタレをつけ、口に運んだ。

「これはいい味だ！」

グイードが絶賛し、タレを付け足して食べている。好みの味だったのだろう、目尻が少しばかり下がっていた。それを見たヴォルフが、弟の顔で追加の串を渡している。

本格的に今日のグイードの夕食は減らすべきだろう。

ヨナスにはタレの味が邪魔だった。片面だけを白くした段階で口に運べば、肉の味は薄まるが、それなりに食える。こればかりは味覚差なので仕方がない。

次に渡されたのは、緑イカの一夜干しだ。

緑イカは、手のひら二つ分くらいの大きさのイカで、正確には魔物である。体の緑色に似合いの、中程度の風魔法を使う。ただし、その魔法は海面上を飛んで逃げることに特化しており、漁では複数の船で追い込み、網であっさり捕まえられると聞いている。

臭みはないが、色合いが独特で身が硬いため、貴族にはあまり好まれない食材だ。

目の前にある一夜干しの緑イカ、皺（しわ）のあるそれはまったくおいしそうに見えない。カビの生えた鮮度の悪いイカにもとれる。しかし、匂いはそれほど悪くない。謎の代物だ。

「これは東酒（あずまざけ）と合います」

ワインのグラスはすでに全員がカラにしていたので、東酒に合わせた陶器のコップに切り替える。

ロセッティ会長も女ながらに強めの東酒がいけるクチらしい。酔いの片鱗も見えなかった。

左手に東酒のコップを持ち、右手で串に刺した緑イカを焼く。ちりちりと小さな音を立てて縮んでいくイカから、なんとも香ばしい匂いが立ち上る。

ナイフもフォークも使わず、ヴォルフが焼けた緑イカにかぶりついた。

「そうやって食べるのか……」

弟を見つつ、グイードが行儀悪くも真似をしはじめる。

かぶりつく口は小さすぎ、引っ張る力の加減がわかっていない。なかなかうまく噛み切れず、びろんと伸びた足をさらに伸ばし、無理矢理取ろうとしている。

スカルファロット伯爵夫人であるグイードの母が見たら、卒倒の後、二時間は説教をくらいそうな光景だ。

それでも、兄の顔で楽しげに笑うグイードを見るのはうれしかった。

先日、弟であるヴォルフと和解してから、少しだけ昔のグイードに戻った気がする。

ヴォルフと話すときの、一段明るい青い目、少しだけ早い口調、いつもより大きな笑い声。

子供じみた真似が増えたことに関しては少々手を焼いているが、肩の荷が少し減ったことを、こっそり祝ってやりたいところだ。

ヨナスもようやく手元の緑イカを焼き上げ、口に運んだ。思いのほか、柔らかな身と、少し強い塩味に、普通に食べることができて驚いた。

そして、自分もイカの足は一度では噛み切れず、口元で少し伸びた。

ふと向かいを見れば、ダリヤが緑イカの足にぱくりと噛みついていた。引っ張って伸ばすのかと思いきや、犬歯のあたりできりきりと噛み切り、一口分をきっちり分けている。

行儀がいいのか悪いのか判断に困るが、その器用さに感心した。

咀嚼(そしゃく)の後、東酒をくいっと口に流し込み、白く細い喉を上下させる。

とても満足そうに息をつく女につられ、あまり飲んだことのない東酒を手にした。

イカの後での酒は、少々臭みが増すだろう、そう覚悟して口にする。

だが、ふわりと揺れた濁り酒の味は、まったく臭みを上らせなかった。

ワインの芳香とも違う甘い香り、蒸留酒の重みとも違う味の厚さ。

少しばかり辛い酒は、ただヨナスの赤い舌を洗い、血への飢えを鎮めてくれる。

他三人は、ピーマンに茹(ゆ)でた人参(にんじん)など、いろいろな野菜を焼いて食べていたが、ヨナスはただ緑イカと東酒を繰り返していた。


「では、次にこちらをお試しください。酒のツマミにいいですし、保存も利きます」

「これは、見た目がとても個性的だね……」

グイードがとても懐疑的な目を串に向けている。

ヨナスも手の中にある干物を、まじまじと凝視してしまった。

クラーケンの足の干物――見るのは初めてだが、薄い赤茶色でひどく硬い。触るとカチカチで、干し肉ともまた違う、微妙な質感である。

ふと、魔導部隊で使うクラーケンテープを思い出した。あれと大差ない質感だ。

本当にこれは食べ物なのか、消化に問題はないのかと、真面目に尋ねたくなる。

「あの、見た目はあまりよくないのですが、あぶると、好きな人には好きな味になります」

それは、嫌いな人には嫌いな味ではないかと思ったが、女の懸命さに黙った。

物は試しである。吐きたい味であればただ呑み込んでしまえばいいのだ。

ヨナスは小型魔導コンロの上、クラーケンの干物を焼きはじめた。

それぞれの目の前で丸まっていくカラカラの干物、なかなかいい香りはするが、さらに硬くなっていることが明白である。

「これは、なかなか不思議だね……」

乾いた笑いを浮かべはじめたグイードの向かい、女が楽しげに干物をひっくり返す。

そして、熱いだろうに、指でつかんでは離してを繰り返し、上手に身を裂いた。小さくした身を口にすると、ひたすらに噛みはじめる。

その隣では、ヴォルフが大きめの身を口に、ひたすら咀嚼をしている。

なんとも動作のそっくりな二人に、笑いをかみ殺すのが辛くなった。

ヨナスも少々気合いを入れ、焼き上がったクラーケンの干物を口にする。紐か縄を食べるようだと最初は思ったが、数度噛んで驚いた。

イカともタコとも少しだけ違う、意外に繊細な味と潮の風味。

以前食べて覚えていた魚介の味が、噛む度に感じ取れた。本当に久しぶりの海の味だった。

「意外にいけるものだね、驚いた……」

グイードが足を口にしつつ、しみじみと残りの干物を見つめている。

その後、全員無言でクラーケンの干物を噛み続けて東酒を飲むという、少々異様な場ができあがった。

「ヨナス先生、もう一本どうぞ」

「ありがとうございます」

クラーケンの干物、その追加を受け取った自分に、グイードが不思議そうな視線を向ける。

「ヨナス？」

「……うまい」

ほろりと本音がこぼれた。

熱く、香ばしく、血の味も臭みもなく、身の噛み応えはただ楽しい。何より、血のにじむ肉ではないのに『味』がわかる。久しぶりの『人の食事』に思えた。

「ヨナス、あまり無理をしなくとも……ああ、すまない、ヨナスは味覚が少し変わっていてね」

ヴォルフ達に向けてフォローするグイードの目に、陰がよぎる。

彼は自分の味覚についてよく心配している。別に苦ではないと何度言ったらわかるのだろう。

「隠すことでもありません。魔付きの人間は味覚が異なることも多いのです。私はお茶の味も野菜の味もあまりわからないので」

「あの、それでは食事にお困りになりませんか？」

「少々偏食になりますが、体質のようなものですから、特には。酒と肉の味は大体わかりますし。今回のこの干物と酒は、とてもおいしいです」

実際、ヨナスが食べ物としてきちんと認識できるのは、強めの酒と血肉だけだ。

だが、今日からは干物と東酒も加わった。

これは、口さみしさや飢えをしのぐのに悪くない――いいや、十分にうまい。

「ヨナス先生、小型魔導コンロをぜひお持ちください。夜食のときなどに便利ですから。干物と東酒も準備しますので」

「お気遣いをありがとうございます」

「ヴォルフ、私の分もお願いできるかな？」

「はい、もちろんです、兄上」

にこやかな兄弟のやりとりを微笑ましく思いつつも、ヨナスは静かに釘を刺す。

「ヴォルフ様、私がお受け取りして管理致します。グイード様は少々、お体が心配ですので」

「兄上、まさか、どこかお悪いのですか？」

弟のとても不安げな声に、グイードが少し冷えた目でこちらを見た。

「少々運動不足なだけだよ。なに、久しぶりに親友と『少し強めの鍛錬』でもすれば済む話だ」

「……グイード、様？」

藪から大蛇を出した気がした。


ヨナスが手元の東酒を飲み終えると、赤髪の女がそっと新しい瓶を目の前によこした。それに礼を述べ、社交辞令的に話を投げる。

「ロセッティ殿は、普段からよく魔物を目にされるのですか？」

「はい、素材としてなら目にします。生きている魔物を目にすることは少ないですが……あ、先日、スライム養殖場なら見てきました」

「王都の外にあると伺っておりますが、スライム養殖場はいかがでした？」

「スライムの種類が多くて、大変興味深かったです」

スライムについて語る女の声は、心底楽しそうだ。澄んだ緑の目に、不安や忌避感はまるでない。

目の前にも、生きている『半分魔物』がいるわけだが、恐れは感じないらしい。

「ロセッティ殿は魔物に大変興味がおありのようですね。グイード様、かまいませんか？」

「……ああ、かまわないよ」

「お話のひとつに、魔付きの腕をご覧になりますか？」

グイードに許可を得ると、ちょっとした確認ついでに、ダリヤに問いかけた。

「よろしいのですか？　あの、秘密にしているといったことは？」

「特にありません。近しい者は皆知っておりますし、隠してもおりません。ヴォルフ様にも、すでにご覧頂いておりますので」

上着を脱ぎ、右腕のシャツの袖をまくると、赤銅の腕輪を外す。

認識阻害の腕輪を取ったことで、右腕にびっしりと生えた赤いウロコがあらわになった。

机をはさんだ向かい、ダリヤは己の腕をじっと見ている。

上腕が少し見えるところまでめくったが、目を丸くしただけだ。その場から後ずさることも、悲鳴をあげることもない。その落ち着きに、なんとも拍子抜けした。

「……色合いと形が、炎龍（ファイヤードラゴン）と似ていますね」

女の的確な指摘に、少々驚いた。

「ロセッティ殿は、炎龍（ファイヤードラゴン）をご覧になったことが？」

「いえ、図鑑だけです。でも、ウロコでしたら、この腕輪の裏に加工したものが……」

ダリヤは左手首の金の腕輪を外すと、裏にはめ込まれた赤い石を指す。

流れる魔力は、自分の右腕と共鳴する響きがあった。ヨナスはそれを興味深く見つめた。

「そちらの方が大きい個体のようですね。こちらはまだ子供でしたので」

「炎龍（ファイヤードラゴン）を倒されたのですか？」

「弱りきっているのに、たまたま当たっただけです。動けなくしたのはグイード様ですし。私は首を落としただけですので」

「それでも、お二人ともすごいです！」

目をきらきらさせて言う女が、なんとも落ち着かない。その隣、ヴォルフがさらに目を輝かせているのに、一抹の不安を感じる。

「兄上、初めて伺ったのですが、お二人は龍殺し（ドラゴンキラー）の称号をお持ちなのですか？」

「いや、瀕死（ひんし）の龍に遭遇しただけだからね。直前まで王族の方もいらしたので、臣下としては称号を横取りできないだろう？　黙っていることにしたのだよ」

「そうだったのですか……」

「あの、他言は致しませんので」

「そうしてくれると助かる」

残念そうに言うヴォルフに、心配そうに言う女。

それをうまくかわしたグイードだが、弟の尊敬のまなざしにとても喜んでいるのが透けて見えた。

「兄上、炎龍（ファイヤードラゴン）は魔物討伐部隊でも見かけたことがありませんが、オルディネにいるのでしょうか？」

「南の島に小さいのがたまに来るらしい。もっとも、人間を避けるそうだがね」

今すぐ狩りに行きそうなヴォルフに、グイードが少しだけ声を落とす。

「炎龍（ファイヤードラゴン）のウロコは、オークションで取れるでしょうか？」

「年に一、二度は出るから取る気なら取れるよ。ただ、龍と戦うのではなく、巣に落ちているものを集めてくるので、内包魔力は落ちるらしい。素材として探しているのかい？」

「はい。ダリヤが今つけているものと同じ腕輪を作りたいので、その材料として探しています」

細い手首を飾る、金の腕輪。魔力漂うなかなかの高級品だ。

あれだけがっちりと魔法を付与しているなら、金貨で三十五ぐらいか、もう少しいくか。

ヴォルフはなかなかがんばったようだが、もう一本をそろいでヴォルフが作るのか。それとも、女の方が魔導具師らしく、そろいを作って返すのか。

これほど仲がいいのならば、さっさと腕輪の外側に互いの色石も入れてしまえばいいものを――そんな余計なことを考えていると、グイードが自分に声をかけた。

「どうするね、ヨナス？」

「子供並みの大きさですが、このウロコではいかがですか？　半分は人の身ですので、素材になるかどうかはわかりませんが。少々なら差し上げられます」

「いえ、結構です。腕から取ったら痛いですから」

即座に首を横に振って断られた。

すました貴族の女達とはずいぶん違う。すでに痛そうな顔で言う女に、つい悪戯心（いたずらごころ）が湧いた。

「大丈夫です、私は痛覚が鈍いので」

ヨナスは、ぶちぶちと六枚ほどのウロコをむしった。

ウロコは意外に奥から生えているので、どうやっても皮膚が裂け、血がたらりと流れる。

だが、言葉通り、痛みはほとんど感じない。どこか他人事のようでもある。

悪戯ついでに、体内魔力を大きく揺らし、右目の赤黒い瞳孔をわざと縦長にする。

そして、むしった赤いウロコをダリヤに差し出した。

「どうぞ」

「な……」

目を見開いて固まった女に、やはりかと思う。

なんだかんだと言っても、魔付きもウロコのある人間も恐ろしいものだ。

多くの女は悲鳴をあげるか、悲鳴をなんとかおさえても、理由をつけて目の前から逃げる。

そして、次に自分と会うときには、化け物を見る目に変わるのだ。

「なんで、いきなり勢いよくむしるんですか！　痛いじゃないですか！」

「いや、なんでと言われてもだな……」

予想しなかった女の糾弾に、思わず素で声が出た。

「せめて端の方とか、そっと一枚ずつ取るとか……まとめて一気にむしるなんて、絶対痛いじゃないですか……」

なぜ、この女が涙目になるのだ、意味がわからない。

その上、女の横ではヴォルフまで心配そうに人の顔を見ている。

お前はこの女を守れるようになりたいから、自分から戦い方を学んでいるのではなかったのか。
ここは、この縦長の瞳孔と魔力の揺れに、警戒を最大にするべきところだろうが。
ヨナスは、生徒への教育不足を痛感した。

「痛みはありませんのでご心配なく。汚くて申し訳ありませんが、よろしければお使いください」

「取り乱してしまって、すみません……ありがとうございます」

ダリヤが深く一礼してきた。

なんとか受け取ってはもらえたが、その緑の視線はまだ、ウロコをむしった腕にある。

ウロコをなくした場所はぽっかりと空き、ぬらりと血がにじみ上がってきていた。

「あの、血が……」

「すぐに止まります」

「いえ、やはり怪我だと思いますから……治るまでに袖が当たったら汚れますし」

小さなバッグからハンカチを取り出した女が、テーブルを迂回して歩み寄ってくる。そして、当たり前のようにウロコのある腕をとり、血のにじむ部分にハンカチを当てて巻きはじめた。

そのときまで、ヨナスはダリヤが自分に触れられるとは露ほども思っていなかった。

温かな指に腕をとられ、ただ呆然とする。巻かれたハンカチは白すぎて、少しばかり目にしみた。

わざと縦に開けていた瞳孔が、するりと丸く戻る。

「無理をして頂いて、すみません……本当にありがとうございます」

結んだハンカチに、じんわりとにじむ赤。それを見て、ひどく心配そうに眉をひそめ、へにゃりと泣きそうな顔をし、慌ててそれを取り繕う。なんとも忙しい女である。

「こちらこそ手当てをありがとうございます。すぐ新しいものが生えそろいますので、お気になさらず」

「ヨナス先生、本当になんともないのですか？」

ヴォルフまでが、黄金の目を陰らせて問いかけてくる。

まったく、どうしてこの二人はこうも心配が過ぎるのか。

そもそも自分はグイードの従者で護衛だ。傷ひとつで騒ぐ立ち位置ではないはずだ。

その後、二人からの消毒と包帯とポーションと医者の強い勧めを断るのに、思わぬほど時間がかかった。

隣のグイードが素知らぬふりで干物を食み、目だけで笑っているのが癪だった。


立食パーティを終えると、ダリヤは帰ることになり、ヴォルフが送っていくという。

庭から本邸へ続く小道を歩く、赤髪の女と黒髪の男。笑い合って遠ざかる二人は、なかなか似合いに見える。

隣のグイードも薄く笑顔を浮かべ、後ろ姿を見送っていた。

「さて、次の来客の前に評価合わせをしておくか……私の見立てでは『白』だ。ヨナスから見ては、どうだね？」

「『真っ白』だ。通り越して『赤』と言ってもいい」

「判断した点を聞いても？」

「従者をつけずに一人で来た、俺が部屋にいるのに途中まで気づいていなかった、斜め後ろにいても意識していない。お前のうまい話にのらず、ヴォルフ様の邪魔になるかもと言われた後でも、茶と菓子は疑いもせず食べていた。まあ、これはあの腕輪のせいもあるだろうが」

「確かに、なかなかいい食べっぷりだったね」

グイードがくすりと笑う。

それには同感だ。貴族の間では、若い女性が男性の前でケーキ二つをぺろりと平らげたり、干物をかじる姿は、あまり見る機会がない。ちょっと新鮮だった。

ただし、これをヴォルフに伝えるのはやめておくことにする。

「俺がわざと速く皿を取り替えてもまったく動かない、間に出したナイフも見えていない。後ろで剣を抜きかけた音に反応しない。聞こえないのかとも思ったが、『グイードの夕食は減らすべき』は聞こえていたから、そういったことに警戒心がないとしか思えん」

わざと速く皿を替え、間にナイフを出したのは、反射を見るためだ。

暗殺者や戦闘訓練を受けた者であれば、どう化けても咄嗟に体が動く。

だが、あの女には、珍しい手品を見るように、目をまん丸にされただけだった。

「皿替えのときはあせったよ。私の方が立ち上がりそうだった」

「俺としては最近ウエストがまずいまずいと言いながら、ばくばく菓子と干物を食べているお前の方があせったが？」

グイードは答えず、ただ笑う。

今日の夕食を減らすよう進言するつもりなのは本気だが、また笑って誤魔化されそうだ。

本当に気合いを入れて鍛錬する日が必要にならぬことを祈りたい。

「ヴォルフ様のあのぐらいの威圧で動けなくなっていたから、戦闘経験はまずない。俺の腕を見ても、魔力を揺らしても警戒はなかった。まとめて判断して、ヴォルフ様にもこちらの家にも安全な女だ。どこかが紐を付けようにも、あそこまで甘すぎるのは使えん」

ダリヤ・ロセッティという女の履歴を調べたが、埃ひとつなかった。

学院時代は優等生、卒業後は魔導具師としてそれなりに有能ではあったが、特別に目立つほどではなく、婚約破棄以外、トラブルらしいものがひとつもない。

だが、ヴォルフと会った頃からの急激な変化、自身の商会の立ち上げ、ゾーラ商会との付き合い、いきなりの魔物討伐部隊御用達商会、そして相談役への抜擢――三ヶ月ちょっとでの変わりようは、グイードも自分も理解しがたかった。

どこかの家とつながりはないか、本人が入れ替わってはいないか、指示を受けてはいないか――危険性はとことん確認した。

最終確認が、実際に会った今日だ。

多少の戦闘訓練を受けたヨナスは、相手の強さが大枠で推測できる。それまでに戦ってきたか、そういった教育を受けたかどうかも判断がつく。

だが、あの女は強さがどうこう以前の問題だった。

緊張はあるが警戒はない。戦いどころか、運動神経も正直鈍い。危険感知はまるでなく、半分魔物の自分も恐れない。

それでいて、ヴォルフの威圧で動けなくなっていたから、恐怖心がないわけでもなさそうだ。

庶民の女がみなああいった感じなのかはわからないが、ヨナスには、ダリヤ本人の方が甘くて危ないとしか思えない。隣ではらはらし続けているヴォルフに、少々同情したほどだ。

「私は彼女を信頼に足る人物と判断し、ヴォルフに近しい者として支援したい。父上にも問題なく報告できると思うが、どうだね？」

「賛成する。あれは貴族の流儀を知らぬ、庶民で普通のお嬢さんだ……いや、普通ではないか」

「なかなか勇気のある、優しいお嬢さんだね」

「そうだな。まさか、ウロコの上にハンカチを巻かれるとは思わなかった」

まだ腕に巻いたままの白いハンカチに、ヨナスは苦笑する。

冷たく硬いウロコが指先に当たっても、あの女はまるで動じていなかった。

帰り際、自分の血のついたウロコを、もう一枚の水色のハンカチに、宝物のように包んでいた。

白い指先でそっと運ばれる自分のウロコは、ひどく不思議に見えた。

「……ヨナスが大人しく、その右腕を触らせるとは思わなかったよ」

「いきなり何だ？　グイード」

話がいきなり斜め四十五度にずれたので、友の横顔を凝視する。

グイードは見えなくなった二人から、庭の池に視線を移していた。

水面に風が一時（いっとき）だけ複雑な模様を作り、また、静かに平らに戻る。

「ヨナスの望むものなら叶（かな）えてやりたいが――彼女に限っては遠慮してくれ」

真面目な声に呆（あき）れ果てた。

兄馬鹿もここまでくると末期である。一体なんの心配をしているのか。

長い付き合いだ。自分の女の好みなら、グイードもそれなりに知っている。

さっきの女とはまったく違う。

「範囲外だ。確かに血まで甘そうな女だとは思ったが、花を喰いたいとは思わん」

まだこちらを見ないままの友に、少々皮肉を込めて返した。

それに、もうひとつ。ヨナスが距離を縮めようとは思わぬ理由がある。

「生徒が大事に守る花だ。咲くのを遠目で眺めるさ」

幕間　商会員と次期侯爵による茶会の二次会

イヴァーノは、出されたスパークリングワインを遠慮なく喉に流し込んでいた。

なかなかに豪華な部屋の中、クリスタルのグラスはきらめいて、中の酒は香り高い。

ただ、ゆっくり味わえるほど、気持ちに余裕が持てないのが残念だ。

今日、王城に急ぎの用だと呼ばれたが、魔導部隊に納める防水布などの魔導具、その帳簿と製品数の確認でしかなかった。その時点でぴんときた。

ダリヤはヴォルフの兄、グイード・スカルファロットに呼ばれたのだ。自分と引き離し、一人で会いに来させるのが目的だろう。

ヴォルフがいるので、ダリヤの安否に問題はないだろうが、少々心配である。

夕刻まで連絡がとれなければ、ヴォルフに確認、それができなければガブリエラへ、その後に服飾ギルドのフォルトと、魔物討伐部隊のグラートへ連絡しよう——そう判断した。

その後は顔を取り繕い、ただ淡々と確認作業をし、数時間後に退去した。

馬車に戻ると、グイードの名で『茶会の二次会』という妙な招待状を御者が預かっていた。

先にダリヤが行っている以上、拒否権などない。イヴァーノは即座に受けた。

そして、ロセッティ商会が住所として名を借りているヴォルフの別邸、その応接室でグイードを待っているのが、今である。

間違いなく高価なスパークリングワインに、珍しい種類をそろえられたチーズ。艶やかなスモークサーモンに、様々な具ののったクラッカー、美しい断面を見せる一口サイズのサンドイッチ。茶会というより、いい夕食になりそうなそれらに、すべて手をつけた。

残念ながら、今日は愛妻の料理を味わうのは難しそうだ。

商人が貴族の家で待たされるとき、料理を遠慮なく食べるのは、『私は警戒していません』という意思表示だ、そうフォルトに教わった。右袖の下、隠した防御の腕輪が反応していないところを見ると、とりあえず食べたものに毒は入っていないらしい。


二杯目のスパークリングワインを給仕から受けていると、ドアが開いた。

「待たせてすまないね」

柔らかな声と共に、穏やかな雰囲気の男が入ってきた。

少し青みのある銀髪に、深い青の目。ヴォルフとはまるで違う色彩と顔立ちで、騎士よりも文官が合いそうだ。

その後ろ、錆色の髪をした従者が影のように付き従っている。こちらは確実に護衛だろう。うとい自分でもそれがわかる気配だった。

ヴォルフやダリヤも一緒かと思ったが、いないようだ。

「大変お世話になっております。ロセッティ商会、商会員のイヴァーノ・メルカダンテと申します。本日はお招き頂き、誠にありがとうございます」

「ようこそ、メルカダンテ君。私の名乗りはいるかい？」

「いえ、次期侯爵であるグイード・スカルファロット様のお名前は、存じ上げております。弟君であるヴォルフレード様にも、日頃とてもお世話になっております」

立ち上がって挨拶をしたが、グイードは笑顔で応え、自分に座るように勧めてきた。

「私のことは『グイード』でかまわない。ヴォルフも私もスカルファロットだからね」

「ありがたくお受け致します。私も『イヴァーノ』とお呼びください」

「ロセッティ殿は、先ほどヴォルフが送っていったよ。じつに素敵なお嬢さんだった」

一番先に尋ねようとしたことを、先に教えられた。

ヴォルフが一緒であれば心配ないだろう。とりあえず、ダリヤが気に入られたようでほっとした。

「さて、お互い忙しい身だ、話は率直にいこう。礼儀は気にせず話してくれ。後でとがめることは一切ない」

グイードは、給仕を下がらせると、従者から同じスパークリングワインをグラスに受ける。

襟をゆるめ、背中をソファーに預けた彼は、とてもリラックスしているように見えた。

「お気遣いありがとうございます。それと共にお礼申し上げます。いろいろとご配慮を頂いているようで」

「私は何も手を出してはいないよ。ヴォルフに止められているからね」

「様々な方にご紹介を頂いたと聞き及んでおります」

「紹介はしていないよ。招かれた晩餐の席で軽く言っただけだ。『ロセッティ商会は、うちの弟が保証人になっていて、私も応援したいと思う商会だ』とね」

「商会としてお礼申し上げます」

防水布を含め、魔導具製品がロセッティ商会への直接注文に変わったのは、間違いなくこの男のおかげだ。

次期侯爵があちこちで応援したいと言えば、貴族も商人もこぞって動く。誰も次期侯爵の不興は買いたくない。できればほんの少しでも取り入りたいと思うはずだ。

オルランド商会では、さぞかし気を揉んでいることだろう。

「ロセッティ殿には、うちのヴォルフがお世話になっているからね。けれど、そもそも服飾ギルドのフォルトに冒険者ギルドのアウグスト、グラート様とジルド様が推す商会じゃないか。私の存在など霞だよ」

そう嘯くグイードは、魔物討伐部隊長のグラートも、財務部長のジルドも名前呼びだった。役職名で呼ぶことはなく、爵位も付けていない。

「ああ、年長で侯爵家のグラート様とジルド様を、私が名前で呼ぶのは不思議かい？」

自分の疑問が一瞬で見透かされたことに、警戒心を引き上げる。

こちらを見る優しげな青い目からは、緊張も警戒もまるで読み取れない。

「グラート様とは王城の仕事でお会いすることが多いし、魔導部隊の私の部下が魔物討伐に多く加わっているからね。あとは、祖母がグラート様の家の分家の出なんだ。その流れで第一夫人の子は、名付けが似ているのだよ。うちの父がレナート、私がグイード、弟がエルードというようにね」

「そうなのですか」

名前が似ていることなど考えもしなかった。まったく知らないつながりだ。貴族はかなり遠戚までつながりがあるらしい。

第一夫人の子だけ名付けを似せるというのも、庶民の自分にはなかなか理解しがたい。

「ジルド様は個人的にお付き合いをさせて頂いていてね、お互いに名前呼びにしている仲なんだ」

他はともかく、ジルドとは絶対に胡散臭いつながりだと思えたが、声にはしなかった。

「イヴァーノ、一度だけ聞く。君は『紐付き』か？」

片手でグラスを揺らしながら、不意に前置きなく聞かれた。

「いえ、ありません。付いているとしたら、ダリヤ会長の紐だけですね」

「安心したよ。実質、君の商会ではないかという噂もあってね。ダリヤ・ロセッティは商会長の名だけだと」

「それもありません。開発製品はすべて会長のものですし、商会自体もそうです」

「なんとも噂というのは一人でふらふらと歩くものだね」

「それに関しては強く同意します」

一時は自分までも、ダリヤと噂を立てられていた。

今に至っては、ヴォルフにフォルト、グラートと、どのぐらいに増えているものか。

しかし、もう表立って言う者はそういない。侯爵家を敵に回してまでダリヤの悪い噂を広めたい者など、まずいないだろう。いるとすればよほどの愚か者か、命知らずだけだ。

「今、商会で欲しいものや困っていることはないかい？　資金はそれなりに回っていると思うが、それだけでは解決できないこともあるからね」

「そうですね。ダリヤ会長の『貴族後見人』をどうするべきかで迷っております」

「『貴族後見人』か……ヴォルフでは少し弱いかな。遠征に行っている間は動けないしね。私でもかまわないかい？　もちろん、ロセッティ殿の了承が得られれば、だが」

「私としては、大変ありがたいお話だと思います」

「弟へは私から説明しておこう。ヴォルフの代理だと言えばわかってくれるだろう。ロセッティ殿には今日の失礼分のお詫び、そして、ヴォルフの代理でどうかと聞いてくれないか？」

「わかりました。それで、この件が通りましたら、こちらからグイード様へ、何をお返しすればよろしいでしょうか？」

『失礼分のお詫び』という言葉が気になるが、それは後でダリヤに聞けばいい。

今はグイードへの代価を確認する方が先だ。

貴族は借りが積み重なるほど怖い。返せる範囲で最大限に返しておく方が、つながりは安心だ。

「そうだね……商会ではなく、君への頼みでもいいかい？」

「私にできることでしたら」

自分がこの男にできることなどあるのだろうか？　疑問に思いつつも答える。

「ロセッティ商会、いや、ダリヤ嬢を守りたまえ。手が届かぬときは、私へすぐ連絡を」

「ありがとうございます。もしものときはご相談させてください」

商会ではなく、ダリヤを守れ――グイードは、ヴォルフとまるで同じことを言った。

おそらくは弟であるヴォルフを思ってのことなのだろう。

それでも同じ言葉を自分に告げるのは、やはり兄弟だからか。

「ところで、商会ではなく、君が必要とするものはないかい？　ヴォルフは君にも世話になっているようだからね。家でも、金銭でも、多少は融通をつけるが」

「もし叶うならば『情報』が欲しいです。多少なりとも、集め方をご教授頂ければと……」

今、自分が一番悩んでいるのが情報だ。

庶民と商業関係についてはなんとかなっても、貴族の情報は集めづらい。

今までは子爵であるフォルトに願って、ある程度収集してきたが、王城の侯爵とのつながりまでできた今、確実に足りない。

だが、さすがにグイードに情報をくれとは言えないので、集め方のヒントを願うことにした。

「いいとも。君にはまだ子飼いの部下もいないのだろう？　君と私を直接行き来する者をつけよう。こちらで教えられることは教えるので、そちらで教えられるものは教えてくれ」

「大変ありがたいのですが、私が教えられることは、特には……」

目の前の男への願い方を間違えたか、いきなりの提案にあせる。

ロセッティ商会やダリヤの情報を渡せと言われても、自分にはできない。

「商会の機密や開発情報などは一切いらないよ。そうだね……たとえば、ロセッティ殿の好みの食材や酒がわかれば、ヴォルフが差し入れを外さないね。歌劇や演劇に興味があるかも知りたいところかな。ああ、あと、庶民で流行っている菓子があれば知りたいね」

「庶民の菓子ですか？」

「ああ。うちの娘に少し前、下町のリンゴ飴をあげたらとても喜んでね。妻には叱られたが、あげたら静かになったから、妻の好みでもあるんだろう」

父親と夫の顔でやわらかに笑んだグイードに、自分との共通点をわずかに見つけた気がした。

「さて、『情報』が欲しいとのことだったが、前払いで渡しておこう。先週から入った手紙書きの子が二人いるね。女性はジェッダの紐付き、男性はジルド様の紐付きだ。うまく使うといい」

「は？」

「ジェッダの紐付きの方は、商会員に上げても問題ないのではないかな。ジルド様の紐付きは正直判断できないが。報告したい情報をそれとなく教えておくのもいいかもしれないね」

あまりにも意外な言葉に、頭が半分白くなる。だが、納得してもいた。

侯爵であるジルドの紐付きは、どうにも仕方がない気がする。

それに、ガブリエラの夫、ジェッダも子爵位を持つ貴族だ。ギルド内で大きな力となりつつあるロセッティ商会の情報を得ておきたいのは当然だろう。

少しだけ胸にひっかかるものを覚えるのは、自分がまだ甘いだけの話である。

「フォルトとアウグストの紐はないよ。釘は刺しておいた」

ハサミか剣で切った、の間違いではないかと冗談にしかけて、口をつぐむ。

服飾ギルド長のフォルトと最初に飲んだとき、貴族の流儀として、口の滑りがよくなるワインを飲まされた。

貴族は商人と初めて会うときに、自分の権力や財力を誇示したり、それなりの影響力を見せたりすることがある。多くは、今後の取引の力関係をはっきりさせたいためだ。その中には、少々の脅しや助力もある——これを自分はフォルトから教わったのだから、なんとも皮肉なものだ。

グイードはロセッティ商会とのつながりに、助力の形を選んでくれたらしい。

ありがたいかぎりである。

「それと、事後承諾になったが、君のかわいい奥さんと娘さんには、商会が魔物討伐部隊御用達となった週から護衛をつけさせている」

「えっ？」

言われた内容が咄嗟に理解できず、声がうわずった。

「ギルド近くの食堂で、ランチが時々一緒になる、白い髭のご老体、彼に話す内容は練るといい。前に商業ギルドにいて引退したそうだが、今は飼い犬……いや、言い方がよくないね、情報屋だ」

「情報屋、ですか？」

思わず聞き返したイヴァーノに、グイードは不思議そうに続ける。

「驚くことでもないだろう？　ロセッティ商会の情報を集めたい者など山といる。こういった輩は、これからロセッティ殿より、『君』の周りに増えていくだろうね」

「ダリヤ会長ではなく、なぜ、私に？」

「ロセッティ殿に接点を作るのはなかなか難しい。彼女は茶会も夜会も出ない上に、後ろ盾が強力だ。下手に近づけない。そうなると、ロセッティ商会を動かすために、君を脅せばいいと考える者もいるだろう。君を脅したいならその妻子を狙うのが一番早いじゃないか。もし、妻子を誘拐されて言うことを聞けと言われたら、君は断れないだろう？」

「……護衛とご教授をありがとうございます。私が至りませんでした」

イヴァーノは立ち上がり、深く頭を下げた。

フォルトにも身の安全に関する注意を受けてはいた。

狙われる可能性があるから、家族全員、移動は馬車を使え、下手なところで食事をするな、飲むな、子供だけで遊ばせるな、急に寄ってきた人間はもちろん、付き合いの途絶えていた昔の友人知人にも気をつけろと。

そういったことには十分気をつけていたつもりだったが、貴族的な危機意識はまるで足りなかったらしい。

「頭を上げてくれ。たいしたことではないよ」

「あの、失礼ですが、もしかして、ダリヤ会長にも護衛を？」

「いや、私はつけていないよ。ただ、うちの馬車の御者はそれなりの者にさせている。移動が一番狙われやすいからね」

数人の御者を思い返して納得した。

御者達は全員、服さえ着替えれば騎士でもおかしくない体格だった。礼儀正しいが寡黙だったのは、自分やダリヤに気がつかれぬようにするためだったのかもしれない。

「念のため、君の家族につけている護衛達の顔書きを渡そう。奥さんと確認したら焼いてくれ。声はかけないでいい。周囲に顔が覚えられぬように交代させるから、その時々に連絡するよ」

「本当にありがとうございます。その、費用に関しましてはいずれ……」

「不要だよ。ああ、ただし完全だとは思わないでくれ。ご家族の身の回りの警戒と自衛は、しておくに越したことはない」

「わかりました。ただ、このままではずいぶんと私の『借り』だけが増えていくのですが？」

護衛の費用は一体いくらか、そして、今回もらった情報はどのぐらいの重さか、具体的金額の出ない『借り』は、正直落ち着かない。

「それなら、私が君へ望むのはひとつだけだ。今ここで、ロセッティ殿とヴォルフを絶対に裏切らないと誓ってくれ」

「それはもちろん、当たり前のことですので」

「当たり前か――君にとってはそうでも、私にはそれで十分だ」

グイードは今、笑ったはずだ。それなのに一瞬、ひどくさびしげに見えた。

咄嗟に相槌（あいづち）を打つことも、話題を変えることもできず、イヴァーノは押し黙る。

先ほどグラスの横についていた滴（しずく）が、今になって指を冷たく濡（ぬ）らしていた。


「さて、あまり長くなると君の仕事の邪魔になるね。今日は忙しいところ、来てくれたことに礼を言う。次はロセッティ殿と一緒に招くよ」

「いろいろとありがとうございました、グイード様。ご助力とご教授に深く感謝致します」

暇（いとま）を告げて立ち上がろうとしたとき、男が自分を呼び止める。

「イヴァーノ、一つ、言い忘れた」

その青い目が一段深みを増し、瞬（まばた）きもなく自分を見た。その右手のグラスの中身が、ピシピシと音を立てて凍りついていく。

「もし裏切るときは、大切な妻と娘は完全に隠したまえ」

表情も、声も、口調もそのままなのに、蛇ににらまれた蛙のように身がすくむ。頭が押さえつけられたかのように重くなった。

言葉の意味に一拍遅れて思い当たり、ぞくりとしたものが背中を駆ける。

何が穏やかそうな男だ――イヴァーノは、自分の初見を苦く笑う。

柔らかな声で話し、助けを与えつつ、支配の糸を張り巡らせる男。

右手で輝く金貨を手のひらにのせ、左手で冷たい刃を首筋に当ててくる。

これほどに貴族らしく、これほどに怖い男に会うのは初めてだ。

なるほど、これが次期スカルファロット侯爵。

自分は庶民の一商人、こうして脅すほど気にかけてもらえるとは光栄だ。

先日、王城の魔物討伐部隊棟で偶然に体験した、現役隊員達複数の『威圧』。あれに比べれば、今受けているこれは、凍てついてはいるが重さはない。

商売人としてなら、ガブリエラの元、それなりに揉まれてきた自分だ。

この程度の恐れで膝をつき、頭をたれるほどヤワではない。

イヴァーノは奥歯を思いきり噛みしめると、意地と根性で視線を上げる。

青の目をまっすぐ見返せば、男はゆるりと口角をつり上げた。

余裕あふれるその顔に、覚えていろと内で吐く。

いつか必ず、真正面から渡り合ってやる。

「……ご安心ください。私は、神殿契約をしております」

気合いで震えを殺し尽くし、商人の顔で笑う。

「私は死ぬまで、ロセッティ商会のイヴァーノ・メルカダンテです」

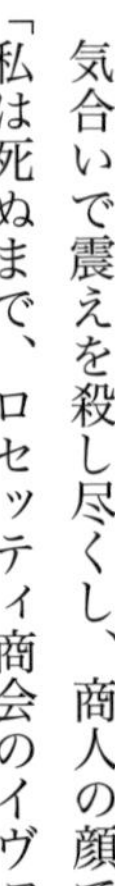

魔物図鑑と人工魔剣制作五回目 ～破壊の魔剣～

本屋に向かう馬車の中、ダリヤは膝の上にそっと水色のハンカチを広げた。

「こんなにウロコを頂いてしまったんですが、本当によかったんでしょうか……？」

ハンカチの上には、艶(つや)やかな赤いウロコが六枚ある。

大きさは多少違うが、どれも龍のウロコらしい独特な流線型で、長さ四、五センチぐらい。

触った感じは、魚などのウロコというより、よく磨かれた黒曜石や陶器のようだった。

ウロコ自体はひんやりとしていて、とても硬質だ。それでいて、立ち上る魔力は細く温かい。

赤から薄赤のグラデーションになったウロコの根元は、ヨナスの血がまだ乾ききっていなかった。

「ヨナス先生が自分でダリヤにくれたんだから、いいと思う」

「でも、きちんとお礼はしなきゃいけないと思います。剥(は)がすのも、ウロコのなくなったところも、とても痛そうでしたし……」

ヴォルフの言葉もわかるのだが、どうにも気がかりだ。

ヨナス自身、痛覚が鈍いと言っていたし、まったく痛そうな顔をしていなかった。

だが、赤い血は確かに腕ににじんでいた。しかも一枚だけならともかく、連続でぶちぶちと六枚もむしったのだ。あの鈍く湿った音を思い出すと、どうしても不安になる。

ウロコのなくなった部分がぽっかりと空き、血がわき上がるのはとても痛そうだった。

じつはヨナスがやせ我慢をしているのではないかと、本気で疑いたくなるほどには心配だ。

「お礼か——小型魔導コンロと干物は贈るつもりだけど、他に何か欲しいものはないか、先生に聞いておくよ」

「お願いします。こちらで準備できるものでしたら、お礼としてお贈りしたいので」

たとえ魔付きのヨナスのものだとしても、このウロコ自体は素材である。

値段を確認し、相応のお礼をしなければいけない。

怪我の分も考えればそれよりも多くと思うが、このウロコの値段がまるでわからない。

「ヴォルフ、このウロコを鑑定や制作のために、人に見せてもいいでしょうか？　オズヴァルドさんなら、たぶんわかると思いますので……」

「かまわない。一応、兄とヨナス先生の名前は伏せてもらえれば」

「わかりました。あ、私、ご挨拶をちゃんとしていなくて——ヨナス先生のフルネームを伺ってませんでした」

あの場で尋ねるべきだった。慌てていたため、ヴォルフとグイードが呼んでいた名前しかわからない。うっかり本日の礼状もきちんと書けないところだった。

「ヨナス・グッドウィン。ランドルフとは遠戚だって。ただ、ヨナス先生は子爵家の出だから、ランドルフの方は知らないだろうって言ってた」

「グッドウィンというお名前は、貴族で多いって伺いましたが、ご一緒なんですね」

「グッドウィンは、初代の王に三兄弟で仕えたという話だからね。そのせいもあると思う」

初めて知った。グッドウィン家は、建国以来、長く続いている家系らしい。

「ダリヤ、これで腕輪の素材はそろったね」

「いえ、まだ森大蛇(フォレストラスネイク)の心臓は見つかっていないので……」

ヴォルフの確認に説明をしようとすると、いい笑顔で答えられた。

「それはもうある。森大蛇(フォレストラスネイク)の心臓は冒険者ギルドに運んで、加工してもらってる。たぶん、来週あたりにはできると思う」

「まさかヴォルフ、獲(と)ってきたんですか？　森大蛇(フォレストラスネイク)って、危ないじゃないですか！」

「いや、俺が一人で獲ってきたわけじゃないよ。隊で棘草魔(ネトルデビル)の駆除に行ったときに出てきたんで、皆で、ついでに」

散歩に行ったついでに野草をむしってきたように言わないでほしい。納得できない。

「私の記憶違いでなければ、森大蛇(フォレストラスネイク)は希少素材で、遭遇確率も低くて、とても強い魔物ですよね？」

「ああ。でも、魔物討伐部隊ではたまに遭遇するし、今期会ったのは二回目だったし、俺達もそれなりに強い」

魔物討伐部隊はあちこちへ行くので、それなりに遭遇する機会があるようだ。

一般的には大変恐れられる森大蛇(フォレストラスネイク)だが、魔物討伐部隊員のヴォルフには、怖いという感覚はないらしい。魔物図鑑にある森大蛇(フォレストラスネイク)の記述を思い出すと、かなりずれを感じるが。

「隊の皆さんが強いのは、ヴォルフを見てればわかりますが……森大蛇(フォレストラスネイク)って、実際、どんな感じなんですか？」

「脂多めの鶏の味に近い。意外に柔らかくておいしかった」

「え？」

「ダリヤのくれたタレでおいしく頂きました」

「はい……？」

待ってほしい、自分が話しているのは、街道で旅人や商人が恐れる森大蛇（フォレストラスネイク）についてだ。森で駆け回っている兎（うさぎ）や鹿の話ではない。

「あの、森大蛇（フォレストラスネイク）って、隊で普通に食べるんですか？　とても小さい個体だったとかですか？」

「俺は森大蛇（フォレストラスネイク）を食べたのは初めてだった。今回会ったのはそれほど大きくはない。鎌首を上げたときが三メートルあるかないかぐらいだから、若めの個体だね」

引き続き、待ってほしい。どんな大きさか頭の中で視覚化できない。

鎌首を上げて三メートルないとして、全長何メートルなのだ。倒すのも解体も恐ろしすぎる。

「甘ダレをつけて、遠征用コンロで焼いたんだけど、脂がいい感じに落ちて、おいしかった。皆、喜んでいたよ」

ヴォルフは笑顔で言うが、一抹の不安がダリヤを襲った。

森大蛇（フォレストラスネイク）を食すのは、もしや、ロセッティ商会の遠征用コンロのせいではないだろうか。

「ヴォルフ、もしかして、遠征用コンロを購入したから、その費用で食事の予算が足りないとか、食料を減らしているといったことはありませんか？　それで仕方がなく森大蛇（フォレストラスネイク）を食べているとか――そうでしたら、隠さずに教えてください」

「いや、違うよ！　そっちの心配は本当にない。ちゃんと予算も食料もあるよ。今回は森大蛇（フォレストラスネイク）の肉が疲労回復にいいって話になって、食べてみることにしたんだ」

「森大蛇（フォレストラスネイク）のお肉って、疲労回復に効くんですか？」

「ああ。王都まで戻るとき、いつもより楽だった」

森大蛇（フォレストラスネイク）というと、つい牙や皮などの素材イメージがあったが、肉もなかなか有用らしい。しかも疲労回復に効くとは。

魔物討伐部隊のお墨付きなので、そのうちに王都でも人気が出るかもしれない。

「話を戻しますが、森大蛇（フォレストラスネイク）の心臓って、隊にお支払いすればいいでしょうか？」

「隊長が魔物討伐部隊（うち）の相談役に献上するんだからいらないって。開発に回してもらえればいいそうだよ」

「いえ、献上って、私がそうそう頂いていいものではないと……」

「相談役だから、隊からすればもう身内か先生扱いだから。もらいづらいなら、ダリヤは差し入れのタレ代だと思っておけばいいよ」

「いや、森大蛇（フォレストラスネイク）の心臓がタレ代って、どんなぼったくりですか？」

悪徳商法この上ない。

そもそも甘ダレは遠征用コンロの追加納品時に、お試しとして作ったものだ。

コンロを試すときに肉につけてもらえればと贈ったのだが、遠征に持っていったらしい。

「じゃあ、今度もう一樽（たる）の甘ダレで、『タレ払い』でいいんじゃないかな。あのタレ、すごく好評だったから」

「『タレ払い』……わかりました、考えておきます……」

やはり後で冒険者ギルドに販売価格を問い合わせよう。

森大蛇（フォレストラスネイク）の心臓は確かに欲しい。

もらえるなら本当にありがたいが、代わりに同価格分のタレを提供するべきだろう。

おそらくは甘ダレだけでは価格に追いつかぬだろうから、塩ダレとバジルソースをつけるべきか。

プラスして、ハーブソルトやミックススパイスでも贈るべきだろうか。

しかし、その場合、量が量なので、どこで調合するべきか――悩みが尽きない。

もはや、魔導具師の仕事ではなく、スパイスショップや料理人の仕事に近い。

いや、ここは魔導具師として、より遠征に便利な魔導具を考えるのが先か。

ぐるぐると考えていると、ヴォルフが尋ねてきた。

「森大蛇（フォレストラスネイク）の干物があるけど、ダリヤはいる？」

「干物、ですか？」

「ああ。残った森大蛇（フォレストラスネイク）を、隊長が中心になって干物にしたんだ」

ここのところ、ヴォルフは大変に干物が気に入っていた。

しかし、まさか隊長のグラートまでも干物に傾倒していたとは知らなかった。

もしかすると、魔物討伐部隊内にも、干物ブームが巻き起こっているのかもしれない。

「森大蛇（フォレストラスネイク）の干物って、おいしいんですか？」

「普通かな。干さない方が俺好みだった。でも、皆は干物を焼いて食べるとか、粉にして飲むとかいろいろ試してる。家で香辛料を入れたスープにするっていう人もいたよ。干物の方が疲労回復効果は強いらしい」

「そうなんですか。じゃあ、今度、塔でも焼くか、スープにしてみます？」

「いや、俺には出さないでほしい……その、あまり体に合わなかったらしくて」

ヴォルフは少しだけ唇を噛む。

試食で鼻血を出したのは、なんとしても内緒にしておきたい。

遠征から戻った夜、お試しということで、兵舎の食堂で希望者が干物を焼いて食べた。

一緒に食べた先輩方のほとんどは平気で、酒を飲んで無駄話をし、夜通し盛り上がっていた。

鼻血を出したのはヴォルフやランドルフなど、若い隊員数人だ。単純に食べすぎだと思われる。

適量を知っていたらしいドリノは、涼しい顔で焼く前に半分懐に入れていた。

なお、『流血の大惨事』と評されたカークともう一人の若い隊員は、毛布を敷いた床に横向きで寝かされていた。ちょっとかわいそうだった。

「謝るのが遅くなったけれど、今日は兄が失礼なことを言って、すまなかった」

「いえ、ヴォルフが心配だったのだと思います。気にしてませんから」

「他に何か気に障ることは言われなかった？」

「大丈夫ですよ、ヴォルフ」

グイードがダリヤに痛い質問を投げてきたのは、会話の最初のうちだけだ。

その後はすぐ謝罪も受けたし、ヴォルフについて心配しているのがわかったので、納得できた。

「俺は、今後、関係を絶つ気も、距離をとる気もないから」

不意の低い声に、息を呑む。

視線を上げれば、黄金の目がひどくまっすぐ自分を見つめていた。

うれしいと強く思った瞬間、グイードの声がよみがえる。

『あなたがヴォルフの弱点となることがあるかもしれない』――それは、おそらくは本当で。

目の前の男は、友人の自分をかばうためであれば、先ほど威圧を出したときのように、ためらいなく戦おうとするだろう。

その必要がないくらいに自分が強くありたいが、現実はなかなかに厳しい。

商会長になっても、魔物討伐部隊の相談役となっても、何かある度に右往左往している。

それでも、情けなくあがいていても、ヴォルフとの絆を切りたくはない、ただ隣にありたい。そう思う。

「……ありがとうございます。私も、そうありたいと、思います」

伝えたいことは言葉にできず、声がうまくつなげない。それでもなんとか、笑顔で答えた。

「あと、俺がまた感情的になって、『威圧』を出してしまって、申し訳なかった……」

「いえ、ヴォルフが私のために怒ってくれたのはわかりますから。ただ、できるだけやめてほしいです。あれ、すごくあせります……」

自分のために怒ってくれたのはありがたいが、いきなり威圧を出すのはやめてほしい。

あれは動けなくなる上に、本当に肝が冷える。しかも、前回の威圧より、今日の方がひどかった。

あのときの冷えと怖さを思い出し、少しばかりふるふるとしていると、ヴォルフがそっと目線をずらした。

「ダリヤ、あの……本屋に行く前に、服屋に行か」

「ヴォルフ！　私はこのまま可及的速やかに迅速に素早く本屋に向かいたいです。あとこの話もう一回出したら、今後ずーっと『スカルファロット様』って呼びます」

ヴォルフの台詞（せりふ）をへし折り、ダリヤは早口で言い切った。

次にこの話題を掘り返されたら、上から砂をかけて深く埋めよう、ヴォルフごと。

「……本当に、すまない……」

うなだれた青年は、しばらく顔を上げなかった。


本屋の少し手前で、馬車が止まった。

三階建ての黒いレンガ造りの本屋は、二枚開きのドアの前、槍（やり）と剣を持った警備が左右にいる。

ちょっと物々しすぎる感じもあるが、この王都ではまだ本は高い。

版画的な印刷がせいぜいであり、大量印刷の技術が普及していないからだ。

このため、薄く小さな本でも銀貨が必要になるし、厚い本や専門書となれば大銀貨や金貨での支払いになる。高価な本を守るため、大きな本屋には必ず護衛が複数いる。

馬車を降りる際、ヴォルフがいつにも増して、そっと手をさし出してきた。

ダリヤは、何事もなかったようにそっと手を重ねる。

先ほどまでのことを絶対に口にすまいとする両者のうち、先に口を開いたのはヴォルフだった。

「ええと、ダリヤ、なにか探している本はある？」

「貴族マナーと、手紙の書き方の本を。貴族マナーの方はオズヴァルドさんに勧められたものを注文していたので受け取り予定です。あと、もし隣国の魔物図鑑があれば見てみたいです」

「ああ、それは俺も一度見てみたいと思っていた」

ダリヤは入り口近くのカウンターに近づき、案内人に声をかける。

予約していた番号を告げると、奥から本の入った袋を持ってきてくれる。予約は前払いなので、その場で中身を確認し、すぐ受け取ることができた。

「ダリヤ、少し見て回ってもいいかな？」

「ええ、もちろんです。この階でヴォルフの探しているものってあります？」

「俺、じつは本屋で本をゆっくり見たことがなくて……」

妖精結晶の眼鏡をかけたヴォルフが、緑の目で困ったように笑う。

その美貌で女性に声をかけられることの多い彼である。眼鏡のない頃は、本屋で本をゆっくり探すこともできなかったのだろう。

「ぜひ、ゆっくり見てください」

一階は童話や小説、生活上の実用書などが並んでいて、人も多い。

二人とも本を触ってもいいように布手袋をつけると、時計回りの順路に従って歩きはじめた。

「ヴォルフって、今までどうやって本を買ってたんですか？」

「隊に来る本屋に、好きな系統を話して、何冊かもってきてもらって、そこから買う形だね。あとはドリノやランドルフに頼んだりもしてた」

その選び方もありだとは思うが、広い本屋でたくさんの本を見るのは、やはり楽しい。

ヴォルフは少し歩いては足を止め、珍しくきょろきょろしていた。子供めいたその動きが、ちょっとかわいくも見える。

童話のコーナーでは、子供の頃に見た本について二人でひそひそと話し、小説コーナーでは出たばかりの冒険者や騎士の物語を手にした。

ヴォルフは旅行記のコーナーで長く足を止め、かなり迷って国内向けの一冊を買っていた。

その後の料理本のコーナーでは、東ノ国（あずまのくに）のレシピ本を見つけ、ダリヤが即、購入を決めた。

一階で本を購入すると、階段を上り、二階に上がる。

二階は主に学術書や専門書などが並ぶ。武器や武具、魔導具関連の本も多くはこの階だ。

「魔剣の本って、ないね……」

「魔剣そのものの数が少ないですからね」

がっかりしているヴォルフが、なんともかわいそうである。

だが、魔剣そのものが、めったに見つからないものなのだ。厚い専門書にするのは解説込みでも無理がある。

それでも、魔剣を含めた武器に関する専門書を見つけると、すぐに購入を決めていた。

少しばかり荷物が増えつつ、三階に上がった。

三階は高額な辞書や図鑑があるので、入り口で名前の記載が必要になる。

場合によっては持ち物の確認もあるため、左右に男女一人ずつの書店員が控えていた。

ヴォルフが妖精結晶の眼鏡を外すと、ダリヤの先に立つ。

ドアの右に立っていた男が親しげに挨拶をしてきた上、名前の確認すらなく、中に通された。

「ヴォルフ、あの……」

ダリヤはそのままエスコートされたが、自分まで名前を書かずにいいのか迷う。

「このままで大丈夫だよ。入り口の彼は、兵舎に本を販売に来てくれていた人なんだ。なかなかゆっくり本を探すこともできないから、俺も何度か本をリクエストしたことがあって。今持っている魔剣と魔物の本は、ほとんど彼に探してもらった」

「そうだったんですか。魔剣と魔物に詳しい方なんですね」

「ああ、でも、それだけじゃないんだ。ランドルフが隣国の小説を思い出して探していたときも、すぐに取り寄せてくれて。先輩方は子供に贈る童話の本なんかも勧めてもらって喜ばれたらしい。他にも、武器関連の本や隣国の農作物の本を探してもらった人もいたよ」

なかなか博識な書店員さんらしい。

今世には、前世のような検索システムはない。探している本を見つけてくれるのはとてもありがたいことだ。できるならいつか、自分もお願いしてみたいものだと思う。

なお、ヴォルフはダリヤに対し、省略した話が一つある。

あの書店員の『イチオシ』は、大判の薄めの本で、表紙が植物や魔物の絵、中身が肌色多めのお姉さんの姿絵だった。

少し話しただけで胸派腰派やそれぞれの好みを把握し、希望する隊員ごとに的確な一冊を勧めるので、隊の若手には大変好評だった。

自分も以前購入した記憶はあるが、その話は死んでもダリヤにするつもりはない。

「いろいろな本に詳しい方なんですね」

「そうだね」

ヴォルフは短く答えると、部屋の中へと足を速めた。


部屋はゆるやかな魔力が流れていた。おそらくは魔導具と魔導書によるものだろう。

奥のガラスケースの中に入っているのは、厚く重そうな辞書と図鑑である。

黒、赤、深緑、紺、金、銀など、濃色の重厚な革の表紙に、ページはすべて羊皮紙らしい薄いアイボリーが映える。

中には繊細な刺繍(ししゅう)や金銀の飾り、色石をはめ込んだものもあり、なんとも芸術的だった。

ガラスケースの中央に、お目当ての隣国の魔物図鑑があった。

黒地に金文字と金の刺繍で飾られた表紙で、思いきり分厚い。前世の厚い百科事典並みだ。

ヴォルフがガラスケースの向こう側の店員と話し、実際に出してもらう。

近くのテーブルの上で、手袋をしたままページをそっとめくると、その丁寧でカラフルな絵に驚いた。幸い、こちらの国の言葉に訳したものなので、ダリヤも問題なく読めた。

数ページめくって手を止めたのは、隣国でしか確認されていない『アルラウネ』だ。

深い緑の髪の若く美しい女性のようだが、下半身は濃い赤の花弁と緑の葉、蔦(つた)につながっている。

マンドレイクの亜種とあり、『声に幻覚作用』という記述がある。

解説に『素材としては、花弁が幻覚防止となる』とまで書かれており、とても驚いた。

隣国ではすでに素材としての知識がここまで公表されているようだ。

それぞれの魔物が、飼育・養殖をされているかどうかの記述もあり、隣国が『牧畜の国』と呼ばれるのがよくわかった。

一角獣（ユニコーン）、魔羊（まよう）、王蛇（キングスネーク）、天狼（スコル）、首無鎧（デュラハン）——他のページをめくっても、絵はどれも精密でカラフルで、内容的にもとても興味深い。

「こちらは、おいくらですか？」

つい見入っていて、ヴォルフの問いかけの声に引き戻された。

「金貨七枚となっております」

店員の答えた額は、ダリヤの感覚としては七十万、さすがにお高い。

だが、これは手描きの複写だろうし、これだけ微細なカラーイラストの図鑑はなかなかないので、当然だろう。中身もとても貴重だ。ぜひ、手元に置いておきたい内容である。

ロセッティ商会の開発費を使って買っていいものか、イヴァーノと相談して買うべきか——悩んでいると、ヴォルフが店員に購入を告げた。

「遠征に行くときの参考にしようと思って。魔物が国境を越えてきた例もあるしね新しい魔物もできるだけ知っておかないと、いつ遭うかわからないから。魔物が国境を越えてきた例もあるしね」

魔物討伐部隊員ならではの言葉を告げながら、彼はさっさと購入手続きを勧めていく。

ダリヤは驚きつつも納得した。

確かに、魔物達に国境はない。どこから移動してくるかはわからないのだ。

昔、隣国で大きな被害を出した九頭大蛇（ヒュドラ）が、国境を越えてきたこともある。

そのときは魔物討伐部隊と騎士団が一丸となって倒したそうだが、被害も甚大だったという。

王都の墓地には、九頭大蛇（ヒュドラ）討伐で亡くなった者達の大きな墓が建てられている。

そこには夏も冬も花が絶えることはない。

「こちらの本は、どちらへお届けしますか？」

「このまま持って帰ります」

魔物図鑑はこちらも黒地に金の飾りがついた豪華な箱に入れられ、さらに艶やかな黒い布で包まれた。まるで宝物のようなそれを、ヴォルフはあっさりと片手に抱いた。

「ダリヤ、兵舎の俺の部屋はあまり広くないし、遠征で留守にすることも多いから、これ、塔に置いてもらっていいかな？」

「え？　あの、ヴォルフ……」

「俺は休みのときはしょっちゅう塔にお邪魔させてもらってるわけだし、ダリヤも素材の参考にすればいい。一緒に読んでも面白そうだし」

ちょっとだけ早口になりながら、黄金の目が迷ったように揺れる。

計画的犯行の匂いがかなりするが、正直、とてもうれしい。

魔物図鑑も楽しみだが、本を読みに来る彼も、一緒に本を読んで話し合うのも待ち遠しい。

「じゃあ、二階に置かせて頂きますね」

部屋の壁際にある本棚の上を片付け、この本を大切に置いておこう。

それと共に、本を汚さぬよう、読むときの手袋をペアで準備しておきたい。

「ありがとう」

「いえ、こちらこそありがとうございます」

二人はとても似た笑顔を浮かべつつ、店を後にした。


本屋の後、ダリヤは以前、ヴォルフと短剣を買った武器屋に向かった。

白い髭を持つ武器屋の主人は、一度しか来たことのない自分を覚えてくれていた。

この前の短剣の付与はうまくいったかと尋ねられ、『なかなか思うようにいかないです』と答えたところ、笑われた。

「慣れないなら当たり前だ。鍛冶見習いなら千本打ってからの話だぞ」

その明るい声に、ふと父を思い出した。

その後、短剣ではなく、一度大きな物に挑戦するのも勉強になるのではと勧められ、魔法付与向きの長剣を買うことにした。

長剣を買うにあたり、ダリヤでは判断がつかず、ヴォルフに任せた。

長さはすぐ決まったのだが、材質について、キレ味優先の剣か、それとも、丈夫で粘りのある剣の方がいいかと、ヴォルフと店主が話しはじめた。

ダリヤにはなかなかわからぬ話である。

ヴォルフが剣を決める間、店主に勧められたので、隣室で魔法付与のある女性用の靴を見せてもらった。耐久性を上げた冒険者の靴というのは、なかなか興味深かった。

だが、戻ってきたときには、ヴォルフは店の主人を『フロレス』と呼び、店の主人も『ヴォルフ』と呼んでいた。呼び捨てで冗談を交えて話し合う二人に、少々驚いた。

ヴォルフとイヴァーノといい、マルチェラといい、男同士というのは、距離感が消えるのがとても早いように見える。ちょっとだけ、うらやましかった。

そして、武器屋で選んだ長剣をようやく塔に持ち帰ったのが今である。

一階の作業場で、ダリヤとヴォルフはそろって作業着を身につけた。

ここしばらく、微風布（アウラテーロ）の開発に遠征用コンロのプレゼン、その後はヴォルフの遠征と、人工魔剣制作がまったくできなかった。

時間のとれた今日こそ、そして今回こそ成功をと、二人とも気合いが入っている。

「では、今回は長剣で、魔封銀を接続部分、両方向に二重にしてやってみたいと思います」

「ついに長剣だね！」

跳ねそうな勢いで言うヴォルフを横に、笑いをこらえつつ、作業台の上を確認する。

そこにあるのは魔法の付与ができるお手頃価格の長剣と、魔封銀を入れた小箱だ。

剣は、持ち手である柄（つか）が黒、鍔（つば）は銀で飾りがない。

濃い灰色の鞘（さや）、鈍い銀色の刃（やいば）、地味な見た目ではあるが、しっかりとした厚みと長さで、ダリヤが簡単には持てないぐらい重い。

移動させるときにその重さに驚き、場合によっては遠征で二刀流になるというヴォルフに、さらに驚いた。

ダリヤがこの剣を振ったら重さに体がもっていかれるし、そもそも構えられないだろう。

感心しつつも作業を進めることにする。

両手にちょうど乗るぐらいの金属の箱には、魔封銀がたっぷり入っている。

蓋（ふた）を開けると、とろりとした銀色が、自分の魔力で少しだけ表面を動かした。

ダリヤは声を出さなかったものの、少しだけ慌てる。

魔封銀は、特殊鉱と呼ばれる変わった金属で、魔法を付与すると、液体から固体になる性質がある。うっかり多く魔力を通して固まらせてしまうと、使えなくなるのだ。

最近、魔力が上がった自分は、制御しているつもりでも時折揺れが出るらしい。

気を引き締めて制作にのぞまねばと思う。

「今回も、刃に研ぎいらず、鍔に水の魔石で洗浄、柄に風の魔石で速度強化、鞘に軽量化、ネジに硬質強化でいいでしょうか？」

「お願いできるなら、刃に研ぎいらずじゃなく、火魔法の付与ってできないかな？」

「グラート様の灰手（アッシュハンド）みたいな感じですか？」

ダリヤも見せてもらったが、グラートが持つと高熱と魔力を立ち上らせる、なんとも不思議な剣だった。大型の魔物まできれいに焼けるそれは、火力も魔力も桁違いだ。

「ああ。灰手（アッシュハンド）で干物を作ると、本当に効率がいいんだ。鮮度も保てるし」

どう聞いても魔物討伐部隊の台詞ではない。漁師か漁村に住む者の希望にしか聞こえない。

「灰手（アッシュハンド）みたいには無理ですが、少しだけならいけるかもしれません。ちょっと待ってください……」

メモに数値を書き連ねて計算をする。絶対に怪我をしないよう、二度計算し直し、余裕を持った安全範囲を出した。

「炎の魔石三つまでですね、私の今の魔力で安全につけられるのは。小魚とか緑イカぐらいしか無理な火力ですし、鞘が熱遮断の付与になりますけど、いいですか？」

「もちろん！」

ヴォルフが笑顔で了承した。

作業机の上に熱遮断の金属板を置き、ヴォルフに分解してもらった剣を並べる。

最初に、刃に、炎の魔石三つを使って、火魔法の付与をした。

指先右に魔石、左に刃を置き、指先の魔力を中間からゆっくり流していく。

いつもの虹色の魔力ではなく、赤と橙（だいだい）を行き来する光が、魔石から刃に細い線のように移っていく。指先にじわりと熱を感じるが、自分の魔力を絡めているので、火傷（やけど）をすることはない。

「ダリヤ、本当に熱くない？」

「大丈夫ですよ、暖かい程度です」

前もって説明したのだが、ヴォルフがひどく心配そうだ。ダリヤは笑んで作業を続けた。

しばらくすると、刃が薄く赤みを帯び、熱が目で見えるようになった。

だが、この効果はどれぐらいもつものか。遠征用コンロであれば魔石そのもので取り替えが利くが、これはそうはいかない。お試しとはいえ、ちょっと剣がもったいない気もする。

王城には付与をはがせる魔導師もいるという。付与した魔法が切れたらお願いできないか、ヴォルフと話してみる方がいいかもしれない。

鞘には、ストックしてある鎧蟹（アーマークラブ）の殻を使い、熱遮断を付与することにする。

鎧蟹（アーマークラブ）は、岩場や砂地にいる二メートル以上の蟹（かに）で、鎧（よろい）という名前の通り丈夫な殻を持つ。

殻にはある程度の熱遮断の特性があり、火魔法では倒せない魔物だ。

魔物図鑑には、氷魔法に弱いと記載があった。

「鎧蟹（アーマークラブ）の殻って、熱遮断の付与素材にもなるんだね。鎧か盾の強化素材としか思ってなかったよ」

「鍋になったりもしますよ。金属の使えない薬草なんかを煮るのに便利なので」

ダリヤの手元にあるのは、鎧蟹（アーマークラブ）の大きな面を取った残り、その殻を小さく砕いたものだ。これでも十分、熱遮断の素材になる。

「ヴォルフは、鎧蟹（アーマークラブ）を討伐に行ったことはあります？」

「いや、ない。あれは冬、動きが遅くなった頃に冒険者が獲りに行くから、討伐するほど大発生しないんだ。食料としてなら食べたことはあるし、見たこともあるけど」

鎧蟹（アーマークラブ）は、身も蟹味噌（かにみそ）もおいしい。王都でも冬になると出回る食材だ。捨てるところが一切ないと言われる鎧蟹（アーマークラブ）なので、とても納得した。

話を区切り、赤と白の混ざり合った粉に、一気に魔力を注ぎ込む。

鎧蟹（アーマークラブ）の殻は、魔導具用の溶解液を必要としない。魔力を注げば粉は擬似（ぎじ）的に液体になり、その後に薄い膜を作る。

このため、液体になった時点で、鞘の内側に流し込み、膜を貼る感覚で付与していく。

その付与が完成した時点で、今度は鞘の内側を魔封銀で包む。

オズヴァルドから教わった複合付与の方法のひとつが、この魔封銀だ。

接合部に魔封銀をはさんだ上で、魔法を付与するときに方向付けをし、魔力が反発しないようにする——このため、魔封銀の魔力の方向を、一層は外側、二層は内側にし、定着魔法をかけて固定した。

剣が入るように鎧蟹（アーマークラブ）の殻も魔封銀の層も限界まで薄くしたが、少しだけ心配がある。鞘の内部が狭くなり、咄嗟（とっさ）に剣を抜くときにひっかかるようでは使えない。これは後でヴォルフに確認してもらうことにした。

前回と同じく、鍔には水の魔石による洗浄、柄には風の魔石で速度強化を入れる。

こちらもきちんと魔力を止められるよう、魔封銀を両方向で二層に丁寧に仕込んでいく。

銀色のスライムがのたのたと這（は）うような動きを少しだけ楽しみつつ、厚めにしっかりと付与した。

付与では前回との魔力量の差が大きい。鍔と柄に入る魔力量が、格段に多くなった。

短剣から長剣にしたせいか、それとも素材そのものに魔力の入りがいいのか——予想より魔力が多く入る。

安全を考えて一定以上は入れていないが、今回成功すれば、次回は一段強い付与が可能かもしれない。そう考えるとなんとも楽しみだ。

「組み立てる前に、刃のチェックをしますね」

熱いであろう刃に素手で触れるのはちょっと危ない。

数センチ離れたところに指を伸ばすと、ある程度の熱を感じた。

水をたらすと、小さくじゅうっと音を上げ、ゆるりと白い湯気に変わっていく。

「二階から、干物の端っこでも持ってきましょうか？」

「これで試してみよう」

ヴォルフが胸ポケットから包みを取り出す。包みの中には、折りたたまれたクラーケンの干物が入っていた。

「……ヴォルフ、何をポケットに入れているんですか？」

「非常食」

あっさりと言い切ったヴォルフが、いそいそと刃に干物を置く。

刃の上、干物はゆっくりと丸くなり、やがてちりちりと鳴いた。

ヴォルフはそれを取ると、半分にして自分に差し出す。ダリヤは礼を言ってそれを受け取ったが、なんとなく釈然としない。

しかし、干物はいい熱さで、いい柔らかさに焼けていた。

「これ、小さい干物を焼いて食べるのに、ちょうどいい気がする……」

「なぜ、わざわざ剣で焼いて食べなきゃいけないんです？　なんのための遠征用コンロですか？」

何が何でも二人で作った魔剣を活用しようとする彼に、少々呆れてしまう。

そういえば、以前作った、たらたらと水が出る程度の『嘆きの魔剣』。

ヴォルフはあれも大事そうに持ち帰っていたが、一体何に使っているのだろうか。

もっとも、彼ならば眺めて喜んでいるだけと答えられても納得するが。

「とりあえず、大丈夫そうだから組んでみるよ」

慣れた手つきで作業用手袋をはめた彼が、長剣を組み立てていく。

「反発はないね……鍔から水も結構出るし」

呆気なく組み上げた長剣、その鍔から、すうっと刃の両面を覆うほどの水が出た。前回のわずかな水とは段違いだ。

「ちょっと、あっちで振ってみるよ」

作業机の反対側へと移動し、壁に向かって剣を振る。

彼は本気ではないのだろうが、風を斬り裂く音で剣が歌った。ダリヤは思わず身をすくめる。

「結構速度がのるね。慣れれば使いやすそうだ」

「よかったです。あとはどのぐらいの期間、刃の付与が持つかですね」

ヴォルフが戻ってきて、作業用のテーブルに剣をそっと置く。

魔法付与された長剣は、薄赤く熱せられた刀身となった。

だが、鞘に入っていると外観はほとんど変わらない。

振ったときの感覚について彼に尋ねようと机に手をついたとき、机上の熱遮断の金属板、そのわずかな振動に気づいた。

「え？」

よく見れば、上の剣が微妙に震えている。またも『這い寄る魔剣』になったのかとあせったが、耳を澄ませば、小さくちりちりと音がしていた。

今度の剣は、鳴くのだろうか？——二人で無言で顔を見合わせた、そのときだった。

わずかだった振動は一段大きくなり、キーンと妙な共鳴音を響かせはじめる。

「なんだか微妙そうなんで、解体しますね！」

「いや、危なそうだから俺がやるよ！」

二人が慌てている間に、目の前の剣が立てる音は、みしみしと嫌なものに変わった。

咄嗟に、ヴォルフはダリヤを椅子ごと後ろに引き、我が身を滑り込ませて立つ。

次の瞬間、パリン！　とかん高い音が響いた。

「ヴォルフ！　怪我はないですか⁉」

「ああ、平気だよ。継ぎ目が取れただけで、飛び散ってはいないから」

机の上で、魔封銀の部分がそれぞれ二層にはがれ、長剣はパーツごとに分解されていた。鞘も半分ほど外れている。

「すみません、まさか自壊するとは……」

計算上では問題ないはずなのだが、何がいけなかったのだろう。

魔封銀はいつも使っている店のものであり、劣化はない。

オズヴァルドにも確認した計算式なので、魔封銀自体の魔力止めの容量は超えていない。

付与は丁寧に行った、魔力の部分漏れもない――ということは、魔封銀を両方向に二重に定着させても、魔力は完全にカバーできないということか。

魔封銀は片方向に魔力を止める力は強いが、両方向では互いに剥離してしまうので、通常の計算値より弱くなるのかもしれない。

これらの点について、どんなカバー方法があるのだろう、調べる方法はあるだろうか？

オズヴァルドにもさすがに『魔剣を作っています』とは言えないので、この部分は詳しく相談できそうにない。

その他の可能性としては、自分の入れた魔力が予想以上に多かったということもある。

だが、今、魔力切れを起こしていないことから、これは除外してよさそうだ。

何にしても、この結果は予想外である。

魔力が強いときには、魔力防御の高い希少素材をはさむ、カバーにするという方法もあると聞いた。次の人工魔剣制作は、まず素材探しからになりそうだ。

「素材の魔力確認をより詳しくして……個体差はどう確認すれば……」

ダリヤがいろいろと考え込んでいると、ヴォルフが転がる鞘を悲しげな顔で撫(な)でていた。

「こんなにバラバラになってしまって……君達は、死ぬほど魔剣に生まれ変わりたくなかったんだろうか？」

「ヴォルフ、その剣に意志のあるような言い方はやめましょう」

バラバラになった剣に問いかける彼に、いろいろと浮かぶ怖い考えを振り払う。

以前の人工魔剣制作で這い寄るように動く魔剣ができてしまったことがある。魔力の強弱によるものだが、大変にあせった。

あのとき、ヴォルフに『宿るとしたらダリヤの……』と言われ、父と先祖の霊が宿ることを想像し、震え上がった。

しかし、人工魔剣はそもそも魔導具である。いつも自分が作っている魔導具、その一種だ。

そして、目の前の剣はただの分解された剣である。

少々おかしな音がしただけで、魔力の関係でバラバラになっただけで——父もご先祖様の霊も、その他何も宿ってはいないのだ、絶対に。

ダリヤはまたもや怖くなりかけた考えを振り切って、刀身を見つめた。

「今回は、さすがに名前もつけられないですね」

今回は魔剣としては成立しないままに終わった。名前をつけるのは難しいだろう。

「いや、せっかくだから名前はつけてあげないと……」

「バラバラになったんですよ？　『バラバラ魔剣』とか『組み立てられない魔剣』とか、『自壊の魔剣』になっちゃうじゃないですか」

「ダリヤ、君はどうしてそうかわいそうな名前をつけようとするのか……」

素直に正しく表現した名前を告げたら、ひどい嘆きの顔を返された。なぜだ。

「……ここは素直に、『破壊の魔剣』と呼ぼう」

静かな声で告げる彼に、ダリヤは目を細くする。

自分の名付けセンスがないのはわかっているが、ヴォルフの名付けも大概である。

「おかしくないですか、ヴォルフ？　魔剣として成立していないですし、破壊したのは本体なんですよ」

「いや、そこは魔剣としての浪漫を名前にも求めないと」

「その浪漫は、本当に名前にも必要なんですか？」

「魔剣の名付けにも浪漫は絶対に必要です」

真面目な顔で言い切った彼に対し、ダリヤは魔封銀をすくっていたガラスのスプーンを、黙ってテーブルに転がした。

からんと裏表を返したスプーンに、今度はヴォルフが黄金の目を胡乱げに細める。

「ダリヤ……匙を投げることはないんじゃないかな？」

「私にその浪漫は理解しがたいものですので」

「いいや、ぜひ理解してほしい」

「それはヴォルフが、自分一人でわかっていればいいじゃないですか」

「いや、ぜひ君とこの浪漫を共有したい。ここは俺が、詳細に明確に、魔剣の名付けの浪漫について解説しよう！」

「ご遠慮します！」

ヴォルフとも相容(あいい)れない部分があるのだと、とても納得した日だった。

幕間　商会員による下請け依頼

イヴァーノは馬車を降りると、視線をゆっくりと左から右へ流した。

オルランド商会の建物は、昼少し前の時間だというのに、人の流れが少なく、荷の動きもない。

前回ここに来たときには、もっと活気があった――そう思いつつ足を踏み出すと、視界に一人の女が入った。建物の少し手前、どこか所在なく中をうかがっている。

過去に商業ギルドで何度か会っている、イレネオとトビアスの母だ。

その横顔に、とても老け込んだと感じる。以前は、五十代とはいえ、艶(つや)やかで豊かな赤茶の髪と、ふくよかながらも若い頃の華やかさを感じさせる雰囲気があった。

だが、今の彼女は白髪の目立つ髪を結い上げ、着ているドレスは少しばかりゆるそうだ。何より暗さのあるやつれが先に立つ。

「オルランド前会長夫人、お久しぶりです」

「……ああ、イヴァーノさん、お久しぶりです」

商会手前で先に声をかけると、彼女は目を見開いて挨拶を返してきた。

我ながら、見た目はかなり変わったと思う。

深い紺の三つ揃(ぞろ)いに布目の細かいアイボリーのシャツ、癖を活かして流れをつけ、梳(くしけず)った芥子(からし)色の髪。ありがたいことに、服の見立ては服飾ギルド長のフォルト、理髪店と理容師はオズヴァルドの紹介だ。

運搬も手伝うため、ラフな格好をしていた商業ギルド員の頃とは、いで立ちどころか雰囲気も変わった自負がある。

初日、これは無理がありすぎると鏡の前で身悶(みもだ)えたが、妻と娘二人による『パパ、すっごくかっこよくなった！』コールのおかげで平気になった。いたって単純なものだ。

「イヴァーノさん、とてもご立派になられて……ガブリエラ様は、さぞお喜びでしょう」

「どうでしょう。このところ忙しく、副ギルド長とはほとんどお話もできませんで」

妻や父母と言わず、ガブリエラの名前を出すあたりは、やはり前会長夫人だけのことはある。

イヴァーノは営業用の笑顔を作り、わざとそのまま言葉を待つ。

「……お変わりはありませんか？」

「私はこの通りですが。それとも、別のどなたかのことでしょうか？」

尋ねられたのは、ダリヤのことだとよくわかっている。

だが、それをぼかして紺藍の目を彼女に向けた。

「今のうちの商会を見たら、お笑いになるでしょうね、ダリヤさんは」

「まさか。うちの会長はそんな人ではありません」

低く悔恨を含んだ声に対し、イヴァーノはわざと大きく笑う。だが、返ってくる言葉はなかった。

「本日は商談で参りましたが、案内をお願いできますか？　できれば長く続くお仕事をお願いしたいと思いまして」

「失礼致しました。ご案内致します」

まるで中に入る口実を探していたかのような彼女と共に、商会の入り口を過ぎた。

「ロセッティ商会のメルカダンテです。商談の件で参りました」

「ようこそおいでくださいました、メルカダンテ様。間もなくイレネオが参りますので、先にご案内致します」

待っていたらしい商会員が自分を応接室へ案内しようとし、続く前会長夫人に困った顔をする。

「大奥様、あの――」

「ああ、私がオルランド前会長夫人にも同席して頂こうかと思いまして」

イヴァーノがそう言うと、商会員はひどく困った顔をしつつも、応接室へ案内してくれた。


イヴァーノがここに『ロセッティ商会』として来たのは、イレネオと話したり、素材を受け取りに来たりで三度目だ。

グイードが、招かれた晩餐会でロセッティ商会を推してくれたおかげで、防水布などの魔導具発注は急激に増えた。

それと引き換えに、オルランド商会への魔導具発注は一気に減ったはずだ。

次期侯爵の推す商会、しかもその弟と親しい女が商会長。

その商会長に対し、一方的な婚約破棄を突きつけたのが、オルランド商会の魔導具部門の責任者——そこまで知った者がどう動くか、わかりやすすぎる流れで笑えもしない。

だが、ダリヤにもグイードにも言ってはいないが、イヴァーノも少々灰色なことはしていた。

遠征用コンロのプレゼンの翌日、噂雀達へ依頼して、魔物討伐部隊の現状の過酷さを広めること十八日。

強い魔物との戦いで亡くなる者、ひどい怪我を負う者、遠征時の環境や食事のひどさから、家族や恋人との別れ——それでも国民を守るため、魔物と生死を懸けて戦う男達の話を、庶民向けで酒の出る店へ、予算の限りにさえずらせた。

酒が入った男達は、武勇伝を好むものだ。また、噂雀達も話のネタとして好んでくれたらしい。

元々、庶民には人気のある魔物討伐部隊だ。

過酷さと悲壮さを見事に増した話が、短期間で自分の耳に戻ってきた。

そして、その後に同じ酒場にゆっくりと少しずつ撒いているのが、ダリヤによる遠征用コンロの話である。

少しでも魔物討伐部隊の力になりたいと、遠征用コンロの値段を限界まで下げ、裏面に名を刻むことを望んだ商会長、それを誉れと言い切った女。隊長であるグラートは彼女に敬意を表し、魔物討伐部隊相談役を願った——そこまでがセットである。

過酷な魔物討伐部隊の話を覚えていた者達は、今度は自らそれをあちこちへ広めてくれているらしい。

嘘も誇張もない。どこをどう調べられても、一切の虚偽はない。

劇にすらなりそうなロセッティ商会長の話は、するすると人々の間に入っていっている。

いつの間にか、婚約破棄の話は消え、ヴォルフによって囲われたなどの話も薄まりつつある。

むしろ、身分違いの男に対し、自らの仕事で応援する、けなげな女という噂まで出はじめた。

こちらは自分が撒いたわけではないので、自然発生か、どこぞの貴族が裏で動いているものか。

少々気にはなるが、藪から大蛇を出したくはないので、確認するつもりはない。

それと、ダリヤはイヴァーノが折れて魔物討伐部隊用の遠征用コンロを安くした――そう思い込んでいる。だが、そんなことはまったくない。

魔物討伐部隊の使うコンロの裏に名を刻む、それを商会の広告にすると言われたときは、どれほど効果的な宣伝になるかと、胆が冷えたほどだ。

彼女の発想の豊かさは魔導具だけではないのだ、そう思い知った出来事でもあった。

だが、ダリヤにこの件については深く話していない。

その自由な発想に、わずかでもブレーキをかけたくはないからだ。

「お待たせして申し訳ありません」

商会員によって紅茶が出されるのと同時に、イレネオが早足で部屋に入ってきた。

「いえ、お約束の時間より少々早く来てしまいましたので」

イヴァーノはわざとそう言った。実際にはイレネオが少し遅刻している。

前回よりも深くなった隈と青い顔色に、疲れがにじみ出ていた。

「では、今回のお話ですが――」

「イヴァーノさん、こちらでどのように謝罪をすれば、スカルファロット様に手を引いて頂けるでしょうか？」

突然口を開いたのは、前会長夫人だった。

「ヴォルフ様もグイード様も、こちらには何もしていないそうですよ」

「でも、現にうちの商会は……」

「母さんは、黙っていてくれ」

イレネオの、素の顔が割れた。

最初に止めきれなかったのは、自分の母がいることに唖然としていたせいだろう。

「申し訳ありません、メルカダンテさん」

「いえ、はっきりさせておきたいのですが、グイード様は手を出さないように、ヴォルフレード様に止められているとのことです。本人から伺いましたから間違いありません」

「イヴァーノさんは、スカルファロット様と、お話しされる仲で？」

「ええ、まあ。グイード様とは先日も酒をご一緒させて頂きましたね」

言葉に嘘はない。あれが最初だとしても、すでに行き来をする専属の者を回された。

自分はもうグイードから逃げられそうにないが、逆を考えれば、それぐらいの価値が『イヴァーノ・メルカダンテ』にはあるということだ。

ならば、こちらも有効に『グイード・スカルファロット』の名を貸して頂こう。

「話を戻しますが、最近、少しお暇ですか？」

「手の空いている者はおります」

「魔導具関係でお願いしたい仕事が、山とありまして」

「ありがたいお話です。できうる限りお受けします」

間も空けず、条件を聞きもせず、イレネオが即答した。

どうやら、自分の予測以上にぎりぎりらしい。

イレネオの手に浮く青い血管を見ぬふりで、勧められた紅茶を口にする。それなりにうまい葉だが、少々ぬるい。飲み物の毒の有無を指輪で確認するのも、すっかり癖になってしまった。

「……ダリヤさんは、なんと？」

「うちの会長が、何か？」

「ダリヤさんが、うちに仕事を出すのを許されたのですか、当てつけに？」

言わずにはいられなかったらしい前会長夫人に、イヴァーノは口角をきつくつり上げた。

「うちの会長は、そちらへの当てつけなんて微塵も考えていませんよ。会長は、王城に各種ギルドにと、毎日とても忙しいんです。プライベートも大変充実しているようですし……」

紺藍の目線を、二人に下げるようにして笑う。

さぞかし今、自分は嫌な顔をしているのだろう。自覚はあるがやめるつもりはない。

「もう、思い出しもしてないんじゃないですかね。トビアスさんのことも、オルランド家のことも、こちらの商会のことも」

カルロさん、ごめんなさい——イヴァーノは内で詫びる。

俺はダリヤさんの父親ではないし、あなたの代わりなどとは口が裂けても言えない。

それでも、やっぱり、あの婚約破棄には腹を立てていた。

自分にも娘がいるからか、ダリヤの父の最期に居合わせたからか、それともダリヤの元で働くようになって、彼女の人となりを知ったからかは、もうわからないが。

「会長には、こちらとは他と同じに付き合うように言われています。私がどうにかするかと尋ねても、育ちのいい会長には止められますしね」

「メルカダンテさん……」

自分のどうにでもとれる台詞に、イレネオが低く名を呼ぶ。

だが、イヴァーノが視線を向けているのは、前会長夫人の方だ。

ダリヤを育てたのはカルロだ。では、ダリヤに婚約破棄をつきつけた、トビアスを育てたのは誰だ？　無言の問いかけに、女は目を伏せて話しはじめた。

「……私は、トビアスから婚約を破棄したいと言われたときに、その場で賛成しました。トビアスとダリヤさんは、本当は好き合っていないのは見ていてわかりましたから……トビアスが、お互いに思い合える人と一緒になってほしいと……それに、エミリヤさんがこの商会によかれと、その打算も大きかったです」

その打算は、見事にひっくり返った。

子爵家の不興をかうやもしれぬ女を家に迎え入れ、自力で爵位をつかむ女を手放した。

「私は、トビアスを叱るべきでした。少なくとも、筋を通させるべきでした……娘として守るべきだった、ダリヤさんのことをないがしろにしたのですから、今のこの状況は、私の責任が大きいと思います。本当に申し訳ありませんでした……」

苦い懺悔（ざんげ）が響くが、イヴァーノは何も答えない。

これに関し、自分は何か言える立場にない。そして、言いたくもない。

「イヴァーノさん、本日は来て頂いてありがとうございました。できますなら、ロセッティ商会長へ、私からのお詫びをお伝えください。ロセッティ商会の今後の繁栄と、よいお取引、よい商売をお祈り致します」

妙に静かな声で言われ、視線を合わせれば、その目には覚えのある色があった。

その最低の色を錯覚だと思いたいが、女の言葉が追い打ちをかける。

「イレネオ、邪魔をしてごめんなさい。言われた通り、ここにはもう来ないから、商談と今後がうまくいくことを祈ります……」

前会長夫人は息子に向けてわずかに笑むと、一度だけ深く頭を下げ、部屋から出ていった。

「申し訳ありません、メルカダンテさん。身内の恥を――」

「オルランド会長、今すぐ追って、人をつけてください」

我に返ったように謝罪しはじめるイレネオに、イヴァーノは強く告げる。

「母君、俺の父が亡くなる前と同じ目をしていました。邪推（じゃすい）かもしれませんが、しばらく一人にしない方がいいです」

「すみません！　少し失礼します」

イレネオは顔を作ることも忘れたらしい。ひどく慌てて部屋を出ていった。

イヴァーノは長くため息をついた。

一人になった部屋、テーブルにある紅茶のポットから、遠慮なく残りをカップに注ぐ。

ちょっと濃すぎて苦い。それでも、喉に流せば少しだけ落ち着いた。

あの目の色だけは、一生慣れることができそうにない。


イレネオが戻ってきたのは、十五分ほど後のことだった。

「申し訳ありませんでした。ありがとうございました、メルカダンテさん」

深く一礼されたが、先ほどの忠告が当たりか外れかは、互いに口にしなかった。

イヴァーノは話を切り替えるため、鞄(かばん)から説明用の書類を出し、机に並べはじめる。

だが、それを目の前の男が止めた。

「メルカダンテさん、お願いがあります」

「なんでしょう？」

「うちの従業員であなたの目にかなう者があれば、声をかけてやってくださいませんか？」

「それは、私に『引き抜け』ということでしょうか？」

「商会長である私からはそうは申し上げられませんが、辞めさせる前にあなたから声をかけてもらえれば、あなたにとっていい部下になるはずです。本人も首を切られたという傷を負わずにすむ」

イレネオの握りしめる両手は、ひどく白い。

自分の父も商会をあきらめる前に、こんな手をしていたことがあったのかもしれない。

イヴァーノは、首元のタイを人差し指で引いてゆるめた。

「お互い腹を割りましょう。こっちは人がものすごく欲しいです。そっちはどのぐらいの期間で、何人減らす気ですか？」
「……四ヶ月で、四分の一です」
「オルランド商会長、その人数を切るのが悪手なのは、わかってますよね？」
「ええ」
「四分の一、丸ごとこっちで頂くとしたら、俺、二年、いや一年半でこの商会、喰えますよ」

頭の中で数字をはじく。四分の一の人員、そのうち使える者が半分としても、自分はオルランド商会の顧客、その商売を横からさらえる自信はある。

「……それでも、一年半の延命は可能です」

振り絞った声は、それでも商会長の声、人の上に立つ者の声で。

父であるオルランド前商会長とあまりに似ていることに、内で驚く。

「延命して望むのは、商会の再起ですか？　だいぶ厳しいとは思いますが」
「商会関係者を、少しでも、守れる可能性と時間を」

迷いなく言い切った男に、イヴァーノは安堵する。

少なくともイレネオは、まっとうに人を思い、人が使える。

安易に人を切り捨てるのではなく、部下を守ろうとする商人だ。

「メルカダンテさんは……何がお望みですか？」
「自由です。うちの会長が好きなことをできる自由が、俺が好きに商売をできる自由が——誰にも邪魔されない自由が欲しいです」

迷いつつ聞いてくる男に、正直に答える。

オルランド商会の消滅など望まない。そこにロセッティ商会の利益はない。

使えるものならば、過去の禍根より、未来への投資として、有効に使うべきだ。

ダリヤは魔導具で人の笑顔を積み重ね、自分は信頼と黄金を積み重ね、共に揺るがぬ商会を作りたい。そのためには、有能な部下、使える部下が絶対に必要だ。

「オルランド商会長、この商会の労働力、全部ください」

「え？」

「うちの仕事を最優先にしてくれる下請けとして、商会丸ごと。ロセッティ商会の傘下に下ったとなれば、どこも手を出さないでしょう。そのように根回しします。つぶさせません。規模を縮小することもありません。横槍(よこやり)も止められる限り止めます」

「しかし、それではダリヤ嬢、いや、ロセッティ商会長が他からなんと言われるか……」

「あはは……なんだ、まだ『義兄気取り』が抜けてなかったんですか」

イヴァーノは、わざと大げさに声を立てて笑った。

「うちの会長は、婚約破棄の後からずっと、どんな噂に対しても『気にしない』と言っていました。何か言われたところでもう痛くも痒(かゆ)くもないですし。それに、これからそれを言えるほど度胸のある人間って、どれぐらいいるんですかね？」

元婚約者の所属する商会を自分の商会の下に置いた――それが恨みや復讐(ふくしゅう)だと言いたい者には言わせればいい。

ただし、声を大きくして言えるものならば、だ。

魔物討伐部隊御用達商会の商会長、そして相談役、来年は男爵という地位。

侯爵であるグラートの覚えよろしく、次々と流行の魔導具を生み出していく有能な魔導具師。各ギルドが喜んで推薦状を書くような者を、誰が敵に回したいものか。

もっとも、敵となるならそれはそれ。真正面か裏からかはわからないが、この自分が全力で動くだけの話だ。

「わかりました……下請けの条件をお教えください」

「下請けじゃ『通り』が悪いでしょうから、『業務提携』と呼びましょう。さばきたい仕事が山とあります、回せるものは回します。あちこちにはこちらから連絡、できる限りで保護もします。何かあれば相談も受けましょう。ただし、代わりに、ダリヤさん、およびロセッティ商会に不利益になることをしないという神殿契約を、お二人で入れてください」

「二人とは？」

「オルランド商会長、あなたと、魔導具関連責任者のトビアスさんです。ああ、もちろん費用はこちらで持ちますよ。うちからの条件はこんなところですね。返事は今日を入れて三日待ちます」

有無を言わさぬ早さで、話をたたむ。

条件を譲る気がないのをはっきりと表情（かお）に出し、イレネオを見つめた。

「……イヴァーノさんは、やはりお爺様（じい）似ですか？」

「いいえ」

昏（くら）い声の問いかけに、イヴァーノは即答する。

前回のイレネオとの会話で、自分は似た質問にたじろぎ、全力で表情を守った。

だが、もうその棘（とげ）は自分を傷つけない。

『冷血なる商会長』と渾名されたやり手で、一代で商会を作り上げた祖父。

『人徳ある商会長』として尊敬はされたが、甘すぎて商会をつぶした父。

商売人としての鎧をまといはじめた自分には、どちらもただの思い出だ。

自分は祖父とも父とも違う人間、違う商人だ。

「最近気がついたんですが、私は、父にも祖父にも似ていないようです」

「そうですか……」

イレネオがそっと黒の視線を下げた。返される言葉は、もうない。


「これからは、俺を『イヴァーノ』と呼びませんか？　『イレネオ』」

確認することもなく、先にイレネオを呼び捨てにする。

商会長に対し、他商会の商会員でしかない自分がこんな提案をするのはおかしい。

それでも、これは確認の儀式のようなもの。

親しげに呼び合っても、自分達はもう対等ではない。

黒い瞳によぎった光は、反感か、あきらめか――

それでもこの男は、守りたい者達のために膝を折り、自分の手を取るしかない。

「……そうさせて頂きましょう、『イヴァーノ』」

イレネオはもう、自分の好敵手ではなかった。

届け物と大先生の教え

「これはどこにしようかしら……」

ダリヤは部屋を見渡し、追加の書類ケースの置き場に少し迷った。

ロセッティ商会が商業ギルドから借りているこの部屋も、少しばかり手狭になってきた。

とにかく書類が多く、束ねて置いてある棚は間もなく満杯である。手紙を入れている大きな革箱に至っては、蓋の上に本を載せて圧縮し、漬物のようにしている有様だ。

ダリヤは前世で使っていたパソコンとスキャナーが欲しいと、しみじみ思ってしまう。こればかりは高い魔力を持つ素材を集めても難しそうだが。

魔導具関連の製品はとうに商業ギルドから直送とは行かず、近くに倉庫を借りている。

幸い、右から左に流れていく状態なのでそれほどスペースはいらない。だが、個数は多いので、在庫管理が大変そうだ。

それでも、イヴァーノは提携先をいくつか見つけたとのことで、平然と一人で取り回していた。

オルランド商会も提携先の一つとして仕事を出すと言われたが、すぐ別の商会の話を続けられたので、了承だけして詳しくは聞かなかった。

おそらく、イヴァーノはまだ自分に気を使っているのだろう。商会同士の付き合いならば何も気にしないのだが。

ただ、少し意外だったのは、商会の人員を増やそうとしていた彼がここにきて、時間をかけたい、と言ってきたことだ。

『今後は王城や貴族の絡む取引となるので、商会員は信頼できる者を慎重に探したい。それまで金額はかかるが、商業ギルドからのサポート人員で回したい』――そう言われて、納得した。

今は、ギルドからサポート人員として来てくれている者が二人いる。

外への手紙や書類運びなどもお願いしているそうで、ダリヤは直接ゆっくりと話したことがないが、イヴァーノの負担が減ればと願っている。

『貴族後見人』については、ヴォルフは遠征が多いので、代理として兄であるグイードではどうかと持ちかけられた。

少し考えたが、ヴォルフの勧めもあり、ありがたく受けることにした。

ヨナスのウロコにグイードの保証人、二人ともに借りができてしまったので、ヴォルフに何か返せるものはないか尋ねてもらうようお願いしている。

ちなみに、ヴォルフは先に多種類の干物を山と持っていき、とても喜ばれたと笑っていた。

先日のことを振り返り、グイードが室内で干物を焼いているのではないかと不安がつのったが、どうにも聞けなかった。

そしてもう一つ。

ジルドが『貴族後見人』を申し出てくれた件はどうしたらいいのか、イヴァーノに尋ねた。

だが、『あれは心配だから早く貴族後見人をつけろという意味らしいです。頼めば実際になってくれたと思いますけど』と説明され、深く納得した。

ジルドという男は、根は優しく、行動は大変早いが、どうも意地っ張りというか、やり方が素直ではない。最初から考えていることを詳しく説明してくれたらいいのにと、つい思ってしまう。

それでも、副ギルド長のガブリエラに聞き、申し出のお礼とお詫（わ）びを必死に手紙にしたためた。

そして、遠征用コンロ二台と微風布（アウラテーロ）のマフラーを十本ほど一緒に贈った。

ようやく済んだと安堵（あんど）した翌日、隣国の魔羊（まよう）の毛で編まれた赤い高級絨毯（じゅうたん）と高い緑茶、かわいらしい花細工の砂糖菓子、流麗な文字の礼状が塔に届いた。

本当に細やかで、泣けるほど行動の早い方である。

ダリヤは胃痛を抑えながら、慌てて再度ジルドに礼状を返した。

頂いた緑茶と砂糖菓子は、大変おいしかった。


「やあ、少し早く来てしまったけど、いいかな？」

「ようこそ、ヴォルフ様。今はお客様もいないので、楽にしててください」

出迎えに出たイヴァーノが、ヴォルフを商会部屋に招き入れる。彼が数日ぶりの休みなので、ダリヤは夕食を共にする約束を入れていた。

「ダリヤさん、ヴォルフ様が早くいらしたんです。帳簿確認は終わりましたし、今日はもう上がってもいいんじゃないですか？」

「イヴァーノも早く帰るならそれでいいです」

「いえ、俺はもうほんのちょっとだけ、書類の確認がありまして……」

「それなら私も一緒に確認します」

イヴァーノはダリヤが帰ってからも働こうとすることがあるので、できる限り目を光らせている。

先週の夜は、ガブリエラがにこやかに商会部屋の使用時間——実際はそのようなものはないのだが、それを理由に帰らせたそうだ。

『自分も間もなく帰ります』と、ダリヤに言ったその日のことである。油断ならない。

大事な部下を、前世の自分のように過労死させてなるものか。

「わかりました。では、俺もこの書類を箱に入れて、棚にしまったら帰りますので」

「じゃあ、それを待とう。三人で一緒に部屋を出ればいいよ、イヴァーノ」

ヴォルフにも話してあるので、このことに関するイヴァーノの信頼は皆無である。

二人に言われたことで、イヴァーノが苦笑して両手を上げる。そして、言葉通り、書類を箱に入れはじめた。その様子にヴォルフと無言で笑い合っていると、ノックの音がした。

「ロセッティ商会様に、冒険者ギルドよりお届け物があるとのことです。あの、すでにお待ちなのですが、お通ししてよろしいでしょうか？」

「はい、お願いします」

確認に来たギルド員が妙に緊張しているのは、ここに大先輩であるイヴァーノがいるからか、それとも伯爵家のヴォルフのせいだろうか——そう思いつつ、ダリヤはサインをするためのペンとインクを取り出す。

隣ではヴォルフが椅子にくつろぎ、向かいではイヴァーノが箱に入らぬ書類を一括(ひとくく)りにし、紐(ひも)をきりきりと引っ張っていた。

「お久しぶりです、ロセッティ商会長。夕刻に申し訳ありませんが、森大蛇(フォレストラスネイク)をお届けにあがりました」

「アウグスト様！」

ドアをくぐってきた男の顔を見て、驚きに声が高くなる。

ヴォルフも目を丸くし、イヴァーノに至っては手元の紐をぷつんと切ってしまった。

「先触れもなく申し訳ありません。ちょうどこちらに用向きがあったものですから」

銀の箱を重ねて持ってやってきたのは、冒険者ギルドの副ギルド長、アウグストだった。

赤茶の目を細め、とてもいい笑顔で挨拶をされる。

なぜ冒険者ギルドの副ギルド長が自分で素材を届けに来るのだ、そこはギルド内の運搬員か、運送ギルドに頼むところだろう。そう思ったがどうにも言えず、慌てて椅子を勧める。

「ああ、ヴォルフレードもこちらでしたか。ちょうどよかったです」

笑顔で机の上に並べられたのは、三つの魔封箱。一つは大きく、他二つは小さい。

「こちらが森大蛇（フォレストラスネイク）の心臓と牙、皮も少しあります」

「この前のものがあがってきたのですね」

「はい。心臓は大変きれいに仕上がりましたよ」

一番大きい魔封箱の中身は、先日の遠征で魔物討伐部隊が獲（と）ってきた森大蛇（フォレストラスネイク）らしい。

「よかったね、ダリヤ。これで腕輪が作れる」

「あ、ありがとうございます」

うれしげに言うヴォルフだが、今、自分がつけている魔導具の腕輪は、作るのが大変に難しい。

オズヴァルドからは、一年から数年で作れるようになると言われたが、ちょっと魔力が上がっただけで振り回されている身としては、なんとも自信がない。

「こちらはブラックスライムの粉が一体分、こちらが一角獣（ユニコーン）の雌の角です」

「あの、スライムを注文したのは他の商会にですし、私は一角獣（ユニコーン）の注文をしていませんが……」

アウグストの説明に慌てて答えた。

ブラックスライムの粉は、オルランド商会に注文したはずだ。一角獣（ユニコーン）を注文した覚えもない。

「いえ、この二つは贈答品としてお受け取りください。うちのジャンより、お礼の品です」

「ジャンさんから、私にですか？」

先日贈った、小型魔導コンロのお礼だろうか。でも、あれはロセッティ家の謝罪として贈ったもので、返礼されるようなものではないはずだ。

思いを巡らせていると、アウグストが自分に向かって微笑（ほほえ）んだ。

「ロセッティ商会長、ジャンにゾーラ商会長をご紹介頂いたそうで、ありがとうございました。いろいろと面倒を見て頂いたようで、ジャンは今では、ゾーラ商会長を『先生』と呼んで慕っております」

アウグストから差し出されたカードには、角ばった几帳面（きちょうめん）な字で、当たり障りのないお礼の言葉が書かれていた。

ジャンのサインの横、飾りに押された小さな蠍（さそり）模様のスタンプに、ダリヤは笑みをこぼす。

どうやら、ジャンはオズヴァルドのところで、おいしい蠍酒（スコルピオ）が飲めたらしい。

「ゾーラ商会長のご指導のおかげで、ジャンは仕事時間を減らしても、今までと遜色（そんしょく）ない働きです。体調も戻ったようで、新しい仕事も受けてくれました」

「そうでしたか……よかったです」

「ジャンの獲ってきたブラックスライムのもう一体は、粉にしてオルランド商会に回しました。いずれあちら経由で届く形になるでしょう」

即行でブラックスライムを二匹獲ってくるあたり、彼はやはり元上級冒険者なのだと納得した。

いつかブラックスライムの生息状況や、その獲り方についても詳しく聞いてみたいところだ。

「ブラックスライム……粉でも油断できない……」

横で小さくぶつぶつとつぶやくヴォルフに関しては、そっとしておく。

「私からも、ダリヤ嬢にお礼を申し上げたいと思いまして――ご紹介頂いた後に、ジャンの妻子が戻ってきました。彼の家庭が守られて、本当によかった。上に立つ者として彼に無理をかけ続けていたので、安心いたしました」

「お言葉をありがとうございます。でも、どうか私ではなく、ゾーラ商会長にお伝えくださいませ。ジャンさんがお元気になられたなら、本当によかったです」

ジャンが家族とまた一緒に暮らしていると聞いて、なんともうれしくなった。

きっと、ジャンはオズヴァルドと蠍酒（スコルピオ）を飲みながら、いいアドバイスをもらえたのだろう。

それで、オズヴァルドを『先生』と呼ぶようになったにちがいない。

「ジャンはとても幸せそうですよ。少々、『幸せ疲れ』はしていますが……」

「え？」

いきなり苦笑したアウグストに、思いきりあせる。

「あの、ジャンさん、どうかなさったんですか？」

妻子が戻ってきたのに、幸せに疲れているとはどういうことか。

また、家族のために無理をして働いているのではないか。ダリヤは一気に心配になった。

「なんでも思うところがあって、今の奥様と話し合ってやり直しをすると共に、前の奥様に謝罪をしに行ったのだそうです。そこで、前の奥様がまだお一人だったとのことで、今の奥様の希望もあり、皆で話し合って、一緒に暮らすことにしたと聞きました」

「はい……？」

「再婚したので、今の奥様が第一夫人、前の奥様が第二夫人という形になりました。すべてが丸く収まって本当によかったです」

「……大変に、喜ばしいことです。ジャンさんに、どうぞお祝いをお伝えください……」

ダリヤは声の揺れを最小限に抑え、なんとか祝いの言葉を口にする。

めでたい、じつに喜ばしい。

でも、庶民的感覚で、つい思ってしまう。

ジャンは、何もそこまでオズヴァルドに師事しなくてもよかったのではないだろうか？

今の奥様と復縁するのはわかる。だが、前の奥様まで一緒に復縁するのがわからない。

いや、現在の奥様が納得しており、前の奥様とも想（おも）い合っているなら、それもありだろう。

ジャンと奥様達と子供が幸せなら、それでいいはずだ。何も問題はない。

そもそも自分がどうこう考えることではない、きっと。

「前の奥様が上級冒険者なので、ジャンと一緒にブラックスライムを獲ってきたそうです。勝負をしたものの、各自一匹ずつだったと笑っていました。息子さんも連れていったそうなのですが、一角獣（ユニコーン）が寄ってきたので、ついでに仕留めてきたそうです」

「ついでに一角獣（ユニコーン）……」

ダリヤの斜め後ろ、イヴァーノの低いつぶやきが落ちた。

動きが速く仕留めづらい希少な魔物も、上級冒険者には『ついで』になるらしい。

そういえば、魔物討伐部隊も、討伐のついでに森大蛇を仕留めてきたと言っていた。

このところ急に、希少な魔物にとって理不尽な存在が多くなっている気がするが、考えないことにする。魔物素材を使う身としてはありがたい、そう思おう。

「ジャンは異動により、スライムを含めた魔物の養殖部長となります。第二夫人には冒険者に復帰するのではなく、冒険者ギルドに所属してもらって、ジャンの補佐とすることにしました。今までより時間のゆとりもできると思います。ジャンより『ロセッティ商会長にはお世話になりましたので、今後も素材に関することは遠慮なくご相談ください』とのことでした。今後もどうかよろしくお願いします」

「お気遣いありがとうございます。もったいないことです」

その後も少しばかり話をし、ダリヤは貼り付けた笑顔でアウグストを見送った。


「さすが、オズヴァルド大先生……」

三人だけとなった商会部屋に、イヴァーノの感嘆の声が響く。

確かにジャンは離れかけた家族を取り戻せた。その上、昔の家族まで取り戻した。

さすが、オズヴァルド大先生で合っている。むしろそれ以外、表現する言葉がない。

何をどうしたらそうなったのかは想像もつかないが。

ダリヤが釈然としない思いを感じていると、イヴァーノが紺藍の目を、黒髪の男に向けた。

「ヴォルフ様も一度、オズヴァルド先生のところで教えを乞うてみるのも、いいんじゃないですかね？」

「なんで俺がオズヴァルドに教えられなきゃいけないのかな、イヴァーノ？　俺、第二夫人とか第三夫人とか、いらないんだけど」

イヴァーノの言葉に、ヴォルフはひどくむっとした顔で返す。

しかし、イヴァーノは一切のフォローをしない。じっと紺藍の目を細めて見返している。

珍しく、二人の空気がとても険悪だ。ダリヤは慌てて止めに入った。

「イヴァーノ、ヴォルフは行く必要がないです！」

「お、ダリヤさん、そう思います？」

「ダリヤ……」

「ええ、ヴォルフならわざわざ行かなくても、望めば第一から第十夫人ぐらいまで、簡単に来そうじゃないですか」

二人の視線を受けながら、ダリヤはきっぱり言い切った。

ヴォルフならば、第二、第三などでは済まないだろう。

ちょっと希望しただけで、第十夫人どころか、二十、三十も簡単にいきそうだ。

「第十夫人……ヴォルフ様、すごく、褒められてますね……」

「なんだろう、すごく、うれしくない……」

男達は、ただうつろに笑うばかりだった。

大豚牧場と大猪

東街道は王都への物資と人が多く行き交う道であり、とてもよく整備されている。

土魔法で固められた平らで水はけのよい路面、大型馬車がすれ違える道幅、一定間隔で設けられた馬車の停め場——前世にたとえれば高速道路並みだろう。

本日は、乗っている馬車もまたすごかった。

黒に銀の飾りのついた大きめの馬車は魔物討伐部隊の賓客用、引くのは二頭の八本脚馬。

どういう仕組みなのか知りたいほど、揺れが少ない。

馬車内は上品な白い調度で統一され、灰色のビロード張りの椅子が連なっている。

その椅子の一つ、ふかふかの座面と背面に、ダリヤは沈み込むように座っていた。

どうしてこうなった——街道沿いの風景を堪能することもできず、遠い目になる。

きっかけはヴォルフである。一昨日、塔に来た彼にこう言われた。

「新人の乗馬訓練が済んだから、街道の安全確認という名目で走りに行くことにしたんだ。そのついでに、東街道にある養豚牧場へ燻しベーコンを受け取りに行って、あっちで昼食にしようってことになって。隊長がいい機会だから、ダリヤも一緒にどうかって」

遠征ではなく乗馬訓練の仕上げ、実際は牧場でのピクニック。行く人数もそう多くない。服装も気軽でかまわない。いたれりつくせりの条件である。

街道の移動だけなので危険性は低いし、魔物討伐部隊員達が守ってくれる——実際、これ以上安全な移動はないだろう。

万が一の食当たりなどのため、治癒魔法の使える神官が同行するので、馬車が出される。ダリヤもそれに乗っていく形でと提案され、ありがたく了承した。

迷ったのは服である。気軽でいいとは言われたが、魔物討伐部隊御用達の商会長であり、相談役魔導具師という肩書きを頂いている。しかし、動きづらい格好で牧場にゆくのも迷惑だろう。

悩んだ末に、水色のブラウスに紺色で長めのキュロットスカート、天気が崩れたときのことを考えて似た色の上着を準備した。


そして、本日。

窓際の椅子に座る自分、隣を一つ空けて右に座る、魔物討伐部隊長のグラート。

自分の向かい、白い長衣をまとい、銀の刺繍（ししゅう）が入ったストールを下げた壮年の神官。

その右、濃灰の三つ揃（ぞろ）い、襟元に金の二本羽根の飾りピンを刺した王城の財務部長、ジルドファン・ディールスがいる。

王城の門の外、停まっていた目立たぬ馬車からこちらに乗り換えたジルドは、ダリヤにも丁寧に挨拶をしてきた。彼に挨拶を返しながら、やはりそれなりの服装をしてくるべきだったのではないかと青ざめた。

隊長のグラートでもまだ少し緊張するというのに、初対面の高位神官と、先日からいろいろとあった、いや、ありすぎたジルドと同じ馬車に乗っている。

皆、今年の夏の暑さについて語り合っているが、ダリヤは緊張しっぱなしである。

頼りたいイヴァーノは、本日、外せぬ打ち合わせがあって同行していない。

ヴォルフは新人三人を連れ、先頭集団にいるそうだ。戦いで先頭に立つ赤鎧（スカーレットアーマー）の役目を持つ彼である。先輩としての仕事でもあるので、一緒にと願うわけにはいかない。

胃のあたりがしくしくする。

「ジルド、あの燻しベーコンはどうだった？　ワインとよく合っただろう」

「まあな」

琥珀色の目を細め、目尻を少し下げたジルドに納得する。おそらく好みだったに違いない。

「大変おいしかったです。お酒が進みすぎるのが問題ですが」

続いた言葉につい視線を向けてしまった。どうやら神官もあの燻しベーコンを食したらしい。

ダリヤのまなざしに気がついたか、銀髪の神官は自分にいい笑顔を向けてきた。

「三日前、『魔物討伐部隊から神官の同行が依頼された、行く先は養豚牧場だ』と聞いたので、他の神官に交じって私も希望を出したのです。大変な競争率でした」

神殿の神官のうち、刺繍入りのストールを巻く者は、何らかの役職持ちだと聞いている。

そんな者が希望を出した日には、皆、譲るしかないだろう。いや、逆に危険だと止められないのだろうか。疑問は浮かぶが口にできない。

「その競争率をどうやってくぐり抜けた？　新しい襟の効果はあったか、エラルド？」

「もちろんです。神のご加護でジャンケンを勝ち抜きましたよ」

エラルドと呼ばれた神官が、笑顔で答える。

ダリヤも先ほど名乗りを受けたが、神殿勤めの神官は名前だけを名乗り、姓は省略するそうだ。

神に仕える場では、爵位も家も一切関係ないからだという。ちょっと驚いた。

「最近は忙しくて神殿からなかなか出られぬと言っていただろう。日光浴ができてちょうどいいではないか」

「そうですね。カビが生えぬ程度には外に出たいものです」

グラートと神官は軽口を叩(たた)けるほど親しいらしい。二人を見ていたジルドが、軽く咳(せき)をした。

「すまんな、ロセッティ。説明が遅れた、この者は私の親戚でな。幼い頃からの付き合いなのだ」

「悪いことは大体、グラート様から教わりました。実行後にジルド様に叱(しか)られましたが」

神官にそういう冗談を言われると、笑っていいのか悪いのか、判断に困る。

「二人とも、ロセッティ商会長の前だ、少しは取り繕え」

ジルドが少々不機嫌な声で返す。三人とも気が置けない付き合いらしい。

「ところで、大猪(ビッグワイルドボア)の燻しベーコンは、大豚(ビッグピッグ)よりさらに味が濃厚で、焼いて食べると格別と伺いましたが、皆様は食したことがおありですか？」

「私はないな。ロセッティ商会長はあるかね？」

「いえ、ございません」

「残念ながら私もない。今日行く牧場でも、昨年は大猪(ビッグワイルドボア)が出てきておらぬので、在庫がないそうだ。今年は出てくるかもしれないが、なにせまだ夏だからな……」

とても待ち遠しそうに聞こえるのは気のせいか。

秋になって大猪(ビッグワイルドボア)が出てきたら、魔剣灰手(アッシュハンド)を持つグラートが喜んで仕留めそうだ。

「グラート様は『魔物運』が良さそうですから、今年の秋に賭けましょう」

「そうだな。今期、うちの隊は『緑の王』に、二度会ったからな」

うなずくグラートが言うのは、森大蛇(フォレストラスネイク)の話である。

旅人も運送ギルドの方々も、絶対に遭いたくない魔物として第一位に挙げるものだ。

遭遇は大変に稀（まれ）だが、とても強く、なかなか逃げられない怖い魔物――運送ギルド勤めのマルチェラからはそう聞いていたが、今回かわいそうなことになったのは森大蛇（フォレストスネイク）の方である。

もっとも、その心臓をもらったダリヤが言えることではないが。

「グラート、森大蛇（フォレストスネイク）に二度会うのは、よほど不運の間違いではないのか……？」

本日のジルドとは、珍しく気が合うかもしれない。

ダリヤは言葉にしないまま、深く同意した。


しばらくして到着した養豚牧場は、街道から少し入った草原の中にあった。

丈夫そうな太い木組みの建物が連なる前、恰幅（かっぷく）のよい牧場主と従業員達が出迎えてくれた。

「魔物討伐部隊の皆さん、ようこそお越しくださいました！」

「本日は世話になる。魔物討伐部隊の燻しベーコン愛好者を連れてきた。よろしく頼む」

「大変光栄です！」

魔物討伐部隊員は十三名、魔導師が二名、神官が一名。そして、なぜか財務部長と魔導具師の自分が一緒なのだが、紹介はまとめて魔物討伐部隊だ。ちょっとそわそわする。

挨拶の後、建物の裏手、開けた場所に案内された。

目前に広がるのは広々とした牧草地。柵に囲まれた緑の草がそよそよと風に揺れる中、明るい茶色の大豚（ビッグピッグ）達がころころと寝転んでいる。

大豚（ビッグピッグ）というだけあって、一頭が牛に近い大きさだ。たまに起き上がる大豚（ビッグピッグ）もいるのだが、ゆっくりと歩いて場所を変え、違う場所に転がるだけ。じつにのんびりとしていた。

「なかなか大きいものだな。それに数も多い」

「間もなくお届けですので。あそこにいる大豚(ビッグピッグ)は四十頭、すべて雌です。あれでも、雄よりは一回りほど小さいのですが」

「あれで小さいのですか！　すべて雌ということは、雄は育てていらっしゃらないのですか？」

「豚舎に三頭ほどおりますが、まだ子豚です」

「雄はおいしくないのでしょうか？」

「味はそう変わりませんが、肉質が硬めなのです。王都ではやわらかい肉が好まれるようになったので、雌の方が高値です。あと、大豚(ビッグピッグ)の雄はリーダー争いのために喧嘩(けんか)が激しくて」

「ああ、大猪(ビッグワイルドボア)と同じ習性か」

「はい、似た種類ですので。東の山から若い大猪(ビッグワイルドボア)の雄が『嫁取り』に来ることがあります」

　大猪(ビッグワイルドボア)は雄一頭、雌二十頭ほどで群れを作るのだという。東の山で縄張り争いに敗れた若い雄は、たまに人里近くまで下りてきて縄張りと雌を探すことがある。

結果、大猪(ビッグワイルドボア)はこの養豚牧場で嫁を探そうとするものもいるというのだ。

大きな体に艶(つや)やかな毛並みを持つ健康的な大豚(ビッグピッグ)は、大猪(ビッグワイルドボア)にとっても大変に魅力的らしい。

二年に一度は柵を壊され、四年前には、大豚(ビッグピッグ)十五頭を持ち去られたそうである。

『そのときの借金が今年ようやく終わりまして――』とても遠い目となりながら説明する牧場主に、隊一同で同情した。

　皆で話す横では、木目のはっきりした大きなテーブルの上、たくさんの料理と、黒エールの瓶が並べられはじめた。続いて、ワインやチーズも追加されていく。

その後、全員でエール瓶やワインの入ったコップを持って乾杯した。

最初は魔物討伐部隊だけで昼食ということだったが、グラートがワインやチーズ、ソーセージやハムに合うパンなどを自家の馬車で届けさせ、牧場の者達も一緒にと勧めたのだ。

牧場側全員、大変な喜びようだった。

「魔物討伐部隊の方と飲んだことがあると、孫の代まで語れる！」

口々にそう言い、目を潤ませる者までいた。魔物討伐部隊の人気の高さを痛感した。

夏の風に青い草が揺れる中、昼食会がにぎやかに進む。

グラートの希望で移動自由のバイキング形式で、席は決まっておらず、食べるときは丸テーブルの周りにある丸椅子に座る形だ。

ダリヤは勧められた場所に素直に座った。

手渡された黒エールはぬるめ、麦の風味がふわりと口内に広がり、柔らかな苦みが喉をすぎる。

そこに近隣の農家が作っているというキュウリのピクルスをかじる。絶妙な塩気と酸味に、爽やかな夏を味わえた。続く人参（にんじん）、大根と、どれもいい漬（つ）かり具合で、つい酒が進む。

自分の隣、パリパリといい音をさせているのは神官のエラルドである。気に入ったらしい。

「ダリヤ、お疲れ様。これをどうぞ」

「ありがとうございます。ヴォルフもお疲れ様です」

ヴォルフがやってきて、薄緋（うすひ）色のハムの皿を渡してくれた。ようやく聞けた声にとても安堵（あんど）する。

「先頭は疲れませんでしたか？」

「全然。ここまで近いし。皆が速く走らせすぎないよう気をつけるぐらいだったよ」

その視線の先、傷のない鎧の新人達が黒エールで乾杯している。十代後半ぐらいだろうか、周囲の隊員達と比べると、どこかあどけなく見えた。

「ヴォルフ、ダリヤさん、はい、大豚と野菜のスープ」

「ありがとうございます」

ドリノが深皿にたっぷりと盛られたスープを届けてくれた。湯気の立つそれはとてもおいしそうな香りがしている。ランドルフが隊長達にも配っていた。

「ドリノさんも今日は先頭ですか？」

「いや、俺とランドルフは尻尾。馬に任せて景色を見てるだけだったけど」

馬だけががんばったと笑う彼と、こちらにやってきたランドルフとで、再度乾杯した。

大豚と野菜のスープは白さがある、濃厚な豚出汁の塩味だった。たっぷりと入れられた豚の薄切りは少し塩が効かされており、細めに切られた野菜はシャキシャキとした食感が残っている。

噛むのも味わうのもおいしいスープだ。食べる者は皆、口数が減っていた。

スープを最後まですすり終えたドリノが、ふと顔を上げた。

「そういや、大猪の雄って、確か一頭で来て、大豚の雌を二十頭以上連れ帰るんだよな？」

「自分もそう聞いた。今そこに放されている雌は四十頭だそうだから、半分か」

「養豚牧場が閉鎖になりかねないよね」

まったく冗談ではない。売上の半分以上を持っていかれるのだ。

「んでも、雌がついていくってことは、そんなにいい男っつうか、魅力のある雄なんだろうか？」

「大猪の雄は大豚よりも身体が大きく、牙がある。それと、牧場の大豚より戦いに慣れている。よって人気があるのだろう」

「なるほど、そういうことか。でも、連れていった雌は全部養うんだから、甲斐性はあるってことだよな。あれ、逆に雌が働くんだっけ？」

「一定期間、共にいるだけだ、雄は度々、単独行動になることが多い」

ランドルフの説明に、ダリヤは首を傾げる。

「それなら連れていった大豚の雌だけだと、山で生きていけなくないですか？」

「それはわからぬが、群れが危うい場合はそのまま留まり、問題がない場合は近隣に縄張りを広げに行くらしい。雌をさらに探すこともあるとか」

「第一夫人から第二十夫人までいて、さらに増やすのか……」

ドリノの言葉に先日のダリヤやイヴァーノとの会話を思い出したか、ヴォルフがぼそりと言う。

ぴくり、隣のテーブルで飲んでいた隊員達、その肩が動いた。

「許すまじ、大猪！　奥方は一頭で十分であろう！」

「あぶれて一人も得られぬ場合もあるというに！」

「帰ったらいなくなっているほど儚いこともな！」

話が激しくそれていっている気がするが、口はきっちり閉じておく。

ドリノが苦笑いしながら、隣のテーブルへ追加の黒エールを運んでいった。

「……あら？」

昼食会のにぎやかさにつられたか、それとも見たことのない人間に興味がわいたか、大豚（ビッグピッグ）が柵の方にぞろぞろと寄ってきはじめた。

これから遠征用コンロで焼くのは大豚（ビッグピッグ）のお肉である。つぶらな目でじっと見つめられると、とてもやりづらい。

ダリヤが困り顔になりかけたとき、耳をふさぎたくなるほどの叫びが響いた。

「ブモ――――ッ！」

柵の向こう、高らかに鳴く黒い小山が柵に追突し、メリメリと木の割れる音をさせている。

「大猪（ビッグワイルドボア）だ！」

柵を破ろうとしているのは、大猪（ビッグワイルドボア）らしい。ダリヤの思い描いていた猪（いのしし）とはだいぶ違う。

小山のような黒い巨体に長く白い牙。口内は真っ赤で、つり上がった黒の目が怖い。

子供の大猪（ビッグワイルドボア）があれを小さくした感じであれば、瓜坊（うりぼう）を見ても逃げる自信がある。

「マモー！　マモー！」

背後にある柵の中、大豚（ビッグピッグ）の雌達が独特の音と高さの声で鳴き返しはじめる。

人間なら黄色い声援というのだろうか。

ドスドスと前足で柵を押しはじめる大豚（ビッグピッグ）もいて、少々怖い。

「お前達、あれに向かって応援するのはやめろ。山に連れていかれたら飢え死にしてしまうぞ」

牧場主の必死の語りかけがわかったのか、鳴き声は半分ほどになった。

それでも、目はしっかり大猪（ビッグワイルドボア）に向けられている。

一方、大猪（ビッグワイルドボア）に体当たりされている柵の余命はあとわずからしく、ぐにゃりと曲がりはじめた。

「秋ではなく夏に来るとは。よほど昼食会に参加したかったらしい」

「やはりグラート様には『魔物運』がありましたね」

「そのようだ。ああ、ロセッティ、せっかくだ。牙を素材に持ち帰ってはどうだ？」

グラートがいつの間にか近くに来ていた。手には赤と黒の二本の長剣を持っている。

「あ、ありがとうございます」

「なかなかいい大きさだな。半分ぐらいは燻しベーコンに回すか」

「隊長！　三分の二は燻しベーコンに回しましょう、遠征の楽しみに」

仕留めていないうちから燻しベーコンの話が始まっている。緊張感がまるでない。

大猪を食材としか見ぬ隊員達に気づいたか、本人ならぬ本大猪がキレた。

「ブギ――――ッ！」

耳が痛くなるほどの叫びと飛び散る柵に、ダリヤは思わず後ろに半身下がる。

だが、周囲の男達は逆に前へ出た。

「新人実習にちょうどいいだろう。補助をつけ、無理のない程度に行かせろ」

「行くぞ、新人！　腕と度胸を見せろ！　成果によって大猪の青空ステーキが追加だ！」

「「応！」」

声をそろえ、駆けていった彼らの後、数人の騎士がやや距離を空けてついていく。

「こちらに来させるなよ、魔物討伐部隊の魔導具師殿がおられるのだからな」

自分に気を使ってくれているらしいグラートだが、どこかずれている気がする。

そしてすぐ隣、剣を鞘から外す、カチャリという音がした。

「じゃ、俺もちょっと行ってくる」

ヴォルフが散歩に行くような軽さで歩き出す。

その背を見送りながら、ダリヤはなんとも言えない気持ちになった。

「あの、グラート様、大猪(ビッグワイルドボア)って危険な魔物ではないのでしょうか？」

「それなりに危険だが、うちの隊員達なら問題ない。まあ、新人には少々荷が重いかもしれんな」

大猪(ビッグワイルドボア)が陣形を組んだ隊員達に向かい、土を飛び散らせながら走ってくる。

最初に大猪(ビッグワイルドボア)に挑んだのは、まだ真新しい鎧の騎士。

剣を持って駆け向かったが、あっさり鼻先の跳ね上げで吹っ飛ばされた。

「わ――っ！」

宙に舞った男、その声が遠ざかっていく。

恐ろしい速さで駆けていったヴォルフが、その男を落ちてくる真下で抱き止めた。

どうやら怪我(けが)もなく無事だったらしい。若い騎士を地面に下ろし、その肩をぽんぽんと叩いているのが見えた。

「ヴ、ヴォルフ先輩っ！」

感極まった叫び声がしたが、そのときには、黒髪の主はすでに背を向けていた。

いつの間にか投げ捨てていた剣を拾い、大猪(ビッグワイルドボア)へと駆け戻っていく。

「あのような感じで、慣れた者が補助に回る。万が一、怪我を負うことはあっても、本日は大変腕のいい神官がいるしな」

「お任せください」

大豚（ビッグピッグ）の焼き串を右手に、黒エールを左手に持った神官がうなずく。大変に酒の匂いが濃い。

あっさり言い合っているが、人は宙を高く飛んで落ちた場合、無事ではない確率の方が高いと思う。あと、牙に刺さったり、あの顎（あご）で噛まれたりして即死に近い場合はどうするのだ。

怖い考えしか浮かばなくなっていると、大猪（ビッグワイルドボア）の横腹に、槍（やり）を持った騎士二人が突っ込んでいくのが見えた。同じく新しい鎧の新人だ。

パキン、大変呆気（あっけ）ない音が二度続いた。

「少し外皮が厚かったか。選んだ槍が軽すぎたな。もう倍ぐらいの重さの槍がいいが、まだ新人には取り回しができぬか。筋力をもう少しつけさせねば……」

今後の新人教育の考察をしている場合ではない。怒った大猪（ビッグワイルドボア）が九十度旋回し、折れた槍の柄を持つ騎士達に向かい、前足で地面をひっかいている。完全に狙いを定めた顔だ。

「ドリノ、待避補助！」

「よっしゃ！」

ドリノが走りながら口を動かし——魔法の詠唱だったのだろう、その手のひらにきらきらと水の粒が舞いはじめた。大猪（ビッグワイルドボア）の真横を駆けて腕を振り抜くと、粒はその鼻先に当たる。

「ヒュクシュ！」

大猪（ビッグワイルドボア）はクシャミに似た鳴き声をあげ、動きを止めた。

その間に、他の騎士が動けなくなっている新人達の腕をつかみ、それぞれに下がる。

「ブギーッ！」

逃げられたことがわかったのか、大猪（ビッグワイルドボア）はそちらに首をずらし、大きく鳴いた。

再び前足でひっかかれた地面は、先ほどよりはるかに抉れている。

そして大猪は、逃げた片方の騎士めがけ走り出した。

「ランドルフ、盾！」

「応！」

大猪の正面に走り込み、ランドルフが大盾を構える。

絶対に無理だ、止められるわけがない！　ダリヤは思わず目を閉じてしまう。

直後、バギッ！　と重く鈍い音がした。

慌てて目を開くと、声にならない叫びをあげ、右目から血を流す大猪がいた。

ランドルフが側面の曲がった大盾を持って駆け下がった。どうやら大盾の横側で、大猪を殴りつけたらしい。

「ヴォルフ!!」

大音量で叫ばれた名に応え、黒髪の青年が駆け出した。

今までの騎士達をはるかにしのぐ速さで、もはや足が地から浮いているようにすら感じられる。

なんと高く飛ぶのか——翼があるがごとき姿を目で追うと、大猪が彼めがけ、牙を突き上げるのが見えた。

「……!!」

自分の喉からこぼれかけた悲鳴を両手でふさぎ、ほんの一瞬にヴォルフの無事を全力で祈る。

空を駆ける彼の剣、その黒刃が空に一閃した。

大猪の牙を避け、首を斬り裂き、血の波を飛ばした彼は、そのまま地へ降り立つ。

「ブモ――――ッ……」

大猪（ビッグワイルドボア）の断末魔の声が低くあがった後、巨体はごろんと地に転がった。

ヴォルフはこちらに振り返ると、笑顔で血まみれの片手を上げる。

ダリヤは心から安堵した。


「総員、血抜きと解体だ。警戒を怠るな、『続き』があるかもしれんからな！」

隊長の声に従い、隊員達が走り出す。

大猪（ビッグワイルドボア）はあの巨体だ。本日は隊員数が少ないので、動かすのも大変そうだ。

「新人に教えるいい機会だな。私も少々行ってくるか。ジルド、ロセッティの守りを頼む」

「請け負おう」

グラートはジルドに黒の長剣を渡すと、大猪（ビッグワイルドボア）の方へ歩いていった。

残された形になったダリヤは、隣のジルドに疑問となっていたことを尋ねる。

「あの、『続き』とは、大猪（ビッグワイルドボア）がまだ動くかもしれないということでしょうか？」

「いや、大猪（ビッグワイルドボア）の番（つがい）達がくる場合があるのだ」

「そうなのですか……」

番（つがい）である夫を心配してか、それとも仇（かたき）を取りにか。どちらにせよ、大猪（ビッグワイルドボア）の雌はなかなか愛が深いらしい。ちょっとかわいそうになってきた。

「……ロセッティ商会長、おそらく考えていることとは違うぞ」

声のトーンを落としたジルドに話しかけられた。

「違うとは？」

「大猪(ビッグワイルドボア)の雌は番(つがい)を心配して来るわけではない。己の番(つがい)を倒すほどの雄であれば、と『求愛』に来ることがあるのだ。群れではより強い雄が望まれる。弱いと叩き出されるほどにな」

訂正、なんだかとても悲しくなってきた。

せつなさを込めて転がる大猪(ビッグワイルドボア)を見ると、血抜きが始まっていた。

その赤の強さに、つい視線をずらす。その先、壊れた柵から、三頭の黒い獣が駆け込んできた。

「え、どうして……？」

三頭ともまっすぐこちらに走ってくる。

先ほどの大猪(ビッグワイルドボア)の半分ちょっとの大きさだが、十分怖い。

「後ろに豚舎があるから、子豚の雄か、前にいた雄の匂いでも残っているのだろう。ロセッティ商会長、そこから動くな」

さらりと言ったジルドが、剣を抜いて前に進む。

三頭のうちの一頭はグラートが剣で地に縫い止め、もう一頭はヴォルフによって真っ二つにされた。一番小さく速い一頭が、騎士達をうまく迂回(うかい)して逃げ、こちらに駆けてくる。

雌であり、個体的に小さいとはいえ大猪(ビッグワイルドボア)である。ダリヤは恐ろしさで身を固くした。

「ジ、ジルド様！」

心配から悲鳴めいた声が出てしまったが、目前(もくぜん)の背にまるで気負いは感じられず。

「心配いらん。これでも私は騎士科の出でな――岩礫(ストーンバレット)」

迫る大猪(ビッグワイルドボア)の顔に、その左手から尖(とが)った小石の群れが飛んだ。

両目に当たって速度を落とし、方向感覚までも失った大猪（ビッグワイルドボア）に、ジルドは長剣を大きく振るう。

大猪（ビッグワイルドボア）は鳴き声もなく地面に伏し、一拍遅れて首回りから血が流れはじめた。

「グラートとなら対等に打ち合える」

振り返って笑ったジルドは、財務部長よりはるかに騎士らしかった。

それからは手の空いた全員で血抜きと解体となった。

幸い、誰も大きな怪我はなかったので、解体風景を除き、とてもなごやかに進む。

午後のお茶の時間ぐらいで作業は終わり、食事会が再開された。

大猪（ビッグワイルドボア）の肉はステーキや焼き肉用にカットされているところだ。

内臓の一部は神官が浄化魔法をかけ、牧場の者が油で揚げはじめる。野趣あふれるおいしさとのことで、できあがりが楽しみだ。

「長期熟成の一等大豚（ビッグピッグ）です！　王城納品用の予備分ですが、ぜひ！」

牧場主により、霜がほどよく入った緋（ひ）色の肉が、桶（おけ）に山のように盛られて運ばれてきた。

「予備とはいえ王城向けの良い品だ。隊で、いや私個人で買い上げさせて頂こう」

そう申し出たグラートに、牧場主は首を横に振る。

「隊長様、私達は大猪（ビッグワイルドボア）とは戦えないのです。大猪（ビッグワイルドボア）がここまでくるのは数年に一回ですが、柵を破られたら、人は建物の中で震え、山に帰るのを待つだけです。それに、魔物討伐部隊の皆様を呼べるのは被害が出てからですから。被害前に止めて頂いて、本当にありがたいのです」

切々たる声に、グラートは困惑した顔となった。

「お気持ちはありがたいが、やはりそちらの負担が——」

「グラート隊長、こちらはありがたく頂くこととして、お礼に追加で仕留めた雌の猪(ボア)をそちらへ贈答するということでいかがでしょう？　今後の円滑なお付き合いも希望したいところです」

いかにも文官らしい態度と話し方となったジルドに、『誰だこいつ？』といった顔になっている隊員がいる。ダリヤも危うくなりかけ、必死に表情を整えた。

財務部長モードの彼はその後も流れるように話し、牧場主を納得させてしまった。

「ありがとうございます。では、どうかご遠慮なく、たくさん食べてくださいませ」

牧場主が繰り返し頭を下げていることに、申し訳ないのだが、親近感がわく。

なお、追加で仕留められた三頭の大猪(ビッグワイルドボア)は、新しい味のベーコンに加工され、試作品として隊に多く贈られることになる。隊員達がそれに舌鼓を打つのは、晩秋の話だ。


「こちらの牧場には、大猪(ビッグワイルドボア)の他にも野生動物は来るのですか？」

牧場主がダリヤに黒エールを勧めに来たので、話のひとつに尋ねてみた。

「大豚(ビッグピッグ)の餌を狙って、夜、猪が来ることがあります。続くときは眠り薬を入れた餌で捕まえたりもします」

「眠り薬を——大猪(ビッグワイルドボア)にその餌は効かないんでしょうか？」

「大猪(ビッグワイルドボア)は牧場(うち)で食事をしませんし、気に入った雌がいれば昼夜関係なく来ますので。柵で囲んでも今日の通りです。秋に被害が多いのですが、今年はとうとう季節まで無視してきましたし……」

げんなりとした牧場主に納得する。大猪対策は、面倒なことこの上なかった。

いっそ電気柵でも作れればいいのだが、あいにくと今世、雷の魔石はない。

「猪除けに黒唐辛子の粉を水で溶いて煮たものを柵に撒いたりもするのですが、匂いが薄れると効果がなくなるのが難点です」

「猪って、黒唐辛子が嫌いなんですか？」

「ええ、猪も大猪も嫌いますね。黒唐辛子水を顔にかけると逃げ帰るぐらいです。でも頭がいい個体は革袋に入れても割らないように避けますし、黒唐辛子水にもあきらめない大猪もいます」

「そうなのですか……」

情熱的と言うべきか、ストーカー的と言うべきか、どちらにせよ迷惑である。

「猪でしたら、弓に小さな革袋をつけ、黒唐辛子を溶いた水を入れて当てたりもしますが、なにせすばしこく当たらぬ方が多く……大猪はそもそも怖くて近づけないですし」

普通の人間ならこれが当然だろう。

完全に食材扱いしている魔物討伐部隊の面々が特別なだけだ。

しかし、猪も大猪も黒唐辛子が嫌いで、水で溶いたものでもかけられたら逃げ帰る。

黒唐辛子の匂いがとぶと効果がない。水に溶かしたものを保存でき、自動でかけられれば――

「黒唐辛子水を入れた、霧吹きを罠にできないでしょうか？」

「アイロンや虫除けの、あの霧吹きですか？　しかしすぐ匂いがとぶかと……」

「先に柵にかけるのではなく、猪や大猪が近づいたらかかる仕組みでできればと……」

猪と大猪の動きは同じではないので、どの程度の距離で噴射するかが判断できない。

だが、器具を組むこと自体はそう難しくないだろう。

「なるほど。でも、柵全体にその罠をつけるのは難しくないか？」

「ならば、柵を『引き込み式』にすればよいかもしれん」

「ランドルフ、『引き込み式』って何？」

「柵をところどころ谷型に作り、そこに獣を誘い込む形だ。最初からそう作るのが最もよいが、一部の柵を切って引き込む場を作ってもよい。今の柵の切れ目を利用し、横に薄板を張って、谷型の引き込み場を作ってもしのげるだろう」

「そこに間違いなく猪が来るもんなのか？」

「猪を含め、獣の多くは角にぶつかること、先の見えぬ障害物を飛び越えることを嫌う。隙間があり、楽に入れる場を探すのは習性だ。念のため、山型となる部分に何らかの金属を付けるか、薄板に鉄の粉や錆を少し付けておけば避ける。そうすれば、より引き込み場に来やすくなると思う」

「お前、そういうのよく知ってるな……」

「国境沿いは灰狼や猪など、魔物や害獣がとても多い。牧場は狙われやすかった。一番危険だったのは魔羊だな」

国境と隣国で育ったランドルフならではの話だった。

「ランドルフ様、魔羊牧場では、どんな罠をお使いだったんですか？」

国境沿いではより効果のある罠が開発されているかもしれない。ダリヤは期待を込めて尋ねてみる。

「通常は『足挟み』だが、頭のいい個体はかからない。群れで来られても取りこぼす。よって頑丈な柵で引き込み場を大きめに取り、狼（おおかみ）一頭が通れるほどの道を空けていた」

「あれ？　ランドルフ、それじゃそこから灰狼（グレイウルフ）が入ってくるよね？」

「灰狼（グレイウルフ）は狙いにくる時期が大体決まっているので、犬と共に待ち、戦う。実家の領地では、灰狼（グレイウルフ）含め、獣も大事な資源だ」

「さすが、国境伯。自然も人も厳しい……」

国境沿いは深い森や山が多く、獣も魔物も多いという。牧場を守るのも大変なようだ。

しかし、この養豚牧場で騎士を常時待機させておくわけにはいかない。

「うまくいくかはわかりませんが、一度試させて頂けないでしょうか？　給湯器を作り替えればできるかもしれませんから」

いずれそのうちに――そういう意味で言ったのだが、ヴォルフが即座に立ち上がった。

「馬車に馬用の虫除（よ）け噴霧器があるから持ってくるよ」

「ダリヤさん、クラーケンテープと魔石一式はあるぜ」

「うちの方で薄めていない黒唐辛子水と大豚（ビッグピッグ）の皮、あと予備の給湯器があるので持って参ります」

「あ、ありがとうございます」

研究開発は勢いが大事である。それは重々知っている。

しかし、本日は皆の行動が早すぎ、ダリヤが遅れてついていく形となった。

借りた給湯器を完全に分解し、火の魔石の魔導回路を削り取る。

さらに、使用しないホース、温度調整部品など、不要部分はすべて外した。

父と自分の開発品だ。構造は完全に理解しているので迷いはない。

少々気になったのは、借りた給湯器の魔導回路にずれたラインが数本あることぐらいだ。制作した者が手を抜いたのが丸わかりである。ちょっといらっとした。

自動噴霧器の構造は簡単だ。給湯器の水の魔石から水を出し、濃い黒唐辛子水を混ぜ、シャワーではなく、霧状になるノズルにつなぎ、外に勢いよく出す。

最初に大豚(ビッグピッグ)の皮とクラーケンテープを使い、濃度の高い黒唐辛子水を入れる革袋を作った。

次に分解した給湯器を作り替え、水の魔石から外部ノズルまでの水の流れを作る。

給湯器は安いものではない。だが、新規で筐体(きょうたい)を作るよりはずっといい。

それに、稼働後に交換するのは水の魔石と黒唐辛子水だけだ。コスト的にも悪くないはずだ。

仮組みし、ノズルから噴き出した霧雨に小さな虹ができると、周囲から歓声があがった。

「すごいですね！　手早い上にこんな機能が……さすが、魔物討伐部隊の相談役魔導具師様です！」

まだ成功していないうちから牧場主にそう言われ、返答に困る。

そして、話はさらに続いた。

「これ、中に入れるのは黒唐辛子水でなくてもいいんじゃないか？　即効性の毒薬とかは？」

「危ないだろ！　あの大きさの大猪(ビッグワイルドボア)に効く毒って、あっさり人が死ぬぞ」

「設置するのも交換も命懸けになりますね。それに燻しベーコンにできなくなりそうです」

「強い眠り薬はどうだろう？　そのまま仕留めてベーコンにできるんじゃないかな？」

「大猪(ビッグワイルドボア)を深く眠らせるレベルの眠り薬も、人には危ない気はする……」

「しびれ薬はどうだろう？　動けなくなったところを仕留めて燻しベーコンに……」

「しびれ薬の大半は植物性だ。大猪（ビッグワイルドボア）には植物毒の耐性があるだろう。それと人間の方が危ない」

ダリヤの横では、食い意地の張った各種提案がなされている。

とりあえず多くの者が、大猪（ビッグワイルドボア）の燻しベーコンに心を奪われていることだけは理解した。

「いいこと考えた！　大猪（ビッグワイルドボア）用の惚（ほ）れ薬を作って、食用に飼い慣らす！」

「ドリノ、それ、誰が作れるの？　あと、それで惚れられるのは誰？」

「人が惚れられたとして、押しつぶされるのがオチだぞ」

言い切ったランドルフに、皆、同意しつつ苦笑した。

だが、ドリノの提案はあながち間違ってはいなかった。

『牧畜の国』と比喩される隣国では、大猪（ビッグワイルドボア）の雌用の惚れ薬を作って捕獲し、牧場で大豚（ビッグピッグ）とかけ合わせて大型化を目指す試みが、秘（ひそ）かに始まっていた。

「ええと、いろいろと貴重なご意見を頂きましたが、今回は黒唐辛子水でいきたいと思います」

ダリヤは仮組みを一度分解し、強度の補強をしつつ本組みをする。

水の魔石による水流を調整し、ノズルからは粗めの霧が勢いよく降り注ぐ形にした。

給湯器のスイッチは外部に設置する。なめし革のかなり大きめのシートである。地面に敷き、上に成獣の猪の重さが乗ったら稼働する設定にした。

なお、成人男性でも稼働することがあるので、重々気をつけるよう、その場の全員に伝える。

「試作ですが、『黒唐辛子水噴霧罠』の完成です」

自分が言い切ると、周囲の者達がそれぞれ目をそらした。

「うん、わかってた、ダリヤの本当にわかりやすい名付けは……」

「大変わかりやすいが、その……言いづらくないだろうか？」

「ロセッティ……確かにその通りの名だがな……」

わかりやすいのに不評らしい。なぜだ。

「いっそ、歌劇的に『悪魔の黒霧』――ディアボロ・ネロネッビアなどはどうです？」

ヴォルフの上をいく魔的なネーミングセンスの持ち主は、神官だった。

「長すぎるし、舌を噛みそうだ」

『棘草魔（ネトルデビル）』の親戚のようだな」

こちらもジルドとグラートが容赦なくつついている。神官はがくりと肩を落とした。

「……『霧の罠（ネベルファレ）』」

不意につぶやかれたランドルフの言葉に、一同が視線を向ける。

「ネ・ベ・ル・ファ・レ――いいな、なんかかっこいい！」

「ええ、言いやすいですし、覚えやすいですね」

「いや、ただの思いつきだ。隣国の言葉なので合うかどうかは――」

「いいではないですか、いつか隣国でも、国境でも流行（はや）るかもしれませんよ」

こうして、黒唐辛子水噴霧罠は、『霧の罠（ネベルファレ）』と命名された。

霧の罠（ネベルファレ）の稼働テストは、本日破られた柵の前で行われた。

壊された柵から少し内側に入ったところに設置し、左右の柵からU字になるように木の板をつないで立てる。中央にほんのわずかに隙間を空けるのが、引き込み式のコツだそうだ。

「試す前に水の革袋につけ替えてください」

「ああ、わかった」

忘れないうちに伝えておく。人間が黒唐辛子水を浴びるのは避けたい。

革袋は筐体の側面から簡単に交換できるようにしたので、誰にでもできる。

ダリヤは隊員達に手伝ってもらいながら、地面にスイッチとなるシートを置き、四方を固定、上に薄く砂をかぶせた。

「じゃあ、実際に試すということで。大猪（ビッグワイルドボア）役は俺がやりまーす」

立候補してくれたのはドリノである。

彼はわざわざ柵からかなり離れ、引き込み場にドタドタと走り込む。

そのままシートの上に飛び乗ると、霧の罠（ネベルファレ）のノズルから、勢いよく霧雨が出た。

わずかに辛い匂いがすると思ったのと、悲鳴があがったのはほぼ同時——

「目がぁーっ！」

いきなり地面をごろごろ転げるドリノに、ダリヤは真っ青になる。

「だ、大丈夫ですか、ドリノさん!?」

「ドリノ、水だろう？　目に強く当たった？」

「これ絶対、黒唐辛子水だーっ！　めっちゃしみるーっ！」

ドリノは転げ回りながら両手を顔に当てる。自分の水魔法で水を出し、必死に目を洗っていた。

その後にようやく手を離したが、目は真っ赤だ。

即行で横の神官に治療してもらう。酒の匂いが濃かったが、魔法は素晴らしい効き目だった。

「どうして、黒唐辛子水が？」

慌てて霧の罠（ネベルファレ）についている革袋を確認する。確かに『黒唐辛子水』、ダリヤは首を傾げる。

「私、『試す前に水の革袋につけ替えてください』って言いましたよね？」

自分が言い忘れたのかと不安になり、思わずヴォルフに確認する。

「ああ、俺、ちゃんと水の方につけ替えて、足元の防水布の上に置いた。その後にシートに砂をかけるのを手伝って――」

「……すまん、その後に自分もつけ替えた」

ランドルフが目を泳がせた。

黒唐辛子水の革袋から水の革袋につけ替え、もう一度取り替えたら黒唐辛子水の革袋である。

革袋にもっと大きく、はっきりと名称を書いておくべきだった。

「おーまーえーらー」

こめかみに血管を浮かべ、笑顔になったドリノが怖い。

持ち上げた右手、くるくるとその手のひらの上で、水の粒が舞いはじめる。陽光を反射して大変きれいだが、妙に背中が寒く、観賞するゆとりはない。

「ドリノ、ごめん！　酒を二回奢（おご）るから勘弁して！」

「自分も二度奢る！」

二人の慌てた声が響いた。

「よっしゃ、水に流す」

魔力を一瞬できれいに収めた彼は、大きくくしゃみをした。

黒唐辛子水を浴びた後、転げながら水で顔を洗ったのだ。上着はびしょびしょである。

「ドリノさん、風邪をひくと悪いので着替えてください。何か温かいものを用意しますから」

「ダリヤさん、大丈夫。俺らは鍛えてるから。着替えて酒飲めば平気だ」

ひらひらと手を振って馬車へ着替えに向かう彼を見送り、ダリヤはヴォルフ達に向き直った。

「あの、私もドリノさんに食事を奢るべきだと思うので、代金だけでも……」

「いや、ダリヤの分は俺が――」

「緑の塔での食事なら、ドリノは一回で十分に満足すると思う」

ヴォルフの台詞(せりふ)にかぶせ、ランドルフが提案してくれた。

「そうですか。この前みたいに庶民向けになっちゃいますけど、かまいませんか？」

「むしろ喜ぶだろう」

「じゃあ今度、皆さんを塔にお呼びしますね」

「自分も呼んで頂けるのは――光栄だ」

単語を探すかのように言った彼は、赤茶の目を細めて笑った。反面、ヴォルフが渋い顔になる。

「その……ダリヤの負担にはならない？」

「大丈夫ですよ、ヴォルフ。そんなに多い量ではないですから」

どうやらヴォルフは自分の料理の負担を心配してくれたらしい。緑の塔に招いての食事ならば、お財布にも優しいし、気も楽なのだが。

「ヴォルフ、ダリヤ嬢の負担が重くならぬよう、我々二人も酒と料理を持ち込もう。内容はお前に任せる」

「ああ、わかった……」

早くも酒の種類に悩んでいるのか、ヴォルフが眉間に皺（しわ）を寄せて答えた。

そのまま話していると、ダリヤを呼ぶ隊員達の声がした。

どうやら牧場主も試したいらしい。霧の罠（ネベルファレ）の近くをうろうろしている。その中身はまだ黒唐辛子水の革袋。一歩間違うと、今度は牧場主がひどい目に遭いそうだ。

「ちょっと行ってきます！」

慌てて移動する自分に、ヴォルフもついてきてくれた。

ランドルフが二人の背を見送るように眺めていると、横から肩を軽く叩かれた。

「あまりヴォルフを追い込むな」

茶金の髪の騎士が肩に口を寄せて告げる。近くにいたので、先ほどの話は聞こえていたらしい。

「少々自覚を勧めているつもりだったが」

声を落として答えると、騎士は首を横に振った。

「あいつは子供のように意地になるだろう。それに、本日の一番おいしいところは、財務部長のジルド様にもっていかれたんだ。内心、残念がっているんじゃないか？」

大猪（ビッグワイルドボア）を仕留めたのはヴォルフだが、その後にダリヤを守った形になったのはジルドである。

財務部長の彼があれほど見事な剣の腕を持っているなど、思いもしなかった。

「それに関しては少々同情する」

目の前の騎士は、ヴォルフとランドルフの同期だ。お互いの性格はそれなりにわかっている。

だが、見慣れた紺の目は、少し意地の悪い光をたたえた。

「ランドルフが今日ほど話すのは珍しいじゃないか。お前もだいぶ、おいしいところを持ってってないか、『国境伯』？」

「自分は任務に関して参考になることしか述べていない。それと、『国境伯』は父だ」

少しばかり眉を寄せて答えると、同期はからりと笑った。

「ランドルフも、むきになるじゃないか」

「むきになってなどいない」

「まあ、本日いろいろと的確に説明したお前がついたんだ。今のヴォルフにしてみれば、『塔に他の者は入るな』とでも言いたいところだろう」

ランドルフは一切同意せず、ただ一言を返す。

「塔を己の縄張りにしてから言え」


黒唐辛子水噴霧罠、『霧の罠(ネベルファレ)』は牧場主に絶賛され、そのまま設置されることとなった。

養豚牧場の者達にかなり効果を期待されているが、実際に猪も大猪(ビッグワイルドボア)もまだ来ていないのだ。

うまくいくことを祈るしかない。

成果がわかるまでには時間がかかりそうだが、少しでも牧場の安全につながればと思う。

試作も仮設置も終わり、夕方まではもう少しという中、歓談の声が響いている。

ダリヤも、隊長やジルドを含めた何人かと再びテーブルを囲んでいた。

隣のテーブルでは、若い隊員達と牧場の若者が大猪（ビッグワイルドボア）ステーキを食べはじめた。尋常ではない厚さに、見ているだけでお腹いっぱいになりそうだ。

ダリヤの前には遠征用コンロが置かれている。これから大豚（ビッグピッグ）の燻しベーコンや大猪（ビッグワイルドボア）の薄切り肉を焼くためだ。色とりどりの野菜も大皿に山と盛られている。

「ダリヤさん、ヴォルフ、それ食べたらこっち！　肝臓もうまい！」

笑顔で皿を勧めるドリノに、ダリヤはこくりとうなずいた。

今、声が発せない。咀嚼（そしゃく）を繰り返しているのは、油でじっくり揚げられた大猪（ビッグワイルドボア）の心臓（ハツ）、その薄切り。やや硬めで苦みが少しあるが、独特な食感とそのうまみはなんとも味わい深い。

大猪（ビッグワイルドボア）の心臓（ハツ）は初めて食べたが、豚との違いがよくわかる。

先に食べ終えたヴォルフが、黒エールの新しい瓶を渡してくれた。

「『霧の罠（ネベルファレ）』がうまくいけば、牧場に入れない猪と大猪（ビッグワイルドボア）が泣きそうだね」

「そうだといいですね」

ちなみに、大猪（ビッグワイルドボア）と猪が大いに泣いた後、『霧の罠（ネベルファレ）』の量産ラインを組むイヴァーノと、作業に関わる職人のフェルモがさらなる忙しさに泣くことになるが――

今、この二人の頭の片隅にも、その予測はない。

「あ！　でも、大猪（ビッグワイルドボア）の燻しベーコンが食べられなくなっちゃいますね」

ここまで忘れていたが、大猪（ビッグワイルドボア）が獲（と）れない場合、当然ベーコンにはできない。

それよりも牧場の安全が優先されるのは当然だが。

「出たら知らせてもらって、引き込み場の裏で、俺達が待機すればいいよ」

ヴォルフが大猪(ビッグワイルドボア)の燻しベーコンのために、隊を罠にしようとしている。

「私が大猪(ビッグワイルドボア)の雄だったら、絶対に来ませんよ」

黒唐辛子水をかぶっても嫁取りをあきらめない個体もいるそうだが、命の方が大事ではないか。

自分が大猪(ビッグワイルドボア)なら、捕食者・魔物討伐部隊の待ち構える場になど恐ろしくて絶対に近づかない。

むしろ全力で遠くへ逃げる。

「でも、本当に気に入った嫁候補がいれば、雄はあきらめないんじゃないかな……」

ヴォルフが妙に大猪(ビッグワイルドボア)の雄に感情移入している気がする。

魔物討伐部隊員が害獣に同情してどうするのだ？

大体、今さっきまで、自分が罠になって待ち構える話をしていたではないか。

「もしヴォルフが大猪(ビッグワイルドボア)だったら、その場に行きます？　気に入ったお嫁さん候補がいても、自分が魔物討伐部隊の皆さんに倒される確率の方が高いんですよ」

「それは――」

黄金の目が一度ゆらいだ後、まっすぐに強く見返してきた。

「それでも男には、行かなければならないことがあるかもしれない」

完全なる危険行為である。

どうしてそういう無謀な考えになるのかわからない、そう思いかけて、ふと気づく。

これは『騎士』の考え方なのかもしれない。

身を挺(てい)しても、しなければならないこと、すべきことに向かうという、大変高尚な――

「なるほど、『騎士道精神』ですね！」

理解したダリヤは、きっぱり言い切った。

「ぶはっ！」

「げほっ！　げほっ！」

斜め向かいで飲んでいたジルドが、派手にむせた。

連鎖したかのように、隣の神官もひどく咳(せ)き込んでいる。

もしや、何か味の合わぬものでも飲んだか食べたかしたのだろうか。

「お二人とも、大丈夫ですか!?」

「……気にするな、ロセッティ。お前達、だから黒胡椒(くろこしょう)はかけすぎるなと言ったんだ」

向かいのグラートが二人を眺めて苦笑している。

テーブルの上、遠征用コンロでほどよく焼かれ、脂をはねさせる大猪(ビッグワイルドボア)の肉。

それを食べるときに黒胡椒をかけすぎ、むせたらしい。

ジルドの方はもう収まったようだが、神官はまだ口を押さえ、うつむいて肩を震わせている。

「エールだとまたむせてしまうかもしれませんから、お水を頂いてきます」

「ダリヤ、俺も行くよ」

そろって水を取りに行く二人を、この場で呼び止める者はいない。

「魔導具師殿、それは『騎士道精神』ではないと思うぞ……」

誰かの小さなつぶやきは、赤髪の魔導具師にも、黒髪の騎士にも届くことはなく――

再びにぎやかになる宴と、夏の空に溶けていった。

「ここで魔力を均一に載せ続けると――こうなる」

カルロが手にしているのは鈍い銀の金属板、その上に広がるのは鮮やかな赤の液体だ。東ノ国（あずまのくに）の植物で、赤鬼葉（あかおにば）と呼ばれるものを粉にし、薬液で溶いたものである。

カルロは指先の魔力を操り、四角い金属板に赤の液体を広げていく。そして、そのまま銀板を均一に覆い尽くした。板の上、薄く赤いガラスを載せたような仕上がりだ。角度を変えるときらきらと光り、なかなかに美しい。魔導ランタンの飾り部品にちょうどよさそうだ。

「……ならないわ、父さん」

緑の塔の作業場、高等学院卒業間近の娘が、眉間に皺（しわ）を寄せている。

「気負うな。力を抜いて、魔力を一定に、平らに流す感じだ」

「もう一回やってみる」

自分が付与したものより一回り小さい金属板を手に、ダリヤは赤鬼葉（あかおにば）の薬液をスポイトでそっと置く。その時点で薬液が斜線を描いて伸びた。

「まだ魔力は通してないのに……」

不満そうな声が響くが、薬液が動くのは微量でも魔力が動いているということだ。それは意識して止めるしかない。

赤鬼葉（あかおにば）は、鮮やかな赤の染料として、また、耐久性を上げる塗料として便利な素材だ。

しかし、魔導具師や魔導師に、あまり人気はない。

細かく魔力制御をしないとあっと言う間に流れる、あるいは散って終わる。

高魔力で一気に付与するような力技は効かない。そして、弱い魔力でじっくりと作業をするわけにもいかない。定着魔法をかけるまでに時間が空くと退色するからだ。

東ノ国では、家具や武具を塗るのによく使われているそうだ。

一体どうやっているのか、機会があれば、その制作を娘と共に見たいところである。

「うーん……」

不満げな猫のように唸（うな）った顎（あご）から、ぽたりと汗が落ちた。細い指先が少しばかり震えている。

作業に夢中だと、疲れにまったく気づかない——そんなところまで娘が自分に似てしまったのを、カルロはよく知っている。

「ダリヤ、今日はここまでにしよう」

次の金属板を手にされぬように片付けはじめると、娘はようやく顔を上げた。

「父さん、私にもっと魔力があったら、この付与もうまくできるのかしら？」

自分と同じ緑の目が、恨めしげに金属板を見る。赤い液体は均一ではなく、まるで花を咲かせたように中央から四方に伸びている。大輪のダリアのようだが、それを言うのは避けた。

「まあ、楽にはなるかもな。だが、生活魔導具に必要なのは魔力量より魔力制御だぞ」

娘も自分と同じく、生活関連の魔導具を作る魔導具師を目指している。

大量に魔力が必要な、貴族向け・王城向けの魔導具を作ることはまずない。

「父さん、王城の天狼（スコル）の付与って大変だった？　いくつあったら大型給湯器の付与ができるの？」

『まずない』はずのことを実行したことが一度ある。ダリヤはそれについて興味津々だ。

「……十二だな。それ以下では難しいから、請われても引き受けるなよ」

「父さんは十二あるのね。私には一生無理そう……」

「腕を上げたいなら小型給湯器を百台作ればいい。同じ給湯器だ、たいして変わらん」

とても残念そうに言う娘に、魔力の上げ方を教えようとして止め、別の提案をした。

もし成長期が続いているのであれば、体を壊さぬよう教えない方がいい――そんな理由をつけながら、自分の本音が違うことに気づいている。

ダリヤの魔力値は八。この先、付与を続けて九。できればそれ以上は上げさせたくない。

自分も本当はまだ十二には満たない。十一まで上がったのさえ、少し前の王城での話だ。

王城、王族の大型給湯器への『風魔法効果の熱暴走防止』の付与――

今まで断り続けていた仕事だが、自分の希望を通すため、そして金銭のために受けた。

正直、まずった。

必要な素材は天狼(スコル)の牙、魔力に暴れるそれを制御しきれず、十一超えになることを覚悟して飲んだ魔力ポーション。汗は滝のように流れ、呼吸はひどく乱れた。

黒の三つ揃(ぞろ)いを着た依頼者からは、『他の魔導具師を手伝いに呼んでは?』と提案された。

他の魔導具師として名が挙がったのは、オズヴァルドなど交流のある魔導具師達、今は別の職を持つレオーネのような者達、そして、娘であるダリヤ――絶対にお断りだ。

『報酬を割らないため、私一人でいいでしょう』そう、思いきり笑ってやった。

依頼者は、何も言わず、薄い唇だけで笑った。

その後の仕上げにも思わぬほど魔力が必要で、気がつけば魔力は十一より十二に近かった。

それでも、無事生きているのを素直に喜んだ。

ようやく帰った夜、ダリヤは玄関でそわそわと待っていた。

風魔法効果による魔導具の熱暴走防止の即席講義を行い、もらった天狼（スコル）の牙を見せた。

目をきらきらさせて牙を指でつつく娘に、ついほだされた。『厄介な素材だから、すぐには使うな。もう五年か十年もしたら、ダリヤも使えるようになるだろう』、そう注意しまくって渡した。

しかし、己にそっくりの娘は、夜中に隠れて付与をしたらしい。

自分も倒れるように眠っていて、気づくのが遅れてしまった。

青い顔をしたダリヤに、もしもがあったらと、指が震えるほどに恐怖した。

幸い単純な魔力不足だったので、二日ほど休ませた。それでも不安は残るので、ミルクパン粥（がゆ）を作り、かなり多めの砂糖とポーションをこっそり入れた。

多少の無理をしてでも魔導具師として挑戦してみたい、その気持ちは嫌というほどにわかる。

渡した自分が一番悪い。だから、どうしても怒れなかった。


「うちの息子、次男のトビアスだが――カルロの弟子にしてもらえないか？」

親友からそう持ちかけられたのは、その息子が高等学院の魔導具科に入った翌年のことだった。

魔導具師は魔力量、魔力の向き不向き、作りたいものによって学ぶ方向が変わる。そう説明し、『作りたい魔導具の方向性が合い、父親の勧めではなく本人が望むのであれば考える』そう答えた。

だが、親友は魔導具も多数扱う商会の会長だ。どうにも気になることがあった。

「お前なら貴族の魔導具師に弟子入りを願えるだろう？　そっちの方が環境も待遇もずっといいぞ」

「トビアスはうちの家族で一番魔力が高い。おそらく妻の血縁上の父から、飛び越して受け継いだのだと思う……」

ああ、そうか。だから俺に頼むのか——カルロはあっさり納得した。

親友の妻は、ダリヤと同じように、貴族の血を引いているのだろう。

そのしがらみがどこで巻き付いてくるかはわからない。親として避けたいところではある。

「それに、私は商人だから、魔導具を扱っていても、魔導具師の技術も心もわからない。信頼できる『親友』に預けたいと思うのは当たり前じゃないか」

「ほだされんぞ。それとこれとは別だ。教えるなら授業料はきっちりとる。月に二度酒を奢れ」

「今とたいして変わらないじゃないか。カルロ、月に三度でどうだ？」

その日、二人で大笑いして酒が進み、日付の変わった帰宅後にそれぞれ家族に怒られた。


数日後、親友の息子が緑の塔にやってきた。

「トビアス・オルランドです。どうぞよろしくお願いします」

「カルロ・ロセッティだ。よろしくな」

深く頭を下げた茶髪の青年に、カルロは明るく挨拶を返す。

トビアスはどちらかというと友ではなく、その妻に似ていた。外見も魔力も母親似なのだろう。

「じゃあ、魔力制御からいってみるか」

腕試しもかね、金属板と赤鬼葉の薬液を預けた。すると、彼は『不勉強で』と謝り、完成の理想形と使用目的を尋ねてきた。説明しながら、ひどく感心した。

誰がどう使うか。生活魔導具を作る上で頭におくべきことが、説明しなくてもきっちりあった。

魔力は自分より少ないが、知識はそれなりに入っている、付与も形成魔法も拙いながらも丁寧で、数をこなせば問題ない――たった半日でそう判断できた。

魔力制御に関してはまだ甘いが、これはダリヤも勉強中である。

商会長の息子らしく、礼儀正しく言葉も丁寧で、穏やかな青年――そう思いかけ、付与に失敗した金属板を見る強い視線、額を流れる汗に納得する。

ここまで集中できるのは、魔導具への情熱か、魔導具師の意地かの二択である。

「すみません、もう少しだけ、作業場をお借りしてもかまわないでしょうか？」

夕方、言いづらそうに尋ねる彼に、もちろんだと答え、魔導ランタンの灯りを一段明るくした。

一心不乱に金属板に向かうトビアスに、若い頃の自分が重なった。


カルロは魔導具師になるために、高等学院の魔導具科に進んだ。

すぐ痛感したのは、己の魔力の少なさだった。

魔力量が物を言う付与の実技は練習量とは関係なく、貴族の血筋の者達が圧倒的にうまかった。

魔力不足に悩む中、顧問の教師につられて入った魔導具研究会では、高い魔力持ちが多くいた。

自分の魔力では扱えぬ魔物素材をいとも簡単に付与し、高出力の魔導具を作る先輩。

文官科と魔導具科の両方に籍を置いて多忙な中、高い魔力で次々と魔導具を制作、それを売って貴族の家を守る先輩。

技術は少なくても、高い魔力で同じ魔導具を量産し、父親の商会を助けている同級生。

自分の魔力は彼らと比較して少ない。扱いたい素材には足りず、作れない魔導具をただ見ているだけ。男爵位を得た腕のいい魔導具師の父がいても、自分の手にその技術があるわけではない。

「自慢していいぞ、カルロ。お前の父親の魔力制御は、『神』だ」

幼い頃、緑の塔に来ている素材業者に、笑顔でそう言われたことがある。

ずいぶんなお世辞があったものだと思った。

納得したのは自分が魔導具師を目指し、高等学院に入り、父の弟子となってからだ。

父の魔力は高くはなかった。だが、魔力制御はとても繊細だった。

錐（きり）で開けたよりも細い穴に、絹糸のような魔力を入れ、筐体（きょうたい）の内側が見えぬのに、顔色一つ変えずに魔導回路を組んだ。

『魔力制御にはコツがあるのか？』そう尋ねた自分に、父は二単語で答えた。『練習と根性』と。

口数の少ない父、言葉の少ない師匠だった。

魔導具師として躍進できるような教えが欲しいのに、繰り返されるのは魔力制御と地味な実技、各種計算の繰り返し。それぞれの大切さはわかっているが、前に進んでいる気がしない。

余裕で付与をこなし、魔導具を作る仲間を見て、身の内が灼（や）けるような想（おも）いに悩まされた。

十六で成人を迎えた月、魔導具研究会で酒が飲める者達と祝うこととなった。

そして、酔った勢いで騎士が行うという『暴露大会（ディザスラドゥ）』、互いの秘密を暴露することとなった。

順番はジャンケンだったか、丸テーブルの席順だったか覚えていない。自分は最後だった。

入試で寝てしまい再試で入学した話、幼馴染（おさななじ）みが知らぬ男と婚約して泣いた話など、なかなかに高等学院生らしい暴露大会(ディザスラドゥ)が始まった。その後、魔導具研究会員らしい告白になだれ込んだ。

「暴露大会(ディザスラドゥ)！　俺は魔力が抑えられない！　クラーケンテープがまったく貼れん！　一度でいい、あれを貼りまくりたい！」

　思い返せば、先輩は恋人に贈る飾りボトルにクラーケンテープを貼るのを、自分に頼んでいた。あれは新入生への雑用申し付けではなかったらしい。

「暴露大会(ディザスラドゥ)。低出力の維持が苦手だ。いや、ほぼできんので時間の無駄だ。低出力でも割のいい魔導具制作の打診はあるが、引き受けられん……」

　貴族でありながら販売用魔導具をせっせと作る先輩は、魔導具制作のバイトを時々回してくれていた。納期がきついのかと思っていたが、本当にできなかったらしい。

「暴露大会(ディザスラドゥ)、開発が嫌いです。開発が好きだが自分ができなかったからと、高等学院に入れてくれた父には悪いですが、僕は開発者じゃなく、魔導具を丁寧に作る職人になりたい……」

　同じ魔導具をいくつ作っても楽しげだった友が、レポートで胃を痛めていた理由がわかった。

　それぞれの秘密の暴露をしみじみと聞いた。皆、苦悩は深かった。

　そして、最後に自分の番となったとき、己の悩みはどうでもよくなっていた。

「カルロ、お前も話せ」

　先輩にせかされたので、右手はテーブルに、左手にグラスを持ち、声高く一気に言う。

「暴露大会(ディザスラドゥ)――俺は顧問のリーナ先生に一目惚れ(ひとめぼ)して魔導具研究会に入った！」

　数秒の沈黙の後、全員が同時にやかましく騒ぎだした。

「ロセッティ、貴様！　魔導具師としての技術を磨きたいと、入会挨拶で言っておいて！」

「あはは！　お前はそういうヤツだと思っていたぞ、カルロ！」

「カルロ君、ちょっとリーナ先生について語り合おうじゃないか……」

何度も背中を叩かれ、酒を勧められ、親友が増えた夜だった。


悩みなど、あって当たり前。

貴族でも庶民でも魔力の多いのも少ないのも年上も年下も、皆悩む。そう理解してふっ切れた。

それからは魔力量を嘆くのはやめた。ただひたすらに魔力制御と実技に打ち込んだ。

魔力制御と技術、そして正しい知識があれば、一人前の魔導具師になれるのだ。

魔力など上げずとも、狂いのない付与で魔導具を仕上げる、父のような魔導具師に。

望めるなら、その父を超える魔導具師に――

朝起きたら魔力を練りはじめ、通学路で、授業の合間に、食事の後に、魔導具研究会の活動中に、帰宅後に、寝落ちるまで、練り上げて練り上げて、四散させた。

人のいないところで、魔封銀を塗った板に穴を開けたもの、その中に魔力を通した。

魔力の制御がうまくいかず、大きめの魔力が跳ね返ると、指先を鞭で叩かれたほどには痛い。

うっかり出力を間違えて爪を飛ばしたときは、転んだと言い張って医務室に駆け込んだが。

爪が割れようが、指が赤く染まろうが、空いた時間、気がついた時間をすべて魔力制御につぎ込んだ。誰のためでもない、自分のために魔力を練り上げ、制御を覚えた。

翌年、銀髪銀目の美形な後輩が魔導具研究会に入ってきた。

有名子爵の家柄、裕福な家、五指に入る成績、整った見た目、女生徒の圧倒的人気――『天は四物も五物も与えやがる！』そう毒づいた者がいたほどだ。

だが、彼は偽りなく、貴族だが魔力が少なく、魔導具があまり作れないことを告げてきた。

魔導具研究会に入ったのも、父親から卒業後の商会立ち上げにあたり、『制作を担当してくれて、部下となるような魔導具師を探すように』そう勧められたからだという。

作れぬ魔導具を尋ねたところ、魔法効果付き魔導ランタンなど、魔力の少ない父が作っているものばかりだった。教本で必要とされる魔力数に届かないからと、挑戦してみたこともないらしい。

「そこらへん全部、魔力制御がうまくできるなら作れるぞ」

そう言った自分に、ひどく面食らった顔をし、それでいて銀の目を輝かせた。

こいつの面倒を見よう――カルロはそう決めた。

昔の自分のように内で歯噛(はが)みしていたからではない。丸くなった銀の目がかわいかっただけだ。

人に魔力制御を教えるのはなかなか難しかった。だが、努力家の後輩には、『できなければ方法を変えて再度やれ、できるまでやれ』そんな無茶な説明で通じた。

彼もまた、何度も爪を割りつつ繰り返し、針の穴に通すような制御を目指した。

結果、互いの合い言葉は『やればできる！』と、鍛錬をする騎士のようなことになっていた。

後輩に教えているからには負けられぬ――カルロは意地を込めてさらに魔力制御に励んだ。

四年間の意地は、板の穴の大きさを、ペンの太さから錐で開けた穴に、やがて毛糸ほどにした。

父のような絹糸にならぬことを嘆きまくった夜、作業場の机に突っ伏して寝てしまった。

翌朝、父が突然、魔力ポーションを一ダースくれた。

『魔力制御がある程度できるまで待っていた』と、魔力の上げ方を教えられ、驚きつつも喜んだ。

もっとも、父の言う『ある程度』は、比喩ではなかった。

毛糸の太さの魔力を髪一本ほどに細くし、一本を二本に、四本を八本に——緻密に自由に魔力を操る父を、初めて魔導具師の師匠として尊敬した。

教えられてもまったくできず、修業にのたうつ日々が始まった。

だが、修業の成果はそれなりにあった。

卒業式、カルロは魔導具研究会の顧問に向け、白い紙薔薇(かみばら)を五十、魔力で整列させて飛ばした。

リーナ先生は驚きに目を見開いた後、今までで一番きれいな笑顔を自分に向けてくれた。既婚となっているのがつくづく残念であった。

驚きと笑いを交互に浮かべた仲間は、口を揃(そろ)えて言った。

「カルロの『悪魔』！」


真夜中の作業場、カルロは弟子が増えたことを一人酒で祝っていた。

瓶からビーカーにこっそりと注ぐ赤ワイン、音を聞きつけた娘が起きてこないことを願いたい。

本日、正式にトビアスを弟子と決め、帰ってきた娘に『お前の兄弟子だ』と紹介した。

ダリヤの明るい緑の目は丸くなり、ほんの一瞬だけ不満を宿らせた。

競争心には縁遠いと思っていた娘が、『兄弟子』の言葉に反応した。カルロはそれに安堵(あんど)した。

優しく温和な自慢の娘。だが、それ故に誰かに流されるのではと心配だった。

だが、魔導具師の意地もあるようだ。

自分と同じく、そしておそらくはトビアスも同じく――

意地のある三人、案外うまくやっていけるかもしれない。

二人の魔力は虹色の輝きを含み、一点の曇りもないまぶしさだった。

この先もずっと一切の陰を含むことなく、そのまぶしい魔力を輝かせてほしい。

願わくば兄弟子と妹弟子として助け合い、暮らしに根ざした魔導具を作っていってほしい。

すでに魔力に陰を落とした自分の、祈りのような願いだ。


「うちの弟子達には、しっかりした魔力制御を身につけてもらわんとな」

魔導具科ではこれぐらい。普通の魔導具師であればこれぐらい。王城勤めならばこれぐらい。

言われる目安はあるのだが、あれは最低基準だ。そんなものを教えるつもりはない。

限界なんぞ死ぬまでわからないのだ、自分で決めればいい。

だが、師匠の自分が『ここまでできる』と判断した基準は、最低限、超えてもらいたいものだ。

そして自分も二人に追いつかれぬように磨かねば――カルロはそう決意を新たにする。

もっとも、その判断設定が恐ろしく高いレベルであることを、父を師匠としたカルロは生涯気づかず、弟子達もずっと知らず――

ただただ努力と研鑽(けんさん)を求める修業は、当たり前のこととして受け継がれていく。

赤髪の魔導具師の修業が花開きはじめるのは、名を刻んだ魔導具が出はじめる頃。

その花が実るのは――一人前の魔導具師と、胸を張って名乗れる日である。

魔導具師ダリヤはうつむかない ～今日から自由な職人ライフ～ 5

2020年 9 月25日　初版第一刷発行
2024年 6 月 5 日　第六刷発行

著者　甘岸久弥
発行者　山下直久
発行　株式会社KADOKAWA
〒102-8177　東京都千代田区富士見2-13-3
0570-002-301（ナビダイヤル）
印刷・製本　株式会社広済堂ネクスト
ISBN 978-4-04-064941-2 C0093

企画　株式会社フロンティアワークス
担当編集　平山大介／河口紘美（株式会社フロンティアワークス）
ブックデザイン　鈴木 勉（BELL'S GRAPHICS）
デザインフォーマット　AFTERGLOW
イラスト　景

本シリーズは「小説家になろう」（https://syosetu.com/）初出の作品を加筆の上書籍化したものです。